हिन्द पॉकेट बुक्स

हस्त-रेखाएं

प्रकाश दीक्षित हिन्दी लेखक, ज्योतिषाचार्य और समाजसेवी हैं। आपको अनेक पुरस्कार मिल चुके हैं और उत्तर प्रदेश सरकार ने भी आपको सम्मानित किया है। आपने ज्योतिष पर कई उत्कृष्ट पुस्तकों की रचना की है। आप समाजसेवा में अग्रणी हैं और गरीब एवं निर्धन परिवारों की बेटियों के सामूहिक विवाह संस्कार में भी आर्थिक सहयोग देते रहते हैं।

हस्त-रेखाएं

आपके हाथ की रेखाओं का सरल एवं सुबोध, किन्तु वैज्ञानिक अध्ययन

प्रकाश दीक्षित

हिन्द पॉकेट बुक्स
पेंगुइन रैंडम हाउस इम्प्रिंट

हिन्द पॉकेट बुक्स

यूएसए | कनाडा | यूके | आयरलैंड | ऑस्ट्रेलिया | सिंगापुर
न्यू ज़ीलैंड | भारत | दक्षिण अफ्रीका | चीन

हिन्द पॉकेट बुक्स, पेंगुइन रैंडम हाउस ग्रुप ऑफ़ कम्पनीज़ का हिस्सा है,
जिसका पता global.penguinrandomhouse.com पर मिलेगा

पेंगुइन रैंडम हाउस इंडिया प्रा. लि.,
चौथी मंजिल, कैपिटल टावर -1, एम जी रोड,
गुड़गांव 122 002, हरियाणा, भारत

पेंगुइन
रैंडम हाउस
इंडिया

प्रथम हिन्दी संस्करण हिन्द पॉकेट बुक्स द्वारा 1973 में प्रकाशित
यह हिन्दी संस्करण हिन्द पॉकेट बुक्स में पेंगुइन रैंडम हाउस द्वारा 2022 में प्रकाशित

10 9 8 7 6 5 4 3 2

ISBN 9789353493752

मुद्रकः रेप्रो इंडिया लिमिटेड

www.penguin.co.in

FSC
www.fsc.org
MIX
Paper from responsible sources
FSC® C047271

This is a legitimate digitally printed version of the book and therefore might not have certain extra finishing on the cover.

क्रम

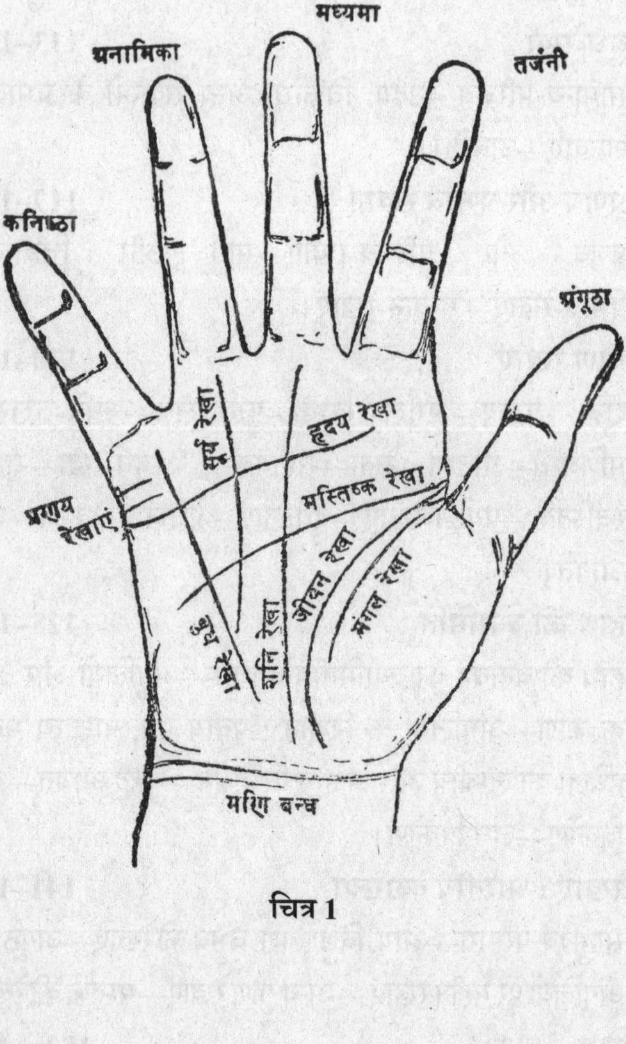
मध्यमा
अनामिका
तजंनी
कनिष्ठा
अंगूठा
सूर्य रेखा
हृदय रेखा
मस्तिष्क रेखा
प्रणय रेखाएं
जीवन रेखा
मंगल रेखा
शनि रेखा
बुध रेखा
मणि बन्ध

चित्र 1

1. प्रवेश

सामुद्रिक की ऐतिहासिकता—मानव-विकास—गुण और अवयवों की प्राकृतियां—हाथ और रेखाएं—अध्ययन की वैज्ञानिकता—मनोविज्ञान—पूर्व-निर्देश।

सामुद्रिक और ज्योतिष मनुष्य की वे प्रारम्भिक वैज्ञानिक उपलब्धियां हैं जो उसे सभ्यता के आरम्भ में ही प्राप्त हुईं। प्रत्येक विज्ञान का आधार जिज्ञासा हुआ करती है। यही सतत जिज्ञासु भावना अन्धयुग के बर्बर असभ्य मनुष्य को आज अणुयुग की उस स्थिति में ले आई है, जहां वह न केवल धरती वरन् आकाश के भी असीम छोरों में हाथ फैलाए खड़ा है।

ऐसा माना जाता है कि सभ्यताओं का उदय भारत, चीन, यूनान और मिस्र में हुआ। इन देशों में प्रागैतिहासिक काल से आज तक जो ज्ञान के अनन्त कोष मनुष्य को विरासत के रूप में मिलते रहे हैं, सामुद्रिक उनका एक अंश-मात्र ही है। आज भी सामुद्रिक के क्षेत्र में जो नये नये आविष्कार और खोजें हो रही हैं, वे भी इन देशों के दार्शनिकों और विद्वानों द्वारा निश्चित सिद्धांतों पर ही न्यूनाधिक आधारित हैं। आर्य संस्कृति ने उस काल में विश्व के बड़े भाग को प्रभावित किया था। यह विश्वास किया जाता है कि सामुद्रिक और ज्योतिष मूलतः भारतीय विद्याएं हैं और सांस्कृतिक आदान-प्रदान के साथ ये दोनों विद्याएं यूनान, फारस, चीन आदि देशों में पहुंचीं। कालान्तर में इन देशों के साथ भारत के सम्बन्ध जब शिथिल पड़े तो स्वतन्त्र विज्ञानों के रूप में अलग-अलग स्थानों पर, अपने तरीके से, इन विद्याओं का विकास हुआ।

आज के पाश्चात्य सामुद्रिक शास्त्री प्रधानतः यूनानी सिद्धांतों का अनुसरण करते हैं। 'कोरोमेन्सी (Cheiromancy) या पामिस्ट्री (Palmistry) शब्द यूनानी शब्द 'कीरो' से निकला है, जिसका अर्थ 'हाथ' होता है। एक विश्वविख्यात सामुद्रिक शास्त्री ने तो इसे अपने उपनाम के रूप में भी अपना लिया। एनाक्सागोरस, अरस्तू आदि यूनानी दार्शनिकों ने भी अपनी पुस्तकों में व्यापक रूप से सामुद्रिक विद्या का उल्लेख किया है। पुरानी हिब्रू पुस्तकों में भी कहीं-कहीं इस विज्ञान का वर्णन है। ईसाई धर्मग्रंथों में भी हम इसका उल्लेख पाते हैं।

डार्विन महोदय के विकासवाद के अनुसार, जो अब पूर्ण रूप से वैज्ञानिक सिद्ध हो चुका है, मनुष्य के मानसिक विकास के साथ-साथ उसकी आकृति में भी परिवर्तन आते गए। जिस जिज्ञासा-तत्त्व को वैज्ञानिक विकास का आधार बताया गया है वही आकृति और मस्तिष्क से प्रभावित मनुष्य-जीवन के सम्बन्ध में क्या, क्यों और कैसे प्रश्नों का उत्तर था। मानसिक विकास अनिवार्य रूप से मानवीय सभ्यता और उसके भूत, वर्तमान तथा भविष्य का निर्णायक था। इन सारे तथ्यों में सम्बन्ध और सम्बन्ध निर्णय के आधार पर सिद्धांतों की संरचना ने सामुद्रिक शास्त्र को जन्म दिया।

एक पुरातन अनुमान के अनुसार सृष्टि में सात प्रकार के मनुष्य विकसित हुए। यह अनुमान इस विश्वास पर आधारित है कि सृष्टि का विकास एक नियोजित क्रम में हुआ। मनुष्य के ये सात वर्ग एक-दूसरे से आकृति, गुण, प्रकृति, स्वास्थ्य सभी दृष्टियों से भिन्न थे। यही विभिन्नता मानवीय विकास का कारण बनी—बहुमुखी प्रगति इसीमें संभव हुई। हाथ अथवा आकृति के आधार पर आज भी मनुष्य इन्हीं सात वर्गों में बंटे हुए हैं—यह सामुद्रिक का मूलभूत सिद्धांत है। इस अनुमान का ज्वलन्त प्रमाण यह है कि हर वर्ग के प्रत्येक प्रतिनिधि की प्रकृति, गुण-अवगुण, कार्य, रुचियां प्रायः एक ही सी होती हैं, और इन बातों के लगातार अध्ययन के पश्चात् यह प्रमाण अकाट्य सिद्ध होता है। इन वर्गीय गुणों को मनुष्य बिना प्रबल इच्छाशक्ति और कड़ी साधना के बदल नहीं सकता। ऐसा लगता है कि हमारे रचनाकार ने सृष्टि के एक विशिष्ट और औरों से अलग पुर्ज़े के रूप में हमें बनाया है।

ये सात वर्ग मनुष्य के प्रारम्भिक काल से अब तक चले आ रहे हैं। सामुद्रिक

अध्ययन करते हुए मस्तिष्क-तत्त्व को प्रधानता देनी पड़ेगी। वैसे भी शरीर के संचालन-केन्द्र के रूप में मस्तिष्क ही प्रधान और प्राथमिक अंग है। मानसिक विकास और मानवीय विकास साथ-साथ चले हैं। जंगली-आदिवासी जातियां जो मानसिक रूप से समुन्नत नहीं होतीं, उनकी शारीरिक संरचना भी सुन्दर और आकर्षक नहीं होती। आकृति और अवयवों के गठन का सीधा सम्बन्ध मस्तिष्क के विकास से है। प्रतिभावान व्यक्तियों के चेहरों पर, चाहे वे रंगरूप की दृष्टि से सुन्दर न हों, एक सौम्यता रहती है, उनके अवयवों में भी एक तरह की विशेष लचक और मुलायमियत होती है।

हाथों के गठन के वर्गीकरण से अलग, यद्यपि सभी हाथों में साधारणतया प्रमुख रेखाएं होती हैं, किन्तु उनका मार्ग और उनकी स्थिति एक-सी नहीं होती। यही कारण है कि रेखाएं चरित्र और जीवन के सम्बन्ध में एक ऐसी लिपि हैं जो अपने-आपमें पूर्ण हैं, जिनके ज्ञान से उनका अर्थ कोई भी पढ़ और समझ सकता है। प्रश्न यह है कि प्रकृति ने इस लिपि-लेखन के लिए हाथ को ही क्यों उपयुक्त समझा? शायद इसलिए क्योंकि मस्तिष्क का सबसे अधिक आज्ञाकारी और क्रियात्मक अंग हाथ ही है। मनुष्य का जीवन पूर्णतया हाय का मुखापेक्षी है।

अनुमानित सिद्धांत के अनुसार यह माना जाता है कि जो जीवनीशक्ति मानव शरीर में लगातार प्रवाहित होती है, जिसके द्वारा मस्तिष्क और शारीरिक अवयव एक सूत्र में गठित हैं, और जिसकी उपस्थिति ही जीवन है, अनुपस्थिति—मृत्यु—उसके मार्ग का संकेत ये हाथ की रेखाएं देती हैं। इस जीवनी-शक्ति के प्रवाह को दार्शनिकों ने अलग-अलग—चिन्मय तत्त्व, ईथर, विद्युत, ईश्वर अथवा ग्रहों का प्रभाव प्रादि—नामों से पुकारा है। हथेली की विभिन्न स्थितियों में वितरित रेखाएं इस जीवन-शक्ति के प्रवाह से उत्पन्न गुणों की परिचायक हैं, जो अलग-अलग मानसिक शक्तियों की जानकारी देती हैं।

जहां तक उक्त अनुमान की वैज्ञानिकता के प्रमाण का सम्बन्ध है, पाश्चात्य विचारक श्री डब्लू० जी० बेनहम के तर्क विचारणीय हैं। उनका कथन है—गर्भ में जीवन सक्रिय नहीं होता, किन्तु जैसे ही बालक जन्म लेता है और माता से उसका सम्बन्ध टूटता है, वह स्वतन्त्र जीवन इकाई बन जाता है। उसी क्षण से बालक का

मस्तिष्क कार्य शुरू करता है। मस्तिष्क कें कार्यारम्भ के साथ ही नवजात शिशु का रक्त-संचालन आरम्भ हो जाता है। इन दोनों क्रियाओं, जो जीवन की प्राथमिक क्रियाएं हैं, का सीधा असर शिशु के अन्य अवयवों पर होता है। फलतः वे गतिमान होते हैं। किन्तु इन दोनों प्रक्रियाओं का त्वरित प्रभाव सर्वप्रथम हाथों पर होता है, जिससे शिशु की बंदमुट्ठियां खुल जाती हैं। उस क्षण में मस्तिष्क से जीवनीशक्ति के प्रभाव के अनुरूप हथेली पर रेखाओं का उदय होता है। दूसरे शब्दों में, यह जीवनी-शक्ति का प्रभाव शारीरिक यंत्र को गति दे देता है। शिशु की आयु के आरम्भिक मास, जब उसका मानस अविकसित होता है, पशुवत् ही व्यतीत होते हैं—सोना, खाना और जागना। वह इन दिनों किसी भी वैचारिक स्थिति में नहीं होता। क्रमशः उसका विकास होता है, अपने-पराये की पहचान उसे होती है, भले-बुरे का आभास उसे होता है। इसके साथ ही तितर-बितर बिखरी हथेली की रेखाएं भी अपने रूप ग्रहण करने लगती हैं। लगभग बारह वर्ष की अवस्था तक रेखाएं बच्चे के सम्बन्ध में मोटी-मोटी बातें बताती हैं, किन्तु इन रेखाओं का एक स्थिर स्वरूप हो जाता है, जिससे भूत, भविष्य और वर्तमान का ज्ञान होता है। यों यह विश्वास किया जाता है कि सात वर्षों के काल में रेखाएं परिवर्तित होती रहती हैं, लेकिन मेरा अनुभव है कि प्रबल इच्छाशक्ति किसी भी रेखा के पथ को तीन माह के संक्षिप्त काल में भी बदल देती है।

जिस तरह एक वनस्पति-शास्त्री पत्तियों की रगें देखकर उस पौधे की कहानी समझ लेता है, या जिस प्रकार डाक्टर जीभ देखकर रोग जान लेता है, उसी प्रकार हथेली की रेखाएं भी व्यक्ति के जीवन का व्यक्त भाष्य हैं। वस्तुतः मस्तिष्क और हृदय से आई सूक्ष्म नाड़ियों तथा धमनियों का एक व्यूह हाथ में सूक्ष्मतर रूप से फैला हुआ है और रेखाओं के पथ अथवा पर्वतों की बनावट इसो व्यूह द्वारा निर्देशित होती है। रेखा-विज्ञान की वैज्ञानिकता इसी तरह स्वयंसिद्ध है।

मैं हस्तरेखा-विज्ञान को मनोविज्ञान से संचालित विषय मानता हूं। मनुष्य की अपनी भावनाएं रेखाओं के रूप में हाथ पर प्रतिविम्बित होती हैं। इच्छा का भाग्य-विकास में प्रबल सहयोगहुआ करता है। इसलिए मेरा अनुरोध इस विषय के प्रत्येक जिज्ञासुओं से यह रहता है कि वे किसी भी व्यक्ति के मनोविज्ञान की पृष्ठभूमि में ही उसकी रेखाओं के सम्बन्ध में निर्णय दें। सतत अभ्यास से प्रौढ़त्व

की प्राप्ति होती है। जैसे-जैसे वे अधिकाधिक अनुभव प्राप्त करते जाएंगे, उन्हें किसी व्यक्ति को दूर से देखकर ही उसके चारित्रिक गुणों का आभास प्राप्त हो जाएगा और ये आभास-अनुमान हाथ की रेखाओं के अध्ययन की तुलना के बाद सही और दृढ़ निश्चित परिणामों की स्वीकृति देंगे।

अन्त में, इससे पूर्व कि हम विषय के वैज्ञानिक विवेचन में प्रवेश करें, अपने अनुभव के आधार पर मैं कुछ अति आवश्यक निवेदन करना चाहूंगा। मेरा अपना विश्वास है कि अध्येताओं को ये बातें पर्याप्त सहायक सिद्ध होंगी।

पहली महत्त्वपूर्ण बात तो यह है कि कृपया कभी भी किसी एक रेखा अथवा चिह्न विशेष के आधार पर कोई निर्णय न दीजिए, क्योंकि हाथ का कोई अकेला चिह्न सम्पूर्ण जीवन को प्रतिबिम्बित नहीं करता। कोई भी निर्णय देते वक्त उन विरोधाभासों की स्थितियों से बचिए जो दो विभिन्न रेखाओं अथवा चिह्नों से आप समझें। निर्णय केवल उसी अवस्था में दीजिए जब हाथ की सम्पूर्ण बनावट और रेखाएं उसका समर्थन करें। आगे के पृष्ठों में यह बात स्वतः स्पष्ट हो जाएगी।

दूसरा निवेदन यह है कि किसी बुरे लक्षण को एकदम चौंका देनेवाले ढंग से घोषित मत कीजिए। इससे व्यक्ति पर मनोवैज्ञानिक दृष्टि से बुरा असर पड़ता है और वह बुरे लक्षण के सम्भावित निरोध की स्थिति में नहीं रह पाता। कोई ऐसी बात यदि कहनी आवश्यक ही हो, तो सामनेवाले व्यक्ति को उसकी मानसिक शक्तियों का विश्वास दिलाते हुए, इस रूप में कहिए कि यदि वह चाहे तो यह अप्रिय स्थिति उसकी अपनी इच्छाशक्ति से टल सकती है।

तीसरी बात, स्वयं को इस विषय की एकाध पुस्तक पढ़कर ही इस विद्या में परिपक्व न समझ लीजिए, वरन् सतत अध्ययन और प्रायोगिक व्यवहारों के द्वारा विषय को अधिकाधिक अधिकारपूर्ण बनाइए।

जहां तक हो, अपने स्वयं के हाथ के अध्ययन से बचिए। वैसे यह अव्यावहारिक बात है; हर व्यक्ति अपने विषय में अधिक से अधिक जान लेना चाहता है। लेकिन जब तक पूरा प्रात्मविश्वास न हो, तब तक स्वयं की हथेली के अध्ययन की सलाह मैं नहीं देता।

2. हाथ

हाथ—सामान्य जानकारी—त्वचा, कोमलता, रंग आदि—सात प्रकार के हाथ—पर्वतों की स्थितियां—दक्षिण और वाम हस्त—विशेष।

मानव-मात्र के हाथ की बनावट का ढांचा एक ही है। हस्तरेखा-विज्ञान में कलाई की रेखाओं के बादवाले हिस्से का अध्ययन किया जाता है। शरीर-संरचना के अनुसार हथेली पांच लम्बी हड्डियों से मिलकर बनती है जिन्हें 'मेटाटारसस' कहते हैं। ये पीछे कुछ अस्थिखण्डों के द्वारा हाथ से और आगे पोरुओं द्वारा अंगुलियों के रूप में निकली होती हैं। हम कलाई की रेखाओं के आगेवाले भाग के प्रत्येक उपांग का अध्ययन करते हैं। यहां तक कि हथेली और अंगुलियों की केश-सूक्ष्म रेखाएं भी हमारे अध्ययन की सीमा में हैं।

हथेली की त्वचा, लचक और रंग हमें कुछ निर्णयों तक पहुंचाते हैं। त्वचा व्यक्ति की नैसगिक प्रकृति बताती है, जैसे अत्यधिक कोमल और चिकनी त्वचा, जो बच्चों-सरीखी हो, संवेदनशील व्यक्तित्व की परिचायक होती है। उसकी यह संवेदनशीलता उसके हर कार्य में प्रतिबिंबित होती है। संवेदना बहुधा इन व्यक्तियों के स्वभाव को अस्थिरता दे देती है। इसके विपरीत खुरदरी और कड़ी त्वचा मनुष्य में पाशविक प्रवृत्तियों का अतिरेक व्यक्त करती है। पर्वतों और रेखानों के गुणों को भी यह खुरदरापन प्रभावित करता है और ऐसे व्यक्तियों के अच्छे गुण पाशविक प्रवृत्तियों द्वारा दबा दिए जाते हैं। ऐसे व्यक्ति बौद्धिक रूप से परिष्कृत नहीं होते। प्रायः ऐसे भी हाथ देखने में आते हैं जिनकी त्वचा न अधिक मुलायम होती है, न अधिक खुरदरी और कड़ी। पुरुष में यह चिह्न बौद्धिक परिष्कृति बताता है, स्त्री में सुरुचि। ऐसे लोगों के विचार सन्तुलन और समन्वय द्वारा संचालित होते हैं। व्यापारी, वकील, सामाजिक नेता, वैज्ञानिक आदि की त्वचाएं ऐसी ही होती हैं।

हथेली को अपनी दोनों हथेलियों के बीच दबाकर थोड़ी शक्ति से भींचिए और छोड़ दीजिए—अब आप उसकी मांसपेशियों की नरमी, कड़ाई, मांसलता और निरोध शक्ति का अनुभव कर सकते हैं।

यदि हथेली अत्यधिक मांसल है, तो यह वह रूप है जो कोमलतर हो सकता है। आपके दबाते ही यह हथेली लाल पड़ जाएगी और आपको रूई जैसी कोमल लिजलिजाहट का अनुभव होगा। ऐसे व्यक्तियों की शक्तियां विशृंखल रहती हैं। ये लोग सीमा से अधिक काल्पनिक होते हैं, व्यावहारिक कतई नहीं। अपने भावी जीवन, सुख और वैभव के दिवास्वप्न-मात्र ये देखते हैं, उनकी प्राप्ति के लिए कभी प्रयत्न नहीं करते। अच्छे पर्वतों के प्रभाव भी इस मांसलता में समाप्त हो जाते हैं। ये लक्ष्यहीन, आलस्यपूर्ण, निष्क्रिय जीवन व्यतीत किया करते हैं। यों प्रायः धनिक लोगों में मुझे ऐसी हथेलियां मिली हैं।

कोमल हाथों में यद्यपि उपर्युक्त सभी दुर्बलताएं होती हैं, फिर भी अंकुश लगाकर अच्छे गुण विकसित किए जा सकते हैं। कोमलता का स्त्रियों में अनुभव करना थोड़ी सतर्कता चाहता है,क्योंकि नैसर्गिक रूप से ही पुरुषों की अपेक्षा स्त्रियां अधिक कोमल होती हैं।

तीसरे प्रकार की हथेलियां लचकीली होती हैं। इन्हें दबाने पर आपको मांसल अथवा कोमल हथेलियों जैसा नहीं लगेगा। यह अत्यधिक सक्रियता का लक्षण है। ऐसे व्यक्ति केवल काल्पनिक नहीं होते, वरन् अपनी कल्पनाओं को वे व्यवहार तथा कार्यों से मूर्त रूप देने की दिशा में सतत सचेष्ट रहते हैं। कर्तव्य के प्रति जागरूकता और उत्तरदायित्वों का निर्वाह इनके ऐसे गुण हैं जो इन्हें उन्नति की सीढ़ियों से ऊपर और ऊपर पहुंचाते रहते हैं।

कठोर या कड़ी हथेलियां बौद्धिकता की कमी बताती हैं। इनकी शक्तियां शारीरिक श्रम में अधिक होती हैं। मज़दूर, किसान आदि कठोर श्रम करनेवाले लोगों में ये पाई जाती हैं। ये मौलिक नहीं होते। इनके जीवन प्रायः विश्वासों के आधार पर चलते हैं। स्वतन्त्र चिन्तन या निर्णय ये कभी नहीं करते।

चूंकि हथेली के रंग का सम्बन्ध रक्त से है अतः रंग स्वास्थ्य एवं अस्वस्थता भी बताता है। सफेद हथेलियां खून की कमी बताती हैं। ऐसे व्यक्ति शारीरिक तथा मानसिक रूप से श्लथ, दुर्बल होते हैं। उनके निश्चय कभी भी दृढ़ नहीं हो पाते। प्रायः हृदय के रोग उन्हें घेर लेते हैं। ये काल्पनिक, रहस्यपूर्ण, भावनात्मक और प्रायः स्वार्थी होते हैं। यद्यपि कुछ प्रसिद्ध कवि और लेखक इसी वर्ग के रहे

हैं। इनकी स्वाभाविक रुचि ऐसे कामों में होती है जिनमें शारीरिक श्रम न करना पड़े। पर्वतों के गुणों में भी सफेद हथेलियां एक प्रकार की ठंडक पैदा कर देती हैं।

गुलाबी हथेली स्वास्थ्य का चिह्न है। यह शरीर में सामान्य, संतुलित रक्तप्रवाह बताती है। ऐसे व्यक्ति प्रादर्श हुआ करते हैं। उनमें समस्त मानवोचित गुण, जैसे दया, सहानुभूति, सहयोग, प्रेम प्रादि होते हैं। स्वभाव में वे हंसमुख और हाज़िरजवाब होते हैं। इनके बहतेरे मित्र होते हैं और ये भी सभा, क्लबों, होटलों में बैठनेवाली चौकड़ियों में विशेष महत्त्व प्राप्त कर लेते हैं। ये जीवन में सर्वत्र सफल रहते हैं। \

गहरे लाल रंग की हथेलियां रक्तप्रवाह की अधिकता बताती हैं। इनके स्वामी शारीरिक शक्ति के दष्टिकोण को हर क्षेत्र में प्रयोग करते हैं। कोई भी काम वे जल्दबाज़ी में करते हैं और उनके काम की सिद्धि इसीके कारण होती है। शक्ति के कामों में वे आगे रहते हैं, शक्ति ही उनका प्रारम्भिक गुण है। प्रेम या घृणा वे चरम रूप में करते हैं, गुस्सा होने पर आपे में नहीं रहते। वे मानसिक रूप से गुलाबी हथेलीवालों की तरह सूक्ष्म नहीं होते। प्रति उनका लक्षण है।

पीली हथेलियां प्रकृति और शरीर में पित्त का आधिक्य बताती हैं। ये व्यक्ति प्रायः उदास,अस्वस्थ, उचटे हुए होते हैं। इनके स्वभाव स्थिर नहीं होते, एक प्रकार का आलस्य इन्हें कर्महीन बना देता है।

नीलाई लिए हुए अथवा गंदली बैंगनी हथेलियां अशुद्ध रक्तप्रवाह का संकेत देती हैं। प्रायः कालिक अस्वस्थता इसका कारण होती है। इस रंग को देखकर कोई निश्चित निर्णय नहीं करना चाहिए। रक्तप्रवाह में व्यतिक्रम प्रायः यह लक्षण उत्पन्न कर देता है, बीमारी इसका दूसरा कारण हो सकती है।

हड्डियों के जोड़ों पर हाथ की लचक लचकदार व्यक्तित्व का संकेत देती है। यदि यह उपस्थित है तो व्यक्ति अपने-आपको परिस्थितियों के अनुरूप ढाल लिया करता है। मानसिक रूप से वह प्रत्येक अच्छी बात का ग्राहक होता है। कड़े जोड़ विपरीत लक्षण बंताते हैं।

आकृति अथवा पर्वतों की संरचना के आधार पर सम्पूर्ण मनुष्य-हथेलियां सात वर्गों में बंटी हुई हैं। ये सात प्रकार हैं—प्रारम्भिक प्रकार (Elementary type),

हाथों का वर्गीकरण

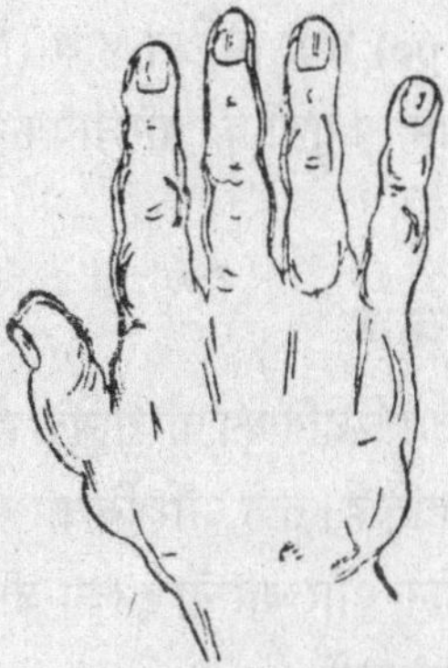

(अ)–प्रारंभिक प्रकार

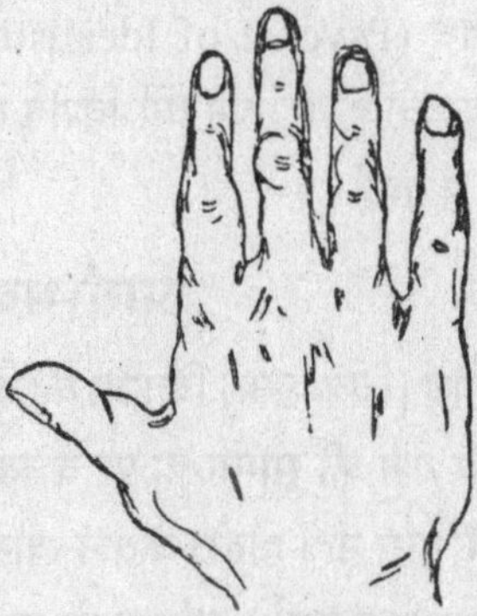

(ब)–वर्गाकार हाथ

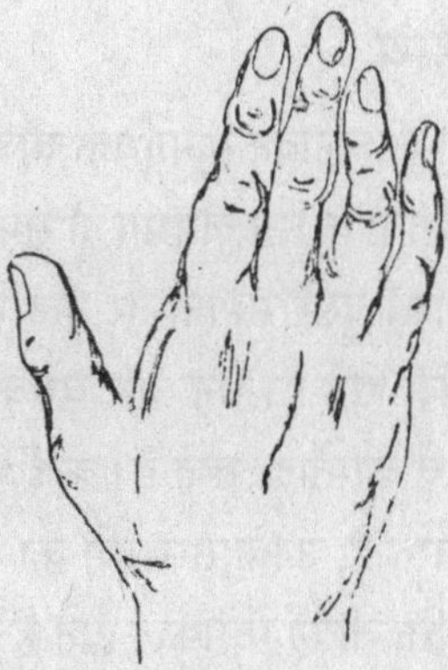

(स)–दार्शनिक हाथ

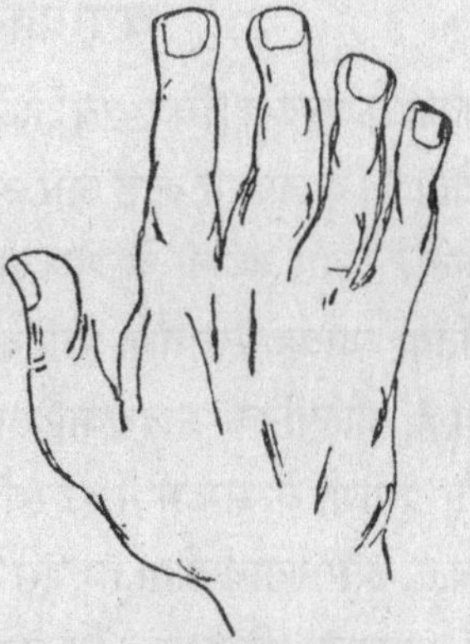

(द)–कर्मठ हाथ

चित्र 2

वर्गाकार हाथ (Square type), दार्शनिक हाथ (Philosophic type), कर्मठ हाथ (Spatulate type), कलात्मक हाथ (Conic of Artistic type), आदर्श हाथ (Psychic of Idealistic type) तथा मिश्रित हाथ (Mixed type)। प्रत्येक हाथ अपने वर्ग-विशेष के सामान्य गुणों का परिचायक होता है जो संक्षेप में यों हैं :

प्रारम्भिक प्रकार

यह हाथ [चित्र–2अ] विकास की तुच्छतम स्थिति का परिचायक होता है। मनुष्य और पशु की सीमारेखा पर ये व्यक्ति होते हैं। तर्क और विचार नाम की चीज़ इनके पास नहीं होती। केवल खाना, पीना और वासना इनका जीवन है। श्रम ये करना नहीं चाहते, बुद्धि इनके पास होती नहीं।

[चित्र में अंगूठे की छुटाई और बनावट पर ध्यान दें।]

वर्गाकार हाथ

इस प्रकार के हाथ में [चित्र–2ब] हथेली की बनावट न्यूनाधिक चौकोर वर्ग की तरह होती है। कलाई पर जोड़ और अंगुलियों के सिरे लगभग दो समानान्तर तलों में होते हैं, और हथेली के शेष दो पार्श्व दूसरे समानान्तर तल में। ऐसे व्यक्ति पूर्णतया व्यावहारिक तथा भौतिकवादी होते हैं। धन और वैभव उनका लक्ष्य होता है, काल्पनिक आदर्शवादितासे वे कोसों दूर रहते हैं। कोई भी बात वे तर्क और प्रमाणों के सन्दर्भ में ही स्वीकारते हैं, उनके सम्बन्धों का आधार व्यावहारिकता और स्वार्थ होता है। ऐसे व्यक्ति जीवन में सफल होते हैं क्योंकि वे कोई भी कार्य फल की इच्छा और लगन से करते हैं।

[चित्र में अंगूठे को अंगुलियों की बनावट से अलग समझिए, अंगुलियों के सिरे वर्गाकार हैं, अंगूठे का नहीं।]

दार्शनिक हाथ

लम्बे, अस्थि-प्रधान और फूले हुए गठीले जोड़ोंवाले हाथ दार्शनिक [चित्र–2स] होते हैं। प्रायः ये मांसल नहीं होते, अन्य वर्गों की अपेक्षा पतले भी होते हैं। इस प्रकार के व्यक्ति अध्ययनप्रिय, एकान्तप्रिय और विभिन्न प्रकार के

विश्वासोंवाले होते हैं। मानसिक रूप से ज्ञान के प्रति वे सदा पिपासु और जिज्ञासु रहते हैं। मानव-जाति के अधिकांश शिक्षक इसी वर्ग के अन्तर्गत उत्पन्न हए हैं। बड़े दार्शनिक, विचारक, धार्मिक, नेता, कलाकार और साहित्यकार प्रायः दार्शनिक बनावट के हाथवाले होते हैं। हथेली की यह आकृति प्रतिभा तथा विचारशीलता की द्योतक है।

जब हथेली वर्गाकार हो, केवल अंगुलियां ही गठीली हों—व्यक्ति के चरित्र में एक व्यावहारिकता आ जाती है। वह अपने ज्ञान का प्रयोग अर्थ और भौतिक सिद्धियों के लिए करने लगता है।

[अंगुलियों और अंगूठे के जोड़ों पर ध्यान दीजिए।]

कर्मठ हाथ

कुछ कुरूप, अस्त-व्यस्त-सी दीखनेवाली हथेली सक्रिय मस्तिष्क की उपस्थिति बताती है। इन हाथों [चित्र–2 द] की अंगुलियों के सिरे अपेक्षाकृत बड़े और फैले हुए होते हैं, इनकी गद्दियां मांसल होती हैं। ये व्यक्ति स्वभाव से परिश्रमी और कर्मठ होते हैं। इनकी रचनात्मक प्रवृत्ति इन्हें आविष्कारक, व्यावहारिक और क्रियात्मक बनाती है।

यदि कलाई के पास यह हथेली चौड़ी और सिरों पर कुछ कोणिक हो तो वे भावनात्मक रूप से कम, किन्तु व्यावहारिक दृष्टिकोण से अधिक गुणी होते हैं। इसके विपरीत यदि सिरे अधिक चौड़े और कलाई के पास हथेली संकरी हो, तो वे भावनात्मक अधिक हो जाते हैं, उनके स्वभाव में व्यावहारिकता किंचित् गौण हो जाती है। सतत प्रयत्न उनकी खूबी है। सफल व्यक्तित्व के वे द्योतक होते हैं।

[अंगुलियों की बनावट और सिरे देखकर दार्शनिक हाथों से भिन्नता समझिए।]

कलात्मक हाथ

मुलायम, सुन्दर, लम्बी, पतली, नोकीली अंगुलियोंवाले हाथ कलात्मक [चित्र–3य] कहलाते हैं। इस वर्ग के व्यक्तियों का स्वाभाविक रुझान सौन्दर्य के प्रति रहता है। ऐसे लोग चाहे स्वयं कलाकार, चित्रकार न हों पर ललित कलाओं के प्रशंसक तथा विज्ञ होते हैं। उनकी भावनाएं और विचार हर पल सौन्दर्यानुभूति से झंकृत होते रहते हैं। कला उनका जीवन होती है। व्यावहारिक

दृष्टि से प्रायः सफल नहीं होते तथा अर्थाभाव, स्वभाव में लापरवाही आदि अवगुण इनकी असफलता के कारण बनते हैं।

यदि कलात्मक हाथ लचीला न होकर थोड़ा कड़ा हो, तो इनकी कला आर्थिक रूप से इनकी सहायता भी करती है।

[नोकीली, लम्बी, पतली अंगुलियों की विशेषता देखिए।]

आदर्श हाथ

[चित्र–3फ] इस नामकरण से किसी भ्रम में न पड़िए। इसका अर्थ यह कदापि नहीं है कि यही हाथ सर्वश्रेष्ठ हाथ है। यह उन्नत मस्तिष्क का द्योतक है, यद्यपि यह आर्थिक दृष्टि से असफलता का संकेत है। सुन्दर गठन, गुलाबी रंग, मुलायम त्वचा, आनुपातिक अंगुलियां और हथेली—कुल मिलाकर ऐसे व्यक्तित्व का प्रतिनिधित्व करती हैं जो स्वप्न और आदर्शों के जग में रहता है। सांसारिक बातों में वह नितांत कोरा होता है। ऐसे व्यक्ति फाकों और राजभोजों के बीच जीते हैं। स्वभाव के सरल, छल-छिद्र से परे ये व्यक्ति अक्सर प्राज की भौतिकवादी दुनिया के योग्य नहीं होते, परिणामतः इनके दुःखद अन्त होते हैं।

यदि ये किसी तरह से धन और आवश्यकताओं के प्रति आश्वस्त हो सकें तो निश्चित रूप से आदर्श बन जाते हैं।

[अन्य सभी वर्गों की अपेक्षा अधिक सुन्दर और आनुपातिक गठन।]

मिश्रित हाथ

जैसाकि नाम से प्रकट है, इस हाथ [चित्र–3 ह] में ऊपर वर्णित दो अथवा अधिक वर्गों के गुण मिलते हैं। कभी अंगुलियां एकसी नहीं होती, कभी हथेली एक निश्चित वर्ग जैसी होती है तो अंगलियां किसी और वर्ग की।

यह मिश्रण उनके गुणों में भी प्रतिलक्षित होता है। वे कई काम कर सकते हैं, लेकिन निपुणता उन्हें कहीं नहीं मिलती। वे प्रभावहीन होते हैं, उनसे कोई अपेक्षा नहीं रखी जा सकती। वे प्रायः असफल होते हैं।

हथेली को कहीं समतल पर रखकर बिना किसी दबाव या बल के फैला

हाथों का वर्गीकरण

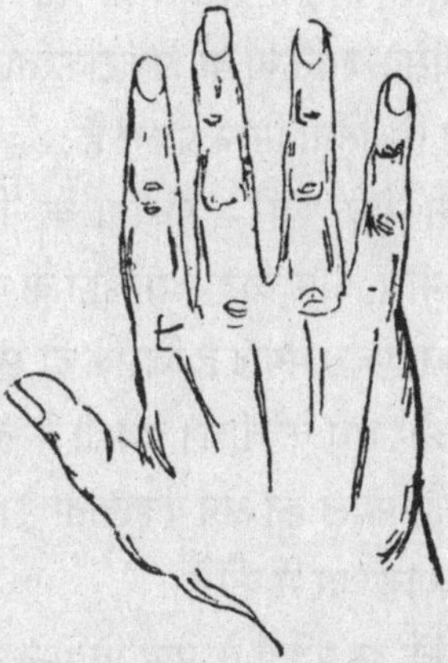

(य)–कलात्मक हाथ

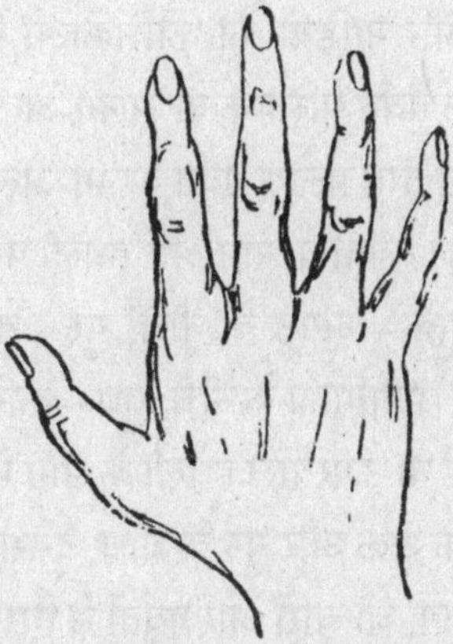

(फ)–आदर्श हाथ

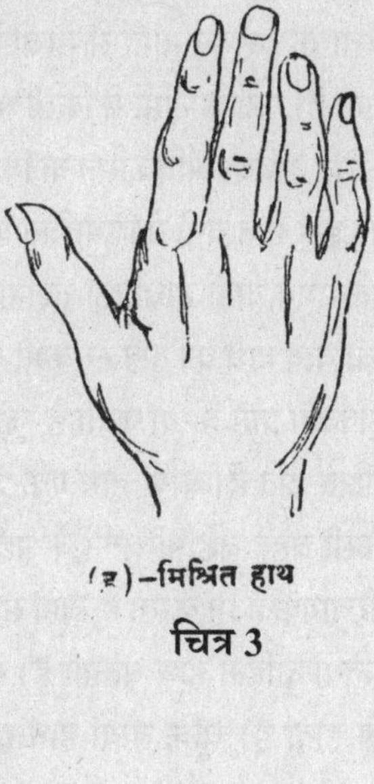

(र)–मिश्रित हाथ

चित्र 3

लीजिए। अंगूठे के नीचे अंगुलियों के मूल में और दूसरी तरफ कलाई के ऊपर कुछ उभरी हुई मांसपेशियां आपको दिखलाई देंगी। हस्तरेखा-विज्ञान में इन्हें पर्वत कहा जाता है। संरचना के अनुसार ये फुसफुसे मांसपिण्ड होते हैं, जिनमें रक्त और नाड़ियों की कोशिकाओं का सूक्ष्म, सधन समूह बिखरा रहता है। प्रत्येक पर्वत मस्तिष्क के अलग-अलग भागों से नाड़ियों द्वारा सम्बन्धित रहता है। इस तरह प्रत्येक पर्वत अलग-अलग मानसिक शक्तियों को प्रकट करता है।

इन पर्वतों के नाम और हथेली पर इनकी स्थितियां निम्न प्रकार हैं :—

शुक्र—अंगूठे के नीचे, गुरु—तर्जनी के नीचे, शनि—मध्यमा के नीचे, सूर्य—अनामिका के नीचे, बुध—कनिष्ठा के नीचे, और चन्द्र—कनिष्ठा के नीचे कलाई के ऊपरवाले हथेली के भाग में। सातवां पर्वत मंगल है जिसके दो स्थान हैं, एक शुक्र और गुरु के बीच, दूसरा चन्द्र और बुध के बीच। हथेली के बीच का भाग, जो चारों ओर पर्वतों से घिरा रहता है, मंगल का क्षेत्र कहलाता है। इन पर्वतों के गुण आदि का विस्तृत विवेचन अध्याय चार में करेंगे।

यहां एक बात स्पष्ट समझ लेनी चाहिए. कि इन पर्वतों के नाम विभिन्न ग्रहों के नाम पर केवल सुविधा के दृष्टिकोण से रख लिए गए हैं। यों ये स्वतन्त्र शारीरिक इकाई हैं। पर चूंकि पुराने विचारक इन्हें इन नामों से सम्बोधित करते थे, आज भी इन्हें उन्हीं नामों से पुकारा जाता है। ग्रहों के नामों से किसी भ्रम में न पड़िए। ये पर्वत सात हैं; हथेली में इनके विकसित अथवा अविकसित या किसी एक के पूर्ण विकास के आधार पर भी कुछ विद्वान इन्हें सात वर्गों में विभाजित करते हैं।

हाथ का अध्ययन करते समय दोनों हाथों का तुलनात्मक सर्वे. क्षण करना चाहिए। केवल दाहिने अथवा बायें हाथ को देखकर कभी कोई निर्णय न कीजिए। जैसे-जैसे मनुष्य वय में परिपक्वता प्राप्त करता जाता है, जीवन-सम्बन्धी परिवर्तन उसके दाहिने हाथ में परिलक्षित होते हैं। बायां हाथ एक प्रकार से स्थिर होता है, तथा उसकी रेखाएं बिना किसी बहुत बड़े परिवर्तन के नहीं बदलतीं। बायां हाथ मनुष्य की उस स्थिति का परिचायक हुआ करता है, जहां से उसका विकास प्रारम्भ हुआ। वर्तमानकालीन स्थितियां दाहिना हाथ बताता है। संरचना के अनुसार भी दाहिना हाथ अधिक सक्रिय होता है। चूंकि बायां हाथ हृदय के अधिक निकट

होता है, अतः विशेष रूप से हृदय से प्रभावित होता है, इसलिए अक्सर दाहिने हाथ की तुलना में बायें हाथ पर अधिक रेखाएं होती हैं। दाहिना हाथ मस्तिष्क द्वारा संचालित होने से मानवीय विचारों का प्रतिबिम्ब होता है, जो यह बताता है कि मनुष्य ने अपनी नैसर्गिक प्रतिभा का उपयोग किस तरह किया।

यदि व्यक्ति बायें हाथ से काम करने का आदी हो, अर्थात् उसका बायां हाथ सक्रिय हो, तो परिवर्तन बायीं हथेली पर और स्थिरता का दाहिनी हथेली से अध्ययन कीजिए।

यदि निष्क्रिय हाथ में किसी लक्षण-मात्र का संकेत हो, और सक्रिय हाथ पर वह स्पष्ट हो, तो व्यक्ति उन्नतिशील है। इसके विपरीत यदि निष्क्रिय हाथ कोई लक्षण स्पष्ट बता रहा हो और सक्रिय हाथ मात्र संकेत दे, तो यह अवनति का प्रतीक है।

सड़क के किनारे बैठनेवाले ज्योतिषी पुरुष के दाहिने हाथ को और स्त्री के बायें हाथ को देखते हैं। पुरुष के बायें हाथ को पत्नी का, और स्त्री के दाहिने हाथ को पति का हाथ बताते हैं। यह एक निर्मूल और अवैज्ञानिक अन्धविश्वास है।

मानव-शरीर के विषय में दार्शनिक तीन भागों में अध्ययन करते रहे हैं। ये भाग हैं—शरीर, मन तथा आत्मा। इसी आधार पर हाथ को तीन विश्वों में बांटा गया है—मानसिक विश्व (Mental world), व्यावहारिक विश्व (Practical world) और आधारभूत विश्व (Basic world)। हथेली पर अंगुलियों के जोड़ से ऊपर के सिरों तक का भाग मानसिक विश्व कहलाता है। यह व्यक्ति की मानसिक शक्ति का परिचायक है। शुक्र-पर्वत के शीर्षस्थल से चन्द्र-पर्वत के शीर्षस्थल तक खींची हुई सरल रेखा के ऊपर अंगुलियों के हथेली से जुड़ाव तक का भाग व्यावहारिक विश्व है; यह व्यक्ति की व्यवहारकुशलता का प्रतिनिधि है। इससे नीचे मणिबन्ध अथवा कलाई तक का भाग आधारभूत विश्व या भौतिक विश्व है जो मनुष्य की भौतिक इच्छाएं, वासनात्मक भावनाएं, अमानवीय विचार तथा कार्यों का परिचायक है।

हथेली पर पहली दृष्टि पड़ते ही आप बता सकते हैं कि कौनसा विश्व मूलतः व्यक्ति पर हावी है। उसीके अनुरूप उसका जीवन ढलता है। मानसिक विश्व की

प्रधानतावाले लोग—साहित्यकार, कलाकार, विचारक आदि व्यावहारिक रूप से सफल नहीं हो पाते। व्यावहारिक विश्व की प्रधानता आदमी को केवल रुपया बनाने की मशीन बना देती है, जबकि भौतिक विश्व का विकास मनुष्य को दुराचारी, पशुवत् बना देता है। कभी-कभी दो विश्व समान रूप से विकसित देखने को मिल जाते हैं। ऐसे लोग दो प्रकार की प्रवृत्तियों में समन्वय और सन्तुलन प्राप्त कर लेते हैं।

3. अंमूठा, अंगुलियां और नख

अंगूठा : तर्क और इच्छा का परिचायक—विभिन्न आकृतियों के अंगूठे और उनके गुण-दोष—अंगुलियां—तीन विभाग—विभिन्न प्रकार की अंगुलियां—नख : स्वास्थ्य के चिह्न—नखों की आकृतियां—नखों पर उपस्थित चिह्न।

अंगठा सामुद्रिक अध्ययन का प्रमुख केन्द्र है। हिन्दू और चीनी सामुद्रिक का आधार ही अंगूठा है। साधारण जिप्सी लोग अंगूठे से ही सामान्य बातें बता देते हैं। नैसर्गिक इच्छाशक्ति का केन्द्र होने के नाते इसे महत्त्व देना आवश्यक ही है। यह तीन अस्थिखंडों से मिलकर बनता है—हथेली से आगे निकले हुए दो भाग और तीसरा जो हथेली की आंतरिक संरचना करता है, और जिसपर शुक्र का पर्वत स्थापित होता है। शुक्र का अध्ययन प्रेम और वासना-केन्द्र के नाते अलग से हम करते हैं, शेष दो भागों में ऊपर का नाखूनवाला भाग इच्छा और बीच का भाग तर्क बताता है। यह इच्छाशक्ति नैसर्गिक होती है जबकि मस्तिष्क-रेखा द्वारा सूचित इच्छाशक्ति मानसिक होती है। चूंकि इच्छा मानव-जीवन का आधारभूत तत्त्व है, अतःअंगूठे का अध्ययन सतर्कता से करना अपेक्षित है।

लम्बे अंगठे दृढ़ इच्छाशक्ति और विकसित चरित्र के परिचायक होते हैं; छोटे अंगूठे अविकसित व्यक्तित्व बताते हैं। साधारणतया अंगूठा तर्जनी के आधार से तनिक ऊपर तक पहुंचता है। अंगूठे की लम्बाई और छोटाई इससे अधिक या कम स्थिति में देखनी चाहिए। इसके साथ ही यह भी समझ लेना चाहिए कि लम्बे अंगूठेवाले लोग व्यावहारिक, लाभप्रद और आवश्यक जीवन-

अंगूठा

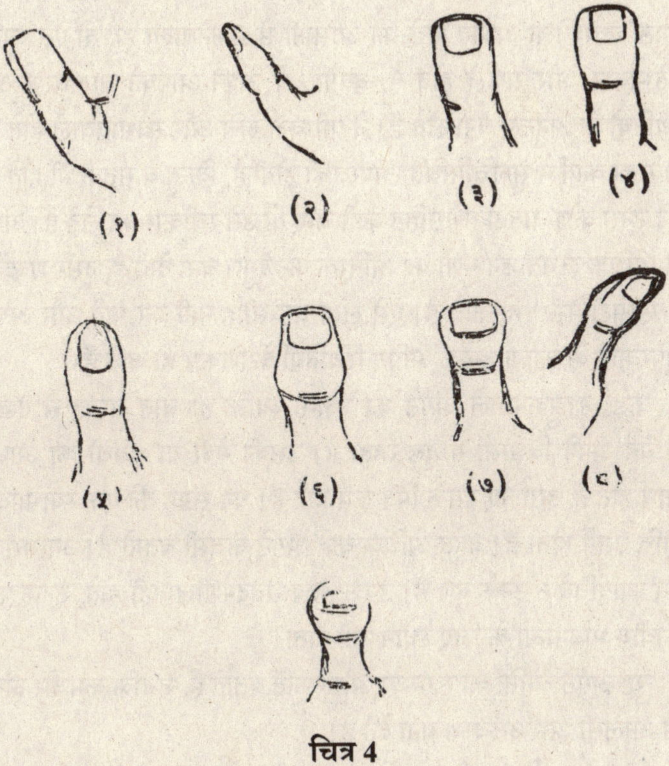

चित्र 4

दर्शन को मानते हैं, जबकि छोटे अंगूठेवाले व्यक्ति भावनात्मक, आधिभौतिक, सौन्दर्यपूर्ण दर्शन को माननेवाले होते हैं। यही कारण है कि लम्बे अंगूठे व्यक्ति को सफल बनाते हैं और छोटे अंगूठे भौतिक दृष्टि से सफल। असमान रूप से छोटे अंगूठे नितांत अविकसित व्यक्तित्व के द्योतक होते हैं। ऐसे लोग पशुवत् जीवन के दृष्टिकोणवाले होते हैं।

लचकीले और कड़े अंगूठे के जोड़ विपरीत लक्षण बताते हैं। यदि अंगुठा लचकीला अर्थात पीछे को आसानी से झकनेवाला हो, तो ऐसे व्यक्ति प्रतिभावान और सफल होते हैं, क्योंकि वे अपने-आपको वातावरण और स्थितियों के अनुरूप बना लेते हैं। वे परिष्कृत रुचि और स्वभाववाले होते हैं। उनके हर कार्य में सुरुचिमिश्रित लापरवाही होती है, किन्तु वे सतर्क भी होते हैं। यदि उनसे कोई बात प्रमाणसहित कही जाए तो उसे स्वीकार कर लेते हैं। अंगूठे की अधिक लचक इन गुणों का अतिरेक कर दुर्गुण बना देती है, दूसरे शब्दों में वे 'एक्सट्रीमिस्ट' हो जाते हैं। ऐसे लोग धन-संग्रह नहीं कर पाते और अपनी लापरवाही के कारण अनेक अप्रिय स्थितियों के शिकार हो जाते हैं।

कड़े, न झुकनेवाले अंगूठे का स्वामी व्यक्ति हर बात सन्देह से देखता है। वह अपने विश्वासों में दृढ़ रहता है। उसकी मैत्री या संबंधों का आधार स्वार्थ होते हैं, इसलिए उसके मित्र कम होते हैं। धन-संग्रह की एक स्वाभाविक प्रवृत्ति उसमें होती है। बहुत अधिक कड़े अंगूठे कंजूसी बताते हैं। आत्मसंयम और न्यायविवेक उनके गुण हैं। उनके हृदय संवेदनशील नहीं होते, उनके पास मानवीय भावनाओं के लिए स्थान नहीं होता।

पुष्ट अंगूठे व्यक्ति का स्वास्थ्य और स्फूर्ति बताते हैं, जबकि कमजोर अंगूठे उसे आलसी और अस्वस्थ बना देते हैं।

अंगूठा ऊर्ध्व-आधारित या निम्न-आधारित हो सकता है। अपनी सामान्य स्थिति से ऊपर उठा हुआ अंगूठा अज्ञान और मूर्खता का परिचायक है। नीचे को आधारित अंगूठा मानवीय गुणों का विकास बताता है। प्राणिशास्त्र के अध्येता पृष्ठ-अस्थिवंशी (Chordates Section Craniat a of vertebrates) प्राणियों में अग्र बाहु के विकास के सम्बन्ध में जानते हैं कि अंगूठा मनुष्य में सर्वाधिक

विकसित होता है। मनुष्येतर अन्य प्राणियों में—बन्दर आदि में यह हथेली से जुड़ा हुआ या बहुत पास प्रायः ऊपर की ओर अस्त-व्यस्त रूप से स्थित होता है। मनुष्य में अंगूठे की यही स्थिति स्वभाव में पशुता का लक्षण होती है।

अविकसित अंगूठा [चित्र–4 आकृति–1] केले जैसी अनुपातहीन आकृति का होता है, जो मांस की एक थैली जैसा दिखता है। यह नितान्त अविकसित स्थिति है, जो चरित्र में भारीपन, पशुत्व और निर्ममता भर देती है। ये लोग तर्कशून्य, इच्छाशून्य, साधारण, मूर्ख और व्यवहारों में असभ्य होते हैं। दबे हुए अंगूठे [आकृति–2] जो सपाट से दिखते हैं, स्नायुओं की सवेदनशीलता और व्यक्ति की स्नायुशक्ति प्रकट करते हैं, जिसका अतिक्रमण व्यक्ति में स्नायविक असन्तुलन में परिणत हो जाता है। चौथे अंगूठे [प्राकृति–3] से दृढ़ इच्छाशक्ति और सबल शारीरिक शक्ति का भान होता है। ये पुष्ट और मांसल होते हैं। ऐसे व्यक्ति अपनी शक्तियों के कारण प्रत्येक अवरोध की स्थिति में दृढ़ बने रहते हैं। वर्गाकार अथवा कलात्मक हाथों में एक-सी लम्बाईवाले अंगूठे [आकृति–4] सफल हुआ करते हैं। ये व्यक्ति अपने व्यवहार-चातुर्य के बल पर सफलता प्राप्त करते हैं।

कोणिक सिरेवाले अंगूठे [आकृति–5] रखनेवाले व्यक्ति प्रभावशाली और सुरुचिवान होते हैं। वर्गाकार सिरे [आकृति–6] व्यक्तित्व में सामान्य अनुभवों और तार्किक स्वभाव को उत्पन्न करते हैं। अंगूठे का बहुत फैला हुआ सिरा [आकृति–7] मनुष्य में मौलिकता, स्वतन्त्रता और उच्छृंखलता की सृष्टि करता है। कुछ दबे हुए और लगभग आयताकार इच्छाखण्डवाले [आकृति–8] अंगठे बहुत अधिक विकसित इच्छाशक्ति बताते हैं। सबसे अधिक विचित्र आकृति अपराधी अंगूठों की होती है। गेंद की तरह गोल, मांसल और संकरे नाखूनवाले अंगठे [प्राकृति–9] अपराधियों और खूनियों के होते हैं। इनकी इच्छाशक्ति नितान्त अविकसित और स्वभाव अस्थिर, खूंख्वार होता है। अपराधियों के हाथों में मैंने अधिकतर ऐसे अंगूठे देखे हैं। इन्हें अच्छे-बुरे का ज्ञान नहीं होता, खून की प्यास इन्हें बेचैन रखती है, विश्वस्त साथी की पीठ में भी छुरा घोंपते समय ये नहीं हिचकते।

इच्छा और तर्कवाले खण्डों को देखकर यह आसानी से समझा जा सकता है कि मनुष्य में कौन-सी प्रवृत्ति प्रमुख है। तर्क-खण्ड यदि इच्छा से संतुलित

होतो शुभ स्थिति है। कभी-कभी ऐसा नहीं होता। यदि दुर्बल हो तो कमज़ोर स्वास्थ्य और शक्ति का परिचायक है। यदि खुरदरा, कड़ा और मोटा हो तो व्यक्ति के तर्क अज्ञानपूर्ण होते हैं। यदि चिकना, मुलायम और सुन्दर हो तो तर्क मंजे हुए बौद्धिक और रचनात्मक होते हैं।

अंगूठे से अलग अंगुलियां तीन-तीन खण्डों में बंटी होती हैं। चार अंगुलियों में अंगूठे की तरफ से पहली तर्जनी, दूसरी मध्यमा, तीसरी अनामिका और चौथी कनिष्ठा कहलाती है। ये क्रमशः गुरु, शनि, सूर्य, और बुध-पर्वतों पर आधारित होती हैं। पर्वतीय गुणों का ह्रास अथवा विकास अंगुलियों की प्राकृति, पुष्टता और मांसलता से प्रकट होता है। सीधी, सुन्दर, चिकनी और पुष्ट अंगुलियां पर्वतीय गुणों की वृद्धि करती हैं। इसके विपरीत टेढ़ी-मेढ़ी, कुरूप, खुरदरी और दुर्बल अंगुलियां पर्वतीय गुणों को कम करती हैं।

नैसर्गिक रूप में अंगुलियां एक विशेष अनुपात में लम्बी होती हैं। शनि की अंगुली सबसे बड़ी, गुरु की अंगुली मध्यमा के आखिरी खण्ड के मध्य तक पहुंचनेवाली, सूर्य की अंगुली भी लगभग इसी लम्बाई की और बुध की अंगुली अनामिका के आखिरी खण्ड के आधार तक पहुंचती हई सामान्य रूप में मिलती है। इससे न्यूनाधिक लम्बाई असामान्य होती है।

गुरु की लम्बी अंगुली स्वभाव में एक शासकीय भावना उत्पन्न कर देती है। ऐसे व्यक्ति बहुधा लोकप्रिय और लोकसम्मानित होते हैं। छोटी तर्जनी उत्तरदायित्वहीनता और उद्देश्य की अनुपस्थिति बताती है। शनि की लम्बी अंगुली से एकान्तप्रियता, गम्भीरता और मननशीलता का बोध होता है; छोटी होने पर यह इन गुणों का अभाव प्रकट करती है। सूर्य-अंगुली यश-कामना बताती है, बहुत लम्बी होने पर व्यक्तित्व की जीवटप्रियता और भाग्य से दांव लगानेवाली मनःस्थितियां बताती है। इसी कारण ये लोग अच्छे साहसी और अक्सर जुआरी होते हैं। छोटी अनामिका से इन चीजों के प्रति अरुचि का भान होता है। 'कनिष्ठा' या बुध की अंगुली वाचालता और विचारों की सही व्याख्या की द्योतक है। अधिक छोटी होने से व्यक्ति मानसिक शक्तियों का दुरुपयोग करने लगता है।

अंगुलियां

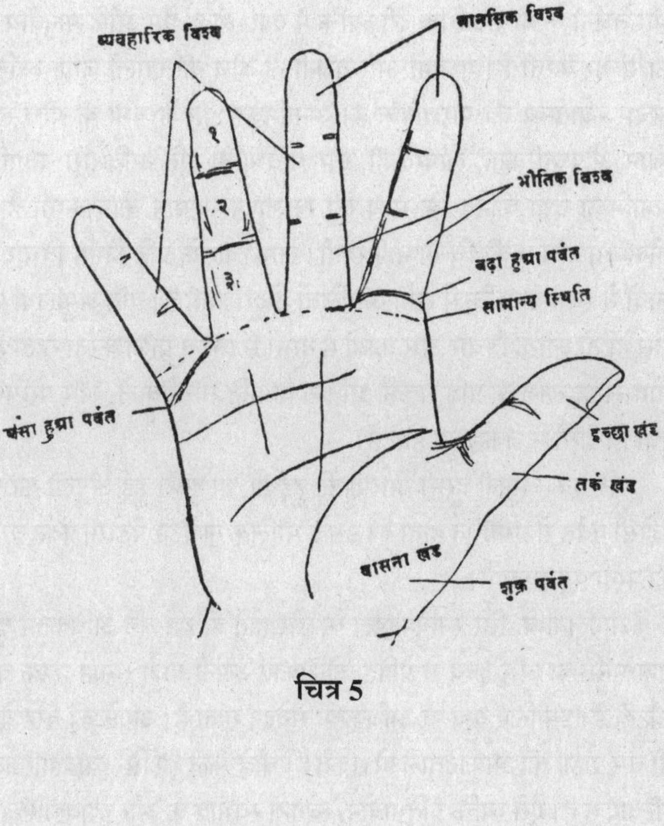

व्यवहारिक विश्व
मानसिक विश्व
भौतिक विश्व
बढ़ा हुआ पर्वत
सामान्य स्थिति
धंसा हुआ पर्वत
इच्छा खंड
तर्क खंड
वासना खंड
शुक्र पर्वत

चित्र 5

हथेली से अपेक्षाकृत छोटी अंगुलियां भौतिक तथा पाशविक गुणों का ज्ञापन करती हैं। लम्बी अंगुलियां बौद्धिक परिष्कार बताती हैं।

हथेली से एक सामान्य क्रम में जुड़ी हुई अंगुलियां शुभ होती हैं। यदि कोई अंगुली अन्य अंगुली की तुलना में नीचे पर्वत में धंसती हुई हो [चित्र–5] तो उस पर्वत के गुण समाप्तप्राय हो जाते हैं। इनके विपरीत यदि पर्वत सामान्य स्थिति से अलग आगे की ओर बढ़ा हुआ हो तो गुण बढ़ जाते हैं।

दो अंगुलियों के बीच की खाली जगह भी अपना महत्त्व रखती है। अंगूठे और तर्जनी के बीच अधिक दूरी व्यक्ति में दया, श्रद्धा, प्रेम आदि मानवीय गुणों का संचार करती है। मध्यमा और तर्जनी के बीच की खाली जगह व्यक्ति के विचार-स्वातन्त्र्य की परिचायक है। अनामिका और मध्यमा के बीच खाली स्थान औपचारिकता, लापरवाही और भविष्य के प्रति अविश्वास बताती है। अनामिका तथा कनिष्ठा के मध्य का खालीपन मनमाने कार्य करता है, उसे लोक-आलोचना की चिन्ता नहीं रहती। लोकाचार के प्रति निर्मम विचार और कार्यों में स्वतन्त्र व्यक्ति में सभी अंगुलियों में दूरी होती है। यदि अंगुलियां पास-पास हों तो व्यक्ति विचार और कार्यों में दूसरों से प्रभाव ग्रहण करता रहता है। ये लोग लोक-लाज के प्रति सतर्क, भविष्य के प्रति सोचनेवाले, और परम्पराओं तथा विश्वासों में जकड़े हुए होते हैं।

यदि एक अंगुली दूसरी ओर झुकी हुई हो, तो झुकी हुई अंगुली का पर्वत पड़ोसी पर्वत से प्रभावित होता है। उसके मौलिक गुणों पर पड़ोसी पर्वत के गुणों का परदा पड़ जाता है।

अंगुलियों के सिरे स्नायुमण्डल के छोर होते हैं; यह वह अधिकतम दूरी है जहां मस्तिष्क और हृदय से प्रेषित कोशिकाएं अपनी यात्रा समाप्त करके वापस लौटती हैं। इसीलिए यहां पर अधिकतम संवेदन रहता है। अंगठे की तरह ये सिरे भी चार प्रकार की आकृतिवाले हो सकते हैं। चौड़े, फैले हुए सिरे व्यावहारिकता के परिचायक हैं। ऐसे व्यक्ति प्रतिभावान, स्वतन्त्र स्वभाव के और व्यावहारिक कार्य करने वाले होते हैं। वर्गाकार सिरे क्रमबद्धता, सुनियोजन और परिष्कृत कार्यप्रणाली के द्योतक हैं। ऐसे लोग प्रमाण और तर्कों के हामी होते हैं। वे कविता नहीं, इतिहास

और विज्ञान पढ़ते हैं। उनके प्रत्येक क्षण का पूर्वभासित रूप उनके सामने रहता है। कोणिक सिरे प्रायः स्त्रियों में अधिक मिलते हैं। इनसे कलात्मक, प्रभाववादी और आदर्शप्रिय व्यक्तियों का पता चलता है। उनके हर कार्य, रहन-सहन और चाल-ढाल में यह कला और सौन्दर्यप्रियता परिलक्षित होती हैं। ये प्रायः अव्यावहारिक अतः असफल होते हैं। नोकीले सिरे इन लक्षणों को अति की स्थिति तक पहुंचा देते हैं। नोकीली अंगुलियोंवाले दिवा-स्वप्नों के द्रष्टा होते हैं। सत्य-जगत् से दूर से दूर एक कल्पना के विश्व में वे रहते हैं, नितान्त अव्यावहारिक होते हैं वे।

हथेली के विभागों की तरह अंगुलियों के पोर भी तीन विश्वों का प्रतिनिधित्व करते हैं। उसी क्रम में ऊपर मानसिक विश्व, बीच में व्यावहारिक विश्व और नीचे भौतिक विश्व। ये तीन पोर दो जोड़ों से बनते हैं। पहला जोड़ मानसिक क्रमबद्धता का प्रतिनिधित्व करता है, और दूसरा भौतिक उपलब्धियों के प्रति चाह का। इनके उभार इन प्रवृत्तियों का विकास बताते हैं। दार्शनिक हाथों का लक्षण ही ये गांठे हैं। गठीली अंगुलियां सदा विवेक, विचारशीलता, अध्ययनप्रियता और गम्भीरता की द्योतक होती हैं। वे स्वभाव से तर्कप्रिय और विश्लेषणात्मक होते हैं; ईश्वर पर वे केवल इसलिए विश्वास नहीं कर पाते क्योंकि उसका प्रमाण उनके पास नहीं। इनका हर कार्य मौलिक और सर्वांग-सम्पूर्ण होता है।

पहली गांठ का अधिक विकास प्रतिभावान मस्तिष्क तथा विचारवान व्यक्तित्व की रचना करता है। अत्यधिक बढ़ी हुई ये गांठे मनुष्य को भौतिकता के प्रति उदासीन बना देती हैं। वह स्वभाव से लापरवाह और आर्थिकता आदि के प्रति उदासीन हो जाता है। दूसरी बढ़ी हुई गांठवाला मनुष्य भौतिक रूप से अत्यन्त चतुर होता है।

चिकनी, गांठरहित अंगुलियोंवाले लोग विश्लेषणात्मक न होकर आस्थाशील होते हैं। भावनाएं, परम्पराएं और दूसरों के विचार द्वारा निर्देशित होने पर भी ये बहुधा अपने क्षेत्रों में सफल होते हैं, क्योंकि इनके कार्यों का आधार तर्क-वितर्क न होकर निश्चय होते हैं। ऐसी अंगुलियां व्यक्ति का रुझान धार्मिकता के प्रति कर देती हैं। वे अपने-आपको आत्मा से संचालित मानते

हैं। कला के क्षेत्रों में ये उल्लेखनीय कार्य करते हैं। वे अपने हर कार्य के प्रति आश्वस्त होते हैं, पूरे विश्वास के साथ ये कार्यारम्भ करते हैं और किसी कुतर्कवश उसे बीच में नहीं छोड़ देते।

हथेली को पार्श्व से देखने पर जो अंगुलियां पीछे की ओर झुकी हुई दिखें, वे स्वतन्त्र और खुले मस्तिष्क की प्रतीक हैं। जो अंगुलियां हथेली में अन्दर की तरफ झुकी हों, उनसे संदेहशील व्यक्तियों का आभास मिलता है।

नख का नाखून कार्टीलेज के वे टुकड़े होते हैं जो अंगुलियों और अंगूठे के सिरों की कवच की तरह रक्षा करते हैं। इनकी सतह, बनावट और रंग के अध्ययन से व्यक्ति के स्वास्थ्य और बीमारियों का परिचय मिलता है। फेफड़ों, दिल, रक्त आदि की पैतृक बीमारियां इनपर स्पष्ट रूप से जानी जा सकती हैं। कभी-कभी उत्पन्न हो जानेवाले दाग आदिकालिक अस्वस्थताओं का परिचय देते हैं।

मनुष्येतर प्राणियों में नाखून उनके आहारानुरूप होते हैं। खरगोश के नख शाकाहारी होने के कारण जहां मुलायम और नर्म होते हैं, वहीं कुत्ते, बिल्ली, शेर आदि जन्तुओं के पंजों में नाखून एक तेज़ औज़ार का काम करते हैं। मांसभक्षी आदिम जातियों में आज भी नाखून पैने और कड़े मिलते हैं।

स्वस्थ नाखून मुलायम, चिकने और गुलाबी होते हैं। मृतसदृश, खुरदरे और दरारोंवाले नखों से व्यक्ति की अस्वस्थता का बोध होता है। नाखूनों की सतह पर रेखाएं स्नायविक दुर्बलता का लक्षण हैं। जब ये रेखाएं आधार के प्रति समानान्तर उभरें तो उनमें नखों के रुद्धविकास का संकेत मिलता है। ऐसी स्थिति में किसी गत गम्भीर बीमारी का पता चलता है। एक नये नाखून के विकास में लगभग छः से नौ माह तक लगते हैं। इस आधार पर बीमारी का समय बताया जा सकता है।

लम्बे नाखून [चित्र–4, आ०–5] फेफड़ों और वक्ष की दुर्बलता बताते हैं। कुछ छोटे नाखूनोंवाले व्यवित गले और सांसनलिका के रोगों से पीड़ित हो सकते हैं। छोटे नाखून [चित्र–4, आ०–7] हृदय की बीमारियों से ग्रस्त हो सकते हैं। यदि छोटे नाखून मांस में दबे हों, तो स्नायु-अवस्थाओं के द्योतक हैं। लम्बे-संकरे नाखूनों से अस्थियों और सुषुम्ना की दुर्बलता संभावित प्रतीत होती है।

चपटे नाखून लकवे की स्थिति बताते हैं।

नाखूनों का नीला रंग रक्त का अशुद्ध प्रवाह बताता है। नाखूनों पर सफेद दाग स्नायविक दौर्बल्य, और काले दाग रक्त-अशुद्धि के परिचायक हैं। नाखूनों के आधार पर चन्द्र हृदय की कार्य-त्वरा बताते हैं। इनकी अनुपस्थिति रक्तप्रवाह में गतिरोधन की द्योतक है।

4. पर्वत

सामान्य, विकसित और अविकसित पर्वत—शुक्र, मंगल, गुरु, शनि, सूर्य, बुध और चन्द्र पर्वतों के गुण—विकसित पर्वतों के आधार पर हाथों का वर्गीकरण—दो पर्वतों के समान विकास—पड़ोसी पर्वतों द्वारा गुणों में मिश्रण—पर्वतों पर चिह्न—स्थिति के अनुसार च्युत अथवा अच्युत पर्वत—जन्मतिथि और पर्वतीय प्रभाव।

पर्वत सामान्य, विकसित अथवा अविकसित हो सकते हैं। हाथ पर इनके स्थान और सीमाएं [चित्र-6] स्पष्ट हैं। ये पर्वत विकसित होने पर काफी उठे हुए और मांसल, सामान्य स्थिति में समतल और अविकसित होने पर सामान्य तल से एक दबी हुई जगह के रूप में हथेली पर दीख पड़ते हैं। एक हथेली में सभी पर्वत विकसित हो सकते हैं। साधारणतया कोई एक विशेष पर्वत सर्वाधिक सम्पूर्ण विकसित होता है और व्यक्ति के चरित्र में उसी पर्वत के गुण सासन करते हैं।

पर्वतों का नामकरण उनके गुणों के आधार पर—यूनानी विज्ञों द्वारा उन देवताओं या ग्रहों के नाम पर किया गया है जो इन गुणों के संचालक माने जाते हैं। नवीनतम विज्ञान इन पर्वतों को स्नायु-केशिकाओं का एक ऐसा केन्द्र मानता है जो मस्तिष्क के एक विशेष भाग से सम्बद्ध होकर उस भाग-विशेष द्वारा संचालित रहता है। मस्तिष्क के विभिन्न भागों में विभिन्न मानसिक प्रवृत्तियां रहती हैं, अतः किसी पर्वत को उससे सम्बद्ध उस मानसिक विभाग का परिचायक ही कहा जाएगा, जिसके गुण अथवा

पर्वत

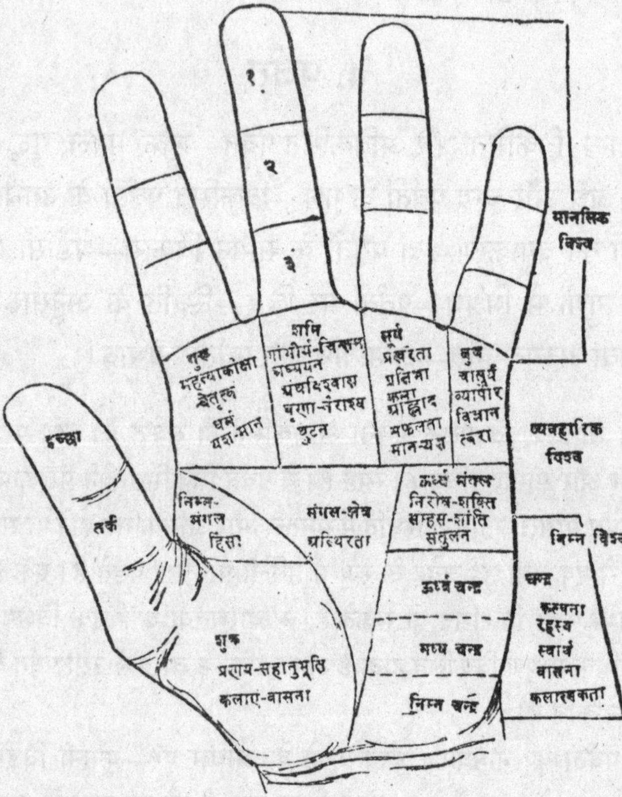

१
२
३
मानसिक
विश्व
गुरु
महत्वाकांक्षा
धर्म
यश-मान
शनि
अध्ययन
घृणा-नैराश्य
सूर्य
प्रतिभा
कला
आह्लाद
सफलता
मान-यश
बुध
व्यापार
विज्ञान
त्वरा
व्यवहारिक
विश्व
इच्छा
तर्क
निम्न-
मंगल
हिंसा
अस्थिरता
ऊर्ध्व मंगल
निरोध-शक्ति
साहस-शांति
संतुलन
निम्न विश्व
ऊर्ध्व चन्द्र
मध्य चन्द्र
निम्न चन्द्र
चन्द्र
कल्पना
रहस्य
स्वार्थ
वासना
शुक्र
प्रणय-सहानुभूति
कलाएं-वासना

चित्र 6

अवगुण पर्वत के विकास से प्रतिलक्षित होते हैं। चरित्र इन्हीं मानसिक प्रवत्तियों द्वारा संचालित होता है।

शुक्र

शुक्र अथवा 'वीनस' पुराने यूनानी धर्मशास्त्रों में कला, प्रेम और भावना की देवी कही गई है। हाथ पर अंगूठे के पहले अस्थिखंड के रूप में यह प्रेम का स्थान है। विकसित शुक्रवाले व्यक्ति प्रेम, सहानुभूति और दया के मूर्तरूप होते हैं। शुक्र हथेली का सबसे बड़ा मांसपिंड है और इसका विकास अच्छे स्वास्थ्य, सशक्त हृदय तथा निर्दोष रक्त-संस्थान की हालत में ही सम्भव है। इसलिए शुक्र का विकास चरित्र में स्फूर्ति, उत्साह, स्वच्छंदता लाता है। जिस हथेली में शुक्र चरित्र का शासक हो, वह मनुष्य विरोधी योनि के प्रति अस्वाभाविक, तीव्र पाकर्षण रखता है, उसके विचार वासनात्मक प्रेम के प्रति झुके हुए होते हैं। ऐसे पर्वतों के साथ सुन्दर सन्तुलित मस्तिष्क-रेखा और पुष्ट इच्छावाला अंगूठा अगर नहीं हो तो ये लोग बहत ही वासनात्मक हो जाते हैं। शुक्र-विकसित व्यक्ति सूरुचिवाले होते हैं, वे व्यवहारों में स्पष्टता के पोषक होते हैं, लेकिन तीव्र रक्तप्रवाह उनके मानसिक सन्तुलन को भी बिगाड़ सकता है। ज़रा-सी बात पर वे गरम हो सकते हैं और दूसरे ही क्षण पांव पकड़कर क्षमा मांग सकते हैं। स्वभाव से ही ये लोग अच्छे स्तर का रहनसहन चाहते हैं, रहते भी हैं।

शुक्र का प्रभाव दो प्रकार से पड़ सकता है। यदि अंगुलियां चिकनी, कोमल और कोणिक अथवा नोकीली हों तो शुक्र का विकास मनुष्य में स्त्रियोचित यौन भावनाएं भर देता है, किन्तु यदि अंगुलियां ऐसी न हों तो शुक्र सदा पुरुषोचित ही होता है।

यदि शुक्र की सतह चिकनी और कम रेखाओंवाली हो तो शुक्रीय गुणों के प्रति व्यक्ति का रुझान होता है, किन्तु यदि शक्र पर जालियां और रेखाओं के व्यूह हों तो पर्वतीय गुण बढ़ जाते हैं, उसके व्यवहार में इनकी प्रधानता आ जाती है, उसके कार्य शुक्र द्वारा संचालित होते हैं।

शुक्र व्यक्तित्व को प्रभावशाली बना देता है। वह स्वाभाविक रूप से आकर्षण योग्य हो जाता है। व्यक्ति हर गम्भीरता को प्रसन्नता और स्फति से ग्रहण करता है, जीवन उसके लिए भार नहीं होता, वह जीवन को अधिक से अधिक उपयोगी बना

लेना चाहता है, भले ही वह लक्ष्य-युक्त महत्त्वाकांक्षाओंवाला या अध्यवसायी न हो। हर सुन्दर के प्रति उसका सहज आकर्षण होता है। वह ईमानदार और विश्वस्त होता है, उसके स्वभाव में स्वार्थ नहीं होता। लेकिन वह इतनी अपेक्षा अवश्य रखता है कि उसकी कार्यप्रणाली को दूसरे प्रशंसा की दृष्टि से देखें। मित्रों के लिए वह कोई भी काम करने को तैयार रहता है।

कलाओं के प्रति स्वाभाविक रुचि रहने पर भी उसे संगीत में अधिक दिलचस्पी रहती है। यदि चन्द्र-पर्वत विकसित, सूर्य, बुध और मस्तिष्क की रेखाएं साफ और अंगुलियां कोणिक सिरोंवाली, चिकनी, गांठरहित हों, तो व्यक्ति में शुक्र का विकास उसे संगीतकार भी बना देता है। शुक्र-प्रधान लेखक स्वभाव से प्रसन्न और आस्थाशील होने पर भी निराशापूर्ण रचनाएं लिखता है।

यदि शुक्र का पर्वत कड़ा, खुरदरा और बेडौल विकसित हो तो खराब होता है। ऐसी हथेलियां भी खुरदरी, लाल रंग की और कड़ी, न झुकनेवाली होती हैं, अंगुलियां छोटी और भौतिक विश्ववाला पोर अधिक मोटा होता है। ऐसे व्यक्ति महत्त्वाकांक्षी नहीं होते, मानसिक रूप से विकसित नहीं होते। उनकी वासना पशुओं जैसी होती है। वे कलाप्रिय नहीं होते हैं। भड़कती चीजें उन्हें आकृष्ट करती हैं, शुद्ध सौन्दर्य से उन्हें घृणा होती है। प्रेम उनके लिए केवल भौतिक आनन्द का माध्यम बन जाता है। वे प्रात्मकेन्द्रित और स्वार्थी होते हैं।

समतल या दबा हुआ शुक्र-पर्वत भी इन्हीं अवगुणों का द्योतक है। किन्तु इस स्थिति में मनुष्य का रुझान अध्ययन की ओर हो जाता है। ऐसे शुक्र-पर्वतवाले व्यक्ति कानून-शास्त्री, चिकित्सक, रासायनिक आदि हो जाते हैं क्योंकि प्रेम और सौन्दर्य से विपरीत उनकी प्रकृति तर्क और ज्ञान की ओर झुक जाती है।

शुक्र-पर्वतीय हथेली का सामान्य रंग गुलाबी होता है। जो सामान्य स्वास्थ्य और प्रकृति का द्योतक है। दूसरे सभी रंग असामान्य हुआ करते हैं। सफेद रंग स्वभाव में ठंडक उत्पन्न कर देता है। सारे शुक्रीय गुण घट जाते हैं। इसके विपरीत गहरा लाल रंग शुक्रीय गुणों को अहितकर रूप से बढ़ा देता है। पीला रंग अवसर इस वर्ग में नहीं होता; होता है तो अस्वस्थता का लक्षण है। नीला रंग हृदय-सम्बन्धी अस्वस्थताओं का परिचायक है।

अंगुलियों के सिरों और नाखूनों को भी ध्यान से देखिए। कोणिक सिरे कलात्मक प्रवृत्ति, वर्गाकार सिरे व्यावहारिक प्रवृत्ति, फैले हुए सिरे मानवीय गुणों के वर्धक होते हैं। फैले हुए सिरों के शुक्रीय व्यक्ति हर चीज़ को प्रेम करते हैं, पालतू जानवर रखते हैं, खिलाड़ी होते हैं, प्रतिभा और स्थिरता उनके हर कार्य में पाई जाती है। नाखून उनके स्वास्थ्य अथवा अस्वस्थता बता देते हैं। साधारणतया शुक्रीय व्यक्ति गले की बीमारियों से पीड़ित होते हैं; सिरदर्द, हृदयशूल तथा आंतों की गड़बड़ी का सन्देह उनमें रहता है।

यदि चारित्रिक दोषों को छोड़ दें तो शुक्रीय व्यक्ति प्यार और मैत्री के योग्य होते हैं।

मंगल

मंगल या 'मार्स' शक्ति, युद्ध और वीरता का देवता माना जाता है। हाथ में यह इन्हीं गुणों का प्रतिनिधि है। हथेली पर इसके दो स्थान हैं—एक चन्द्र और बुद्ध की सीमाओं के बीच, जिसे ऊर्ध्व मंगल, और दूसरा गुरु और शुक्र के बीच जीवन-रेखा से घिरा हुआ, जिसे निम्न मंगल कहते हैं।

सामान्य गुणों के आधार पर वीर,निडर, शक्तिशाली और देशभक्त लोग मंगलीय हए हैं; वे अच्छे लड़ाके होते हैं; उनके चरित्र में हिचक, कायरता और दब्बूपन नाम-मात्र को नहीं होता। दो अलग मंगल-पर्वतों का विकास मनुष्य में दो अलग मंगलीय गुणों का वैशिष्ट्य बताता है। ऊर्ध्व-मंगल चरित्र में स्थिरता और विरोध लाता है, जबकि निम्न मंगल लड़ाक बनाता है।

पर्वतों से घिरी हथेली के बीच की सतह मंगल-क्षेत्र कहलाती है। यह स्वभाव की अस्थिरता बताता है। यह जितना विस्तृत होगा, व्यक्ति उतना ही स्वभाव में असन्तुलित होता है। अशक्त मस्तिष्करेखा उसे सनकी बना देती है। यदि यह क्षेत्र खाली या गड्ढे की तरह हो तो स्वभाव की यह अस्थिरता और सनक खत्म हो जाती है। ऐसे व्यक्ति सफल होते हैं।

इस तरह मंगलीय गुणों की अभिव्यक्ति के तीन केन्द्र हैं। ऊर्ध्व मंगल के अधिक विकासवाले व्यक्ति स्वभाव से लड़ाकू नहीं होते, केवल तर्कों से किसी बात का विरोध करते हैं, जबकि निम्न मंगल का विकास उन्हें अपनी बात

मनवाने के लिए किसी भी प्रकार की शक्ति का उपयोग करवा सकता है। यदि निम्न मंगल अत्यधिक विकसित और ऊर्ध्व मंगल अविकसित हो तो स्वभाव में लम्पटता आ जाती है। ऐसे लोग आदतन झूठ बोलनेवाले, धोखेबाज होते हैं।

शारीरिक दृष्टि से मंगलीय व्यक्ति सुगठित, स्वस्थ और शक्तिमान होते हैं। वे स्पष्टवक्ता और शब्द के सही अर्थ में बोलनेवाले होते हैं। उनकी बातों में और कार्यों में कोई उलझाव या घुमाव नहीं होते। वे वीरोचित साहसी कार्यों के प्रशंसक होते हैं। उत्तरदायित्वों का निर्वाह वे सैद्धान्तिक रूप से करते हैं। नेतृत्व की लालसा उन्हें सेना आदि में जीविका-उपार्जन के लिए ले जाती है। उनकी वासना और प्यार शक्ति के आधार पर चलते हैं। मांस और ठोस गरिष्ठ पदार्थों के भोजन उन्हें रुचिकर लगते हैं। वे अध्ययन, चिन्तन और दर्शन को उपहास की दृष्टि से देखते हैं। अपने विश्वासों पर वे दृढ़ रहते हैं। बोलते समय शक्ति और ज़ोर से किसी भी बात को कहते हैं। युद्ध और जीवटों की चर्चा उन्हें प्रिय होती है।

मंगल का अहितकर विकास उन्हें दुराचारी, व्यसनी और अपराधी बना देता है। यदि मंगल काफी व्यसनी हो तो रूखी हथेली, छोटी अंगुलियां और गोल अंगूठा निश्चित रूप में एक हत्यारे के चिह्न हैं। ये अपने विरोधी को गोली-बन्दूक से नहीं, निर्ममता से किसी पैनी धारवाले अस्त्र से मार देते हैं।

मंगल पर आड़ी रेखाएं, क्रास, त्रिकोण, चतुर्भुज, व्यूह, द्वीप या बिन्दु खराब होते हैं और चारित्रिक अथवा स्वास्थ्य-सम्बन्धी दोष बताते हैं।

त्वचा की कोमलता प्रायः मंगलीय व्यक्तियों में नहीं मिलती। सामान्य रूप से कोमल त्वचा उन्हें सामाजिक बना देती है। वे व्यवहार में माननीय होते हैं, भले ही मंगलीय गुण उन्हें मल्ल या पेशेवर कुश्तीबाज़ बना दें। ऐसी त्वचा प्रायः ऊर्ध्व मंगल के विकसित व्यक्तियों में पाई जाती है। यह स्वभाव में संतुलन की द्योतक भी है।

हाथ की लचक मस्तिष्कीय विकास का संकेत करता है। लचकीले मंगलीय हाथ मनुष्य के विकासवान चिन्तन के परिचायक हैं। ऐसे हाथोंवाले व्यक्ति शान्त, शिष्ट और संयत होते हैं। यद्यपि अचानक उत्पन्न अस्थिरता उन्हें मंगल दे ही देता है। कठोर, न झुकने वाला हाथ जड़ मस्तिष्क और मंगलीय

अवगुणों का अतिरेक बताता है।

मंगल का सामान्य रंग लाल होता है। यह सशक्त रक्त-संस्थान, शक्ति और स्वास्थ्य का प्रतीक है। किन्तु अपराध-स्थितियों से बच नहीं पाता। गुलाबी रंग मंगलीय दुर्गुणों को घटा देता है। सफेद रंग यदि कभी मिलता है तो मंगलीय स्वास्थ्य और साहस प्रायः समाप्त कर देता है। पीला रंग निश्चित रूप से अशक्त स्नायुओं का द्योतक है। ये लोग हमेशा अपराधी होते हैं। नोले रंग की मंगलीय हथेली बहुत ही गिरे हुए स्वास्थ्य की घोषणा करती है।

हथेली के तीन विश्वों का पर्यवेक्षण मंगलीय व्यक्तियों में करना आवश्यक है, क्योंकि इसका प्रतिनिधित्व कोई अंगुली नहीं करती जिसके आधार पर इसकी शक्ति का अनुमान संभव हो। सुस्पष्ट मानसिक विश्व और निश्चित, निर्दोष मस्तिष्क-रेखा मंगलीय व्यक्ति में तर्क और चिन्तन की अभिवृद्धि करती है। यदि मध्य या व्यावहारिक विश्व अधिक विकसित हो तो मनुष्य व्यावहारिक हो जाता है। ऐसे मंगलीय व्यक्ति कुशल व्यापारी होते हैं, वे किसी भी विरोध, साहस और प्रतियोगिता की स्थिति में मंगल की शक्ति के सहारे सफल होते हैं। निम्न विश्व का विकास खतरनाक होता है और मनुष्य को पशु बना देता है।

कोणिक अंगुलियां मंगलीय व्यक्तित्व को आदर्श प्रिय बनाती हैं, वर्गाकार अंगुलियां व्यावहारिक और फैली हुई अंगुलियां मंगलीय गुणों की सक्रियता की पोषक हैं। गठीली अंगुलियों से तर्क और सोचने-समझने की शक्ति की बढ़ोतरी होती है।

मंगल के गुणों का सावधानी से सर्वेक्षण आवश्यक है,क्योंकि यह पर्वत दो परस्पर विरोधी मानसिक स्थितियों का प्रतिनिधित्व करता है।

मंगल की अविकसित स्थिति में व्यक्ति संयमी, उत्तरदायी, विश्वस्त और अच्छे साथी साबित होते हैं। यौन सम्बन्धों में वे पर्याप्त संतुलन से काम लेते हैं।

गुरु

गुरु या 'जुपिटर' स्वभाव से संचालन, नेतृत्व और अधिकार का देवता है। हथेली पर यह निम्न मंगल के ऊपर, तर्जनी के आधाररूप में स्थित रहता है।

तर्जनी और गुरु के पर्वत इन गुणों की अभिव्यक्ति करते हैं।

विकसित गुरु का पर्वत, यदि मस्तिष्क-रेखा स्पष्ट हो तो, इन गणों का चरित्र पर स्वाभाविक प्रभाव डालता है। यदि मस्तिष्करेखा कटी हुई और दुर्बल हो, तो स्वभाव में घमंड, रईसियत और आत्मविश्वास तथा आत्मवैशिष्ट्य प्रकट होते हैं।

गुरु-पर्वतीय प्रधानतावाले लोग स्वभाव से महत्त्वाकांक्षी, नेता होते हैं। उनकी यह प्रवृत्ति उन्हें सामाजिक नेता, राजनीतिज्ञ बनाती है। जनता को सतत प्रभावित करने तथा संचालन की जन्मजात इच्छा उनमें होती है। वे सामाजिक रूप से महत्त्व प्राप्त करते हैं। वे धर्मवादी, सामान्य और अध्ययनशील होते हैं।

शारीरिक दृष्टि से गुरु-पर्वतीय व्यक्ति साधारण कद के, सुडौल, स्वस्थ और अध्ययनशील होते हैं। बोलते वक्त वे कुशलता से साफ और प्रमाणबद्ध अभिव्यक्तियों वाले होते हैं। उनका हृदय दयालु और मानवीय होता है। उनकी भावनाए शब्दों तक सीमित नहीं होतीं, उन्हें वे मूर्तरूप देने के लिए सतत प्रयत्नशील रहते हैं। अर्थ से अधिक सम्मान और शासन उन्हें इष्ट होते हैं। वे आसानी से प्रसन्न किए जा सकते हैं। अधिकार और स्वतन्त्रता की भावनाएं उनमें प्रधान होती हैं।

उनका स्वास्थ्य उन्हें अच्छी-बुरी स्थितियों में झुलाता रहता है। सुस्वादु चीज़ें उन्हें प्रिय होने से अक्सर उन्हें पेट की शिकायतें रहती हैं।

यौन सम्बन्धों में वे दूसरी योनि के प्रति ज़बर्दस्त आकर्षण रखते है। सजी-संवरी, सुरुचिपूर्ण महिलाएं उन्हें पसन्द होती हैं। यदि गुरु-पर्वत स्त्रियों के हाथ में प्रधान हो तो वे सामान्य, सुन्दर, शक्तिमान पुरुष को चाहती हैं। समर्पण की एक पवित्र भावना इनका गुण होती है।

सफेद रंग की हथेली इन्हें निष्क्रिय बना देती है। गुलाबी रंग की सामान्य गुण देती है। लाल रंग की शक्ति और गुरु के गुणों की सक्षम-सबल प्रतिनिधि है। पीला रंग नहीं पाया जाता क्योंकि गुरु कभी यकृतअस्वस्थता से पीड़ित नहीं होता। नीले रंग हृदय की दुर्बलता के द्योतक हैं।

यदि पर्वत और अंगुली का झुकाव शनि की ओर हो तो व्यक्ति के स्वभाव में निराशा, गम्भीरता और अनास्या आ जाती है। यदि पर्वत हृदय-रेखा के निकट हो तो उनकी महत्त्वाकांक्षाएं हृदय-पक्ष के प्रति अधिक होती हैं; वह प्रेम की दृष्टि

से सफलता चाहता है।

यदि गुरु के विकास के साथ-साथ मानसिक विश्व सबल हो तो व्यक्ति की महत्त्वाकांक्षाएं साहित्य-क्षेत्र में बढ़ जाती हैं,यद्यपि उसका लेखन आदर्श चरित्रों, नेताओं और महापुरुषों से प्रभाव ग्रहण करता है, अपने विषय वहीं से चुनता है। यदि मध्य विश्व सबल हो तो व्यक्ति व्यापारिक और आर्थिक क्षेत्र में नेतृत्व करता है। निम्न विश्व की प्रबलता उसमें प्राकृतिक महत्त्वाकांक्षाओं की वृद्धि करती है, जो अहितकर हो जाती है। मानसिक और व्यावहारिक विश्व की सबलता सुन्दर होती है।

यदि गुरु की अंगुली अस्वाभाविक रूप से दीर्घ हो तो व्यक्ति तानाशाह बन जाता है। वह किसी भी रीति से अपने अनुगामियों को आतंकपूर्ण शासन में रखता है। यदि अंगुली अस्वाभाविक रूप में छोटी हो तो गुरु-पर्वत के गुण समाप्त हो जाते हैं। टूटी हुई टेढ़ी-मेढ़ी तर्जनी स्वभाव की चालाकी और नीचता देती है, यद्यपि इससे पर्वतीय गुणों की सफलता अधिक सम्भावित हो जाती है।

अंगुली का कोणिक सिरा व्यक्ति को प्रादर्शप्रिय, वर्गाकार सिरा व्यवहारकुशल और फैला हुआ सिरा हर जगह नेतागीरी की अस्वाभाविक, अव्यावहारिक इच्छा प्रदान करता है।

अंगुली का पुष्ट और दीर्घ दूसरा पोर व्यक्ति को आर्थिक सचेतनता प्रदान करता है। ऐसे लोग व्यापार, व्यवसाय में सफलता प्राप्त करते हैं। तीसरा पुष्ट, सुडौल और दीर्घ पोर सफलता का लक्षण है। कितना भी अच्छा गुरु का पर्वत हो, शुभ अंगूठे के बिना व्यक्तित्व सफल नहीं होता।

गुरु और शुक्र के सम्मिलित श्रेष्ठ पर्वतों के आधार पर व्यक्ति में गुरु की विशेषताएं शुक्र के प्रभाव से कोमल हो जाती हैं। गुरु और बुध का समन्वय व्यक्ति को विशेष सफलताएं प्रदान करता है।

साधारणतया गुरु-पर्वतीय व्यक्ति दृढ़ इच्छावाले होते हैं, उनका चिन्तन विवेकशील होता है। व्यसन उनके लिए स्वास्थ्य की दृष्टि से ज़हरीले होते हैं। लेकिन उनके स्वभाव में एक बड़ी कमज़ोरी यह होती है कि वे चरमतावादी होते हैं और सफलता के लिए अनेक दिशाओं में भटकते हैं।

अविकसित गुरु-पर्वत का प्रभाव लक्ष्यहीनता, काल्पनिकता और साधारण

लोकप्रियता के परिणामों में फलित होता है। वे वैज्ञानिक रुचि के होते हैं, और ऐसे विषय पसन्द करते हैं, जिनमें साधारण मनुष्यों की दिलचस्पी नहीं होती, जो सार्वजनीन नहीं होते। भीड़-भड़क्कों में पीछे रहना उन्हें पसन्द होता है।

शनि

न केवल यूनानी विश्वास ही में वरन् भारतीय धर्मानुसार भी शनि अथवा 'सेटर्न' कुटिल देवता है। हाथ पर इसका विकास विशेष और असाधारण प्रवृत्तियों का पोषक होता है।

मध्यमा शनि की अंगुली है और आधार पर स्थित पर्वत शनि का पर्वत। शनि का प्रभाव मनुष्य को एकान्तप्रिय,चिड़चिड़ा, गम्भीर, उदास और किन्हीं अर्थों में मनहूस बना देता है। ऐसे लोग भाग्य और परिस्थितियों के दास होते हैं। वे अपने-आपमें व्यस्त, अतः लोगों की भाषा में सनकी (सिनिक), सन्देहशील, अनाश्वस्त होते हैं। अपने-आपको समाज और लोक से दूर रखते हैं। रहस्यपूर्ण विज्ञानों के प्रति उनका स्वाभाविक झुकाव होता है; शहर से दूर किसी घाटी में प्रेत जगाते वे मस्त रहते हैं। उन्हें एकांगिता इतनी प्रिय होती है कि वे परिवार से भी अलग रहना पसन्द करते हैं। हर रहस्य उन्हें खींचता है, इसलिए वे जादूगर, इंजीनियर, वनस्पतिशास्त्री, रासायनिक, ज्योतिषी, सामुद्रिक आदि होते हैं। कोलाहल से दूर किताबों और प्रयोगशाला की दुनिया में जीवन गुज़ार देते हैं।

सन्देहशीलता उन्हें अपने सम्बन्धियों पर भी विश्वास नहीं करने देती। वे जड़-सम्पत्ति अर्थात् मकान, बगीचे आदि एकत्र करने के हामी होते हैं। वे कंजूस भी होते हैं। उनकी रुचि संगीत में हो सकती है। ऐसी दशा में वे दुःख और दर्द के गीत गाने पसन्द करते हैं। उन्हें कला प्रिय नहीं होती, फिर भी सुन्दर वस्तुओं से वे आकृष्ट होते हैं। प्रकृति की सुन्दरता उन्हें बहुत भाती है। यदि वे लेखक होते हैं तो वैज्ञानिक या रहस्यपूर्ण विषयों पर लिखना उनका स्वभाव होता है।

शारीरिक दृष्टि से शनि-पर्वतीय व्यक्ति असाधारण लम्बे, दुबले, रूखे और बदशक्ल होते हैं। यही कारण है कि उन्हें लोग प्यार नहीं करते, जिनकी प्रतिक्रियावश उन्हें भी मनुष्यों से घृणा हो जाती है। उनके चेहरे पर ईर्ष्या, घृणा,

नीचता और दुष्टता पढ़ी जा सकती है।

शनि का पूर्ण विकसित पर्वत और दोषरहित अंगुली अच्छी होती है। उनमें बुराइयां आवश्यक नहीं; किन्तु पर्वत का अस्वाभाविक विकास, उसपर रेखाव्यूह, दोषयुक्त हृदय-रेखा, टेढ़ी-मेढ़ी उन्हें बुरा आदमी बना देते हैं।

शनि-प्रधान व्यक्तियों का रंग गंदा पीला होता है, जो यकृतीय अस्वस्थता का द्योतक है। ऐसे लोग उदास, स्फूर्तिहीन, चिड़चिड़े होते हैं। सफेद हथेलियां प्रायः मिलती हैं, जिनके प्रभाव से व्यक्ति आकर्षणहीन और शिथिल हो जाता है। ये लोग अक्सर हर कार्य में मानसिक अस्वस्थता के कारण असफल रहते हैं। गुलाबी और लाल. रंग इन के लिए शुभ हैं और इनसे उनमें उपर्युक्त दुर्गुण कम हो जाते हैं। नीला रंग पुनः अस्वस्थ रक्तसंचार का परिचायक है।

मानसिक विश्व की प्रधानता शनि-पर्वतीय व्यक्तियों को अध्ययन, गहन चिन्तन की ओर प्रेरित करती है। यदि व्यावहारिक विश्व पुष्ट हो तो वे व्यापार और अर्थ की दृष्टि में सफल होते हैं, किन्तु निम्न भौतिक विश्व की प्रधानता उन्हें बहुत ही बुरा व्यक्ति बना देती है। यदि शनि की अंगुली का सिरा अन्य अंगुलियों से अलग प्रकार का हो तो व्यक्ति उसी विशेष प्रकार की शनि-विशेषताएं प्राप्त करता है। यदि यह सिरा नोकीला हो तो व्यक्तित्व काल्पनिक, स्वप्नदर्शी बन जाता है, कोणिक सिरा इन दुर्गुणों में कमी करता है। वर्गाकार सिरोंवाली शनि की अंगुलियां व्यक्ति को व्यावहारिक विज्ञानों—कृषि, रसायन, चिकित्सा, भौतिकशास्त्र या गणित की ओर प्रेरित करती हैं। इन विज्ञानों में वे नये आविष्कार करते हैं। फैले हुए सिरे व्यक्ति को नितांत अस्वाभाविक और प्रात्मकेन्द्रित बना देते हैं। शनि की छोटी अंगुलियां उसकी तर्कशक्ति का विनाश कर देती हैं। ऐसे लोग दूसरों द्वारा निर्देशित और प्रभावित होते हैं। यदि अंगुलियां गठीली हों तो तर्क और मनन द्वारा स्वस्थ कार्यप्रणाली का ये अनुसरण करते हैं। यदि अंगूठा पुष्ट और अच्छा हो तो शनि-पर्वतीय व्यक्ति नीर-क्षीरविवेकी हो जाते हैं।

शनि-प्रधान व्यक्ति जीवन के विषय में निराश प्रेक्षक होते हैं, इसीलिए उनका अन्त आत्महत्या द्वारा होना स्वाभाविक नहीं। अपराध-भावना उनमें कभी भी उभर सकती है, क्योंकि वे प्राथमिक रूप से मनुष्य से घृणा करते हैं।

शनि-पर्वत पर त्रिकोण, चतुर्भुज, वृत्त,व्यूह, आड़ी रेखाएं उनकी विशेषताओं को बढ़ाती हैं। वैसे एकाध खड़ी रेखा, त्रिभुज, चतुर्भुज, वृत्त शुभ और व्यूह, क्रास, द्वीपादि अशुभ होते हैं।

यदि पर्वत या अंगुली पड़ोसी पर्वत, गुरु अथवा सूर्य की ओर झुकी हों तो उस पर्वत के गुणों के सहायक रूप में शनि के गुण गम्भीरता, अध्ययनप्रियता आदि कार्य करते हैं।

शनि का विकास प्रत्येक स्थिति में खतरनाक नहीं होता, कभी-कभी वे आदर्श महापुरुष बनकर मनुष्यता के पथ-प्रदर्शक भी बन जाते हैं। अब्राहम लिंकन का उदाहरण द्रष्टव्य है।

सूर्य

सूर्य शब्द से ही प्रखर तेज का एक पुंज हमारी कल्पना में आ जाता है। यूनानी संस्कृति का 'अपोलो' इसी तेज और ऐश्वर्य का स्वामी है। हाथ में अनामिका के आधार में स्थित सूर्य का पर्वत चरित्र के इन्हीं तत्त्वों का पोषक है।

इसका विकास मनुष्य को निश्चित रूप से यशशील बनाता है। सुन्दर, आकर्षक और प्रतिभावान सूर्य-पर्वत के विकासवाला मनुष्य समाज के वस्तुतः एक अभिन्न और योग्य अंग की तरह होता है। शनिप्रधान व्यक्तियों से विपरीत इसे सब प्यार और प्रशंसा देते हैं, इसके साथ रहने पर प्रसन्न होते हैं, इसका मान करते हैं और इसकी प्रतिभाओं से प्रभावित होते हैं। क्लबों, पिकनिकों और मित्र-चौकड़ियों से लेकर बड़े-बड़े समारोहों तक में यह छाया रहता है। इसके ठहाके हवा में गूंजते रहते हैं, इसके परिहास वर्षों दुहराए जाते हैं। इसकी बातों का संदर्भ दिया जाता है। इसकी कलाकृतियां और रचनाएं जनसाधारण में लोकप्रिय होती हैं।

सभी सूर्य-प्रधान व्यक्ति कलाकार नहीं होते, अज्ञान या ज्ञान में उनकी कलाप्रियता साये की तरह सदा साथ रहती है।

ब्यापार में हाथ डालते ही उनके हृदय लोगों के अपनत्व और हथेलियां पैसों से भर जाती हैं। उनकी प्रतिभा और कार्य-प्रणाली उन्हें कदम-कदम पर पुरस्कृत करती रहती है। उनके काम करने के तरीके अत्यधिक मौलिक और स्पष्ट होते हैं। उनकी बहमुखी सफलताएं ईर्ष्या की वस्तु बन जाती हैं।

वे व्यक्ति सूझ-बूझवाली आंखें रखते हैं। पहली नज़र में ही सारी बात समझ लेते हैं। उनका किताबी ज्ञान भले ही कम हो, उनकी समझ को यह पैनापन उसे आवश्यकता से अधिक बढ़ा देता है। वे खेल के मैदानों से लेकर जुए की मेज़ तक पर समान रूप से नेतृत्व करते हैं। सफलता उनके लिए नैसर्गिक देन है। परिस्थितियां अपने-आप बनती हैं, सफलता खुद ब खुद उनके चरण चूमती है। यही कारण है कि उनके दुश्मन ज़्यादा हो जाते हैं। वे खर्चीले होते हैं और उनकी आवश्यकताएं अपने-आप पूरी होती रहती है—उनका जीवन-स्तर वैभव से भरा और असाधारण होता है।

उनके मस्तिष्क स्पष्ट होते हैं। वे अपनी निन्दा नहीं सुनना चाहते। विरोध उन्हें सहन नहीं होता, और खुद के बारे में बात करना उन्हें पसन्द होता है। उनके यौन सम्बन्ध परिष्कृत होते हैं। वे ईमानदार, उत्तरदायी और विश्वस्त होते हैं। अपनी गलतियां तर्क और प्रमाणों के आधार पर वे स्वीकार भी कर लेते हैं।

सूर्य अंगुली का छोटा ऊपरी सिरा, टेढ़े-मेढ़े जोड़ और बेडौल, भारी तीसरा पोर सूर्य की विशेषताएं अहितकर बना देते हैं। ऐसे व्यक्ति बहुरूपिये होते हैं, सम्बन्धों और प्रतिभा का नाजायज़ फायदा उठाते हैं। उनमें बदले की भावना होती है। वे व्यवहार में कटु होते हैं। अपराधी मनोवृत्ति उन में कभी भी बढ़ जाती है।

पर्वत पर व्यूह अथवा आड़ी रेखाओं की उपस्थिति कुस्वास्थ्य का प्रतीक है। बीमारियां उनकी प्रगति में बाधक होती हैं। सूर्यप्रधान व्यक्तियों की दृष्टि प्रायः कमज़ोर होती है।

यदि सूर्य का पर्वत या अंगुली शनि की ओर झुकी हो, तो उसके बुरे प्रभाव सूर्य की शक्ति घटाकर अपने दुर्गुण उसे दे देते हैं। यह शनि को अपना तेज और बुद्धि दे देता है। उसका स्वभाव निराशा, लक्ष्यहीनता आदि के रूप में परिणत हो जाता है। शनि का इसके प्रति झुकाव शनि के दुर्गुणों में कमी कर देता है। इसी तरह बुध की ओर झुकी हुई सूर्य-अंगुली या पर्वत बुध के गुणों को सौन्दर्य प्रियता, यशादि दे देता है; बुध का सूर्य के प्रति झुकाव व्यापारिक चालबाज़ी आदि दुर्गुणों का प्रभाव व्यक्त करता है।

सूर्य-प्रधान हथेली स्वभावतया गुलाबी होती है। लाल हथेली तीव्र रक्त-संचार बताती है, ऐसी स्थिति में हृदय-अस्वस्थता सम्भव है। सफेद और पीले रंग

इन हथेलियों में कम मिलते हैं। ये पर्वतीय गुणों का ह्रास करते हैं। नीली हथेली कुस्वास्थ्य की परिचायक है। कमज़ोर हृदय-रेखाएं इन्हें निश्चित रूप से हृदय-रोगी बना देती हैं।

लम्बी अंगुलियां या विकसित मानसिक विश्व सूर्य-प्रधान व्यक्ति को साहित्य, काव्य, कला क्षेत्र का नेता बनाता है। मध्यविश्व का विकास उसे व्यापारिक सफलताएं देता है। निम्न विश्व के कारण उसे साधारण प्रतिभा ही प्राप्त होती है, यद्यपि आत्मप्रशंसा के माध्यम से वह खुद को अधिक ज्ञापित करता है।

यदि सूर्य की अंगुली गुरु की अंगुली से बड़ी हो तो उसकी रुचियां उसकी उन्नत अवस्था की प्रतीक होती हैं। शनि के बराबर लम्बी अंगुली उसे सुनहरे अवसर देती है। बहुत लम्बी और टेढ़ी-मेढ़ी अनामिका व्यक्ति को चालाक,जुआरी बना देती है। कोणिक सिरोंवाली अंगुलियां उसकी कलात्मक रुचि बताती हैं, वर्गाकार सिरे उसे व्यवहारकुशल और फैले हुए सिरे उसे खेलों के प्रति रुचिवान बनाते हैं। नोकीले सिरों की उपस्थिति प्रादर्श प्रियता का लक्षण है। अनामिका में गांठें उसकी शक्ति को घटाती हैं।

सूर्य का दबा हुआ पर्वत उसके गुणों की अनुपस्थिति का द्योतक है। सूर्य का विकसित पर्वत सफलता का प्रमाण है।

बुध

बुध या 'मरकरी'मानव को सजग और पारखी दृष्टि से देखता है और अपनी चालों के कारण शासन करता है। हाय में कनिष्ठा का आधार यही पर्वत है।

अतिशय बुद्धि-चातुर्य और 'फितरती' बुद्धिवाले बुध-पर्वत के सुविकसित स्वामी प्रायः सफल और प्रसिद्ध होते हैं। यह बुद्धिचातुर्य कभी-कभी अच्छा नहीं होता। परिणामतः अपराधियों के एक बड़े वर्ग के लोगों की हथेली बुध की प्रधानता रखती है। उनकी चंचलता और अस्थिरता उन्हें किसी उद्योग या कार्य-विशेष में अधिक नहीं टिकने देती। परिणामस्वरूप वे एक उद्देश्य से दूसरा उद्देश्य बदलते रहते हैं। उन्हें मानवीय मनोविज्ञान का नैसर्गिक रूप से अच्छा अनुभव होता है, और इस गुण के लिए उन्हें विशेष प्रयास नहीं करने पड़ते, अध्ययन नहीं करना पड़ता। यह विशेषता उन्हें चालाक और चतुर बना देती है। उनकी विरोधी

प्रवृत्तियां उन्हें महान लेखक भी बना सकती हैं, और सफल व्यापारी भी।

वे प्रायः अवसरवादी होते हैं। अवसर को बुध-प्रधान व्यक्ति कभी भी हाथ से नहीं निकलने देता। अपनी योजनाओं में वह एकसाथ कई गुणों से काम लेता है, फलतः अन्त में वह जीव की बिसात का विजेता होता है। मस्तिष्क की तीव्रता और पैनापन वस्तुतः अन्य लोगों के लिए स्पर्धा का विषय बन जाता है। वह अपने मिनट-मिनट का प्रयोग कर लेना चाहता है। व्यक्तिगत रूप से हितकर किन्तु सामाजिक दृष्टि से अवांछित प्रवृत्तियों के कारण वह अच्छा मित्र सिद्ध नहीं हो पाता; फिर भी समाज का एक बड़ा भाग उससे प्रभावित रहता है, क्योंकि अपने-आपको ऐसे रूप में प्रस्तुत करता है जो सामाजिक दृष्टि से आदर्श होता है। वह सफल वक्ता भी होता है।

उसकी प्रधान रुचि पैसा कमाने में होती है। अध्ययन की दष्टि से वह नीरस और वैज्ञानिक विषय चुनता है, उनमें पारंगत होता है, सफलता प्राप्त करता है। जो कुछ वह जानता है, उसे कई गुना बढ़ाकर कहना उसकी आदत होती है। वह अच्छा वकील,अभिनेता, डाक्टर, वैज्ञानिक और लेखक हो सकता है। एक तरह की उदासी और थकान उसे अक्सर घेरे रहती है। उसे घूमना और जलवायु बदलना आवश्यक लगता है। प्रकृति की गोद में घंटों ग़ुज़ारने के बाद फिर वह तरोताज़ा लौटता है, कर्मक्षेत्र में चतुराई और प्रतिभा लेकर।

विकास की आखिरी स्थिति में बुध का पर्वत स्वभाव की चतुराई और चालाकी को नीचता में बदल देता है। व्यक्ति झूठा, चोर और अपराधी बन जाता है। मंगल-वर्ग के अपराधियों की तरह वह खून भले न करे, लेकिन पैसे की खातिर जेबकटी से लेकर डकैती तक वह कर सकता है। यदि बुध की अंगुली टूटी और टेढ़ी-मेढ़ी हो, तो यह सम्भावना बढ़ जाती है।

सफेद रंग की हथेली अक्सर पाई नहीं जाती, लेकिन यदि मिले तो उसके गुणों को थोड़ा नरम कर देती है। गुलाबी और लाल रंग पर्वत के गुणों की वृद्धि करते हैं। पीला रंग अक्सर मिल जाता है, यह यकृत और पेट की अवस्थाओं का द्योतक है।

लचीली हथेली बुद्ध के मस्तिष्क का पैनापन और तेज़ी बढ़ानेवाली होती है। इस

पर्वत के अध्ययन में अंगुलियों का सतर्क पर्यवेक्षण आवश्यक है। पहले हथेली की आनुपातिक बनावट के आधार पर यह जानिए कि व्यक्ति में किन गुणों की प्रधानता है, किस विश्व द्वारा वह संचालित है। यदि अंगुली का ऊपरी सिरा दीर्घ हो तो व्यक्ति को जन-सम्पर्क में सफलता दिलाता है। यदि सिरा वर्गाकार हो तो उसे साधारण और सामान्य गुणों में आधिकारिक अध्ययन की प्राप्ति होती है। यदि सिरे वर्गाकार हों तो तो उसे असाधारण लोकप्रियता और प्रभावशीलता की प्राप्ति होती है। तीसरे पोर का विकास और फैला हुआ सिराअसाधारण रूपसे सफलता काचिह्न है।

गठीली अंगुलियां उसे विश्लेषक और-बौद्धिक रूप से अधिक चतुर बनाती हैं। चिकनी अंगुलियों से उसकी विश्लेषण-शक्ति का ह्रास हो जाता है, कुछ अनुमानों के आधार पर ही वह निर्णय ले लेता है। लम्बी अंगुलियों से वह सूक्ष्मदर्शी हो जाता है, जबकि छोटी अंगुलियां उसकी तेज़ी को बढ़ा देती हैं।

बुध की प्रधानता व्यक्ति के बहुमुखी विकास का आधार होती है। वह सफल वकील, डाक्टर, साहित्यकार, नेता, अभिनेता भी हो सकता है और चोर, लुटेरा और सफेदपोश अपराधी भी। यदि पर्वत के अच्छे विकास, हृदय-रेखा की स्पष्टता, सूर्य-गुरु आदि पर्वतों की शक्ति, मानसिक विश्व की प्रधानता और सुन्दर अंगूठे से सम्बन्ध रखता है तो वह सफल, लोकप्रिय और आदर्श है, अन्यथा वह बहुत बुरा बन जाता है।

चन्द्र

यूनान का 'लूना' और भारत का 'चन्द्र' सौन्दर्य, कल्पना, शीतलता और आकर्षण का केन्द्र है। हाथ पर इन गुणों का स्वभाव में केन्द्रीकरण एक पर्वत के रूप में होता है, जो ऊर्ध्व मंगल के नीचे कलाई के ऊपर के पाश्र्व की रचना करता है।

सौन्दर्य, शृंगार और कोमलता—तीन शब्दों में चन्द्र से प्रभावित स्वाभाविक रुचि के विषय में सब कुछ कहा जा सकता है। ऐसे लोग वे कलाकार होते हैं जो स्वप्निल जगत् से आती हुई अनजान आहटों के संगीत की ध्वनि पर अपने-आपका निर्माण करते हैं। स्वप्नों में इनका जीवन गुज़रता है, लेकिन इनके जीवन का रंगमंच पर्दा उठने से पहले ही अन्धकार से भर जाता है। इनकी कल्पना की

सीमाएं नहीं होतीं, केवल पंख होते हैं। ये खोए-खोए, उदास, हमेशा परेशान होते हैं, और इसीसे शान्ति की प्राप्ति के लिए नगर-नगर, देश-देश घूमा करते हैं।

वे कतई भौतिकवादी नहीं होते। यही कारण है कि वे अक्सर निराश कलाकार, कवि और लेखक होते हैं। प्रेम उनकी दुर्बलता बन जाता है, किन्तु हर प्रेम एक दुःखान्त कहानी होता है। पर्वत के अधिक विकास की दशा में ये लोग पागल तक हो जाते हैं।

अच्छे पर्वत उन्हें अनेक भाषाविद्, संगीतकार, चित्रकार और कोमल भावनाओं का लेखक बना देते हैं। उनके लेखन का विषय प्रणय होता है।

हवाई किले बनाना उनकी विशेषता होती है। वे पड़े-पड़े अपने कई जन्मों तक के लिए योजनाएं बना लेते हैं, उठने पर भूल जाते हैं, और फिर से नई योजनाएं जन्म ले लेती हैं। बातचीत के दौरान में अक्सर वे अपने-आपको भूलकर खो जाते हैं, उनकी आंखें बन्द हो जाती हैं और उनकी कल्पना के पंख फैल जाते हैं।

वे आकर्षक और संवेदनशील व्यक्तित्व वाले होते हैं। ज़रा-सी उपेक्षा उन्हें मरण बन जाती है, छोटा-सा व्यंग्य उनके कलेजे को चाक-चाक कर देता है। उनमें आत्मविश्वास का अभाव होता है। अपने-आपको वे असफल मानकर कोई काम शुरू करते हैं। बुध की लम्बी अंगुली और व्यावहारिक विश्व का विकास उन्हें आत्मविश्वास दे सकता है।

वे सदा अस्वस्थ रहते हैं। शरीर की कोमलता उन्हें दिन और रात के परिवर्तन में खाट पकड़ा सकती है।

कड़े चन्द्र-प्रधान हाथ व्यक्ति के लिए अशुभ होते हैं। उनसे उसके स्वभाव में भीरुता, आलस्य और अव्यावहारिकता बढ़ जाती है। सफेद हथेलियां इस वर्ग में स्वाभाविक होती हैं। गुलाबी और लाल रंग की हथेलियां उसके स्वाभाविक गुणों में व्यावहारिक चिन्तन के लक्षण प्रकट करती हैं। पीला और नीला रंग उसे स्वास्थ्य और प्रकृति दोनों दृष्टियों से परेशान करता है। उसके दुर्गुण और अस्वस्थताएं बढ़ जाती हैं।

मानसिक और व्यावहारिक विश्व का विकास उन्हें सफलता प्रदान करता है। वे आचार्य, भाषाविद्, वैज्ञानिक और व्यापारिक हो सकते हैं।

चूंकि चन्द्र, मंगल के बाद दूसरा अंगुलीविहीन पर्वत है, अंगुली के गुणों का अध्ययन इसकी बनावट और प्रसारण के आधार पर किया जाता है। तीन पोरों की तरह इसके भी तीन भाग समझे जाते हैं, [चित्र-6] जो क्रमशः मानसिक, व्यावहारिक और भौतिक विश्वों का प्रतिनिधित्व करते हैं। उनमें से कहीं दो अथवा एक का विकास पूर्वविवेचना के अनुसार ही हथेली तथा स्वभाव-कार्यों पर शासन करता है। अंगूठे का अध्ययन भी इसके लिए आवश्यक है।

चन्द्र की अनुपस्थिति व्यक्ति को नितान्त अकाल्पनिक और कठोर बना देती है, वह बगैर देखे न कुछ सोच सकता है, न समझ सकता है। उसके सामने न कोई लक्ष्य होता है, न योजना—दूसरे शब्दों में वह केवल वर्तमान में जीता है। चन्द्र के श्रेष्ठ सामान्य विकास हमें ऐसे व्यक्तित्व देते हैं जिनके कारण भौतिक से परे कुछ प्राधिभौतिक का भान और ज्ञान हमें है।

पर्वतों के विकासों के आधार पर सात विभिन्न गुणों और विशेषताओं वाले व्यक्ति हमें मिलते हैं। इन्हें पर्वतीय विकास के अनुसार सम्बोधन दिया जाता है। पर्वत के विकास और हथेली के अन्य उपांगों की सतर्क जानकारी और पूर्ण सर्वेक्षण व्यक्ति के गुणों की ऐसी रूपरेखा, उसके भूत, भविष्य और वर्तमान को संचालित करनेवाली उन प्रवृत्तियों की पृष्ठभूमि हमें देता है—हाथ की रेखाएं जिनका समर्थन करती हैं, जिनकी सूक्ष्म विवेचना देती हैं जिनके आधार पर सफलता या असफलता का निर्णय करती हैं।

दो पर्वतों का समान विकास उक्त वर्गों के बीच एक सन्तुलन और समन्वित विशेषताओं की सष्टि करता है, जो एक पर्वत की कमियों का पूरक और दूसरे पर्वत की वैशिष्ट्य-अभिव्यक्तियों को बल प्रदान करता है।

एक-दूसरे की ओर झुके हुए पर्वत शक्ति के सन्तुलन के प्रतीक हैं। ऐसी स्थिति में झुके हुए पर्वतों के गुणों पर पड़ोसी स्थिर पर्वत के गुण हावी हो जाते हैं। बहुत अधिक झुकाव की स्थिति में प्रायः दुर्बल पर्वत के गुण-दोष समाप्त हो जाते हैं, और शक्तिशाली पर्वत का प्रभाव बढ़ जाता है।

पर्वतों पर उपस्थित चिह्नों में व्यूह,आड़ी रेखाएं, कास, सितारे, द्वीप और बिन्दु पर्वत का शक्ति घटाते हैं, जबकि सीधी खड़ी रेखाएं, त्रिकोण, वृत्त, चतुर्भज

आदि पर्वत की शक्ति बढ़ाते हैं। इनके विषय का विवेचन पूर्व-प्रस्तुत है।

हाथ पर गहरी और स्पष्ट रेखाओं के नीचे महीन और फैली हुई अस्पष्ट केशिकाओं की कई शृंखलाएं सूक्ष्म सर्वेक्षण में देखी जा सकती हैं। पर्वत पर इनका पथ देखकर उसके शिखर का स्थान निर्णय करते हैं। तीन ओर से एक बिन्दु पर आकर अलग-अलग पथों पर जाती हई इन केशिकाओं के बीच की खाली जगह [चित्र–7] शिखर की स्थिति बताती है। अच्युत और सामान्य स्थिति में यह शिखर पंक्ति के मध्य में स्थिर रहता है, किन्तु च्युत दशा में यह इधर-उधर हो जाता है। शिखर की च्युत स्थिति पर्वतीय दुर्बलता और पड़ोसी पर्वत के आकर्षण की प्रतीक है।

श्री कीरो ज्योतिर्विज्ञान के आधार पर ग्रहों के प्रभाव से प्रभावित, विशेष तिथियों में जन्म लेनेवाले व्यक्तियों में पर्वत-विशेष का विकास धनात्मक अथवा ऋणात्मक मानते हैं। उनके अनुसार 20 अप्रैल से 27 मई तक जन्म लिए व्यक्तियों में शुक्र धनात्मक, और 21 सितम्बर से 27 अक्टूबर तक जन्मे व्यक्तियों में शुक्र ऋणात्मक होता है। मंगल के लिए वे ऊर्ध्वमंगल का विकास 21 मार्च से 21 अप्रैल तक और निम्न मंगल का विकास 21 अक्तूबर से 21 नवम्बर तक मानते हैं। गुरु का धनात्मक विकास 21 नवम्बर से 20 दिसम्बर तक और ऋणत्मक विकास 16 फरवरी से 20 मार्च तक, शनि का धनात्मक विकास 21 दिसम्बर से 20 जनवरी तक और ऋणात्मक विकास 21 जनवरी से 18 फरवरी तक, सूर्य का धनात्मक विकास 21 जुलाई से 20 अगस्त तक और ऋणात्मक विकास 21 जनवरी से 18 फरवरी तक, बुध का धनात्मक विकास 21 मई से 20 जून तक, और ऋणात्मक विकास 21 अगस्त से 20 सितम्बर तक, अन्त में चन्द्र का धनात्मक विकास 21 जुलाई से 20 अगस्त तक और ऋणात्मक विकास 21 जनवरी से 20 फरवरी तक वे मानते हैं। इन तारीखों में पड़ने वाली जन्म-तिथिवाले व्यक्ति में सम्बद्ध पर्वत का विकास ऋणात्मक या धनात्मक हो जाता है, और उसीके अनुसार पर्वतीय गुणों के प्रभाव भी थोड़े परिवर्तित हो जाते हैं।

पर्वतों के आधार पर—यों कहिए 'केनवस' पर रेखाओं द्वारा चरित्र, स्वभाव, घटनाओं, भविष्य और जीवन की निश्चित अभिव्यक्ति की जाती है। हमारा 'केनवस' अगर तैयार है तो आइए इसपर रेखाएं खींचें, पूर्णता का यही रास्ता है।

5. सूर्य और जन्मकाल

ज्योतिष का सौरपथ—बारह राशियों का आकाशवृत्त—जन्मतिथि के अनुसार राशियों के संदर्भ में मनुष्यों के बारह वर्ग और उनके सहजात लक्षण—राशियों के वर्ग—कीरो की पर्वतीय विकास की तालिका

आकाशीय पिंडों से मानवीय नियति की संबद्धता का इतिहास मनुष्य की स्मृति की एक पुरानी धरोहर है। वस्तुतः ज्योतिष और खगोल विज्ञान कहे जाने वाले विद्या के दो पक्षों का जन्मकाल जुड़वां बीता है। यह ग्रह कभी ईश्वर और देवता थे जो विज्ञान की खोजों के साथ ज्वारभाटों, मौसम के परिवर्तनों और विभिन्न तरंगों के उत्तरदायी, और आगे की खोज का माध्यम बन गए हैं। कहा जाता है कि आदम को स्वर्गीय स्फुरण से ज्योतिष (जिसमें खगोल विज्ञान सम्मिलित है) का प्रशिक्षण मिला। आदम न सही किन्तु खाल्दिया, बेबीलन, मिस्र और यूनानी बस्तियों के लोग इससे परिचित थे और उन्होंने निरीक्षण तथा अभ्यास के साथ इसे एक हद तक विकसित किया था। प्राचीन काल में मनुष्य के जीवन से आकाशीय पिंडों के संबंधों का अध्ययन करने वालों की शब्दावली को आज अन्य विज्ञानों का समर्थन भले मिल गया हो उनका खगोलशास्त्रीय स्वरूप अब तक वही है। उसके अनुसार ब्रह्मांड वही है जो कोपरनिकस (1543)से पहले के खगोलज्ञों ने देखा था, धरती के आसपास सूर्य, चन्द्र व अन्य ग्रहों की परिक्रमा वाला ब्रह्मांड।

ज्योतिष के क्षेत्र में धरती को एक स्थिर केन्द्र मानकर, गतिशील ग्रहों के एक आकाशीय वृत्त की कल्पना की जाती है, जो प्रति 30 अंशों के बारह खंडों में बंटा हुआ है। यह सूर्य की परिक्रमा का काल्पनिक मार्ग अथवा सौरपथ है, जिसे वह एक वर्ष में पूरा करता है (अर्थात् धरती की सूर्य के चारों तरफ परिक्रमा की

एक पूर्ति का काल)। सौरपथ की पृष्ठभूमि में दृष्ट आकाश की दूरी तक के प्रमुख ग्रहों को ज्योतिषीय गणना में उनकी विज्ञानसम्मत गति और स्थितियों के संदर्भ में समय के आर-पार घटने वाली घटनाओं से संबद्ध किया जाता है। सूर्य की यात्रा जिस स्थान से आरंभ होती है, वह दृष्ट आकाश की मेष राशि है, तत्पश्चात् एक महीने में वह एक राशि पर 'यात्रा करता हुआ' क्रमशः वृषभ, मिथुन, कर्क, सिंह, कन्या, तुला, वृश्चिक, धनु, मकर, कुम्भ और मीन पर चलता हुआ मार्च के महीने में फिर पहली राशि पर पहुंचता है। सूर्य संक्रमण की तिथियों की गणना में देशांतरों में प्रचलित पद्धतियों में अंतर है। पाश्चात्य ज्योतिषी यदि 21 मार्च को सूर्य मेष राशि में प्रविष्ट करवाते हैं तो भारतीय पंचांगों में यह संक्रमण लगभग 13 अप्रैल को होता है। एक राशि पर सूर्य की गति के काल में जन्म लेने वाले व्यक्तियों को उस राशि से प्रभावित वर्ग में सम्मिलित किया जाता है और इस प्रकार ज्योतिषी समूची मानवजाति को बारह वर्गों में विभाजित कर देता है। भारत में प्रचलित पद्धतियों में प्रायः व्यक्ति की राशि का निर्णय करने में चन्द्रमा की गति को आधार बनाया जाता है, जिसका भूपरिक्रमा का काल एक महीने से कुछ घंटे कम, अर्थात् एक राशि पर ढाई पौने-तीन दिन के लगभग रहता है। इन राशियों के अपने गुण हैं और उनमें सूर्य, चन्द्र प्रादि ग्रहों के अपने विशिष्ट प्रभाव होते हैं। पर्वतों के क्रम में हम जिन ग्रहों का अध्ययन कर आए हैं, उन्हें व्यक्ति के जन्मकाल से जोड़कर उनके प्रभावों का चित्र सामने रख लेना हमारी जानकारी का एक अतिरिक्त स्रोत है, जो तुलनात्मकता के माध्यम से हमें अपने निरीक्षणों को पुष्ट बनाने में सहायता देगी। सौरगति के संदर्भ में राशियों के गुणों की निम्न विवेचना का उद्देश्य यही है। किसी व्यक्ति की जन्मतिथि के आधार पर मिलने वाले संकेतों का समर्थन हथेली पर झलकने वाले चरित्र और रुझान के मानचित्र में खोजा जा सकता है।

मेष : सौरपथ की इस पहली राशि को मंगल द्वारा शासित माना जाता है। इसे ज्योतिषीय चित्रावली में मेढ़े से चित्रित किया जाता है। इसके प्रभावान्तर्गत जन्म लेने वाले व्यक्ति साहसी, गतिशील और शक्तिसंपन्न होते हैं। जीवनी शक्ति का अनन्त कोष उनके पास होता है। वह जहां किसी लक्ष्य के लिए संघर्ष से

हारते नहीं, किन्तु उनमें इतनी सचलता भी होती है कि इसकी प्राप्ति में होने वाला विलंब उन्हें उबा देता है और वह किसी नये लक्ष्य की दिशा में भटक भी जाते हैं। स्वभाव से वह जोखिमपसन्द होते हैं, और इसलिए दुस्साहसी बन जाना भी उनके लिए कठिन नहीं होता। इस दुर्बल और चल-विचल पक्ष के संदर्भ में यह आवश्यक है कि उनके मित्र, सलाहकार तथा जीवन-साथी गंभीर, धैर्यवान, दूरदर्शी हों अन्यथा उनकी तमाम रचनाक्षमता का अपव्यय ही होता है।

मेष राशि वाले व्यक्तियों में आत्माशक्ति की एक प्रबल भावना रहती है। जीवन की प्रतियोगिता में सबसे आगे रहने का भाव उन्हें आत्मतुष्टि देता है, इसलिए वह अच्छे सैनिक, अच्छे व्यावसायिक और अच्छे खिलाड़ी सिद्ध होते हैं। चुनौतियों के सामने होने पर प्रात्मश्रेष्ठता का भाव उनमें जाग्रत् हो जाता है और नैसर्गिक क्षमता के माध्यम से वह सफलता का वरण करते हैं। इन्हें ऐसे रोज़गार चुनने चाहिए जिनमें सतत परिवर्तनशीलता, उत्तेजना और नूतन आयामों की संभावनाएं हों। वह सपने सजाते हैं और अपनी पूरी शक्ति से उन्हें साकार करने में जुट सकते हैं किन्तु स्वभाव से जोखिम उठाने की विवशता कभी-कभी उनमें सांसारिक भौतिक विषयों के प्रति एक लापरवाही भर देती है, जिससे अप्रिय स्थितियां संभावित हैं। मेष राशि शरीर में मस्तिष्क को प्रभावित करने वाली राशि है, अतएव मानसिक अनुशासन की यथेष्ट मात्रा के बिना उन्हें सफलता के पास पहुंचने में अनेक खतरे उठाने पड़ सकते हैं।

मेष राशि अग्नितत्त्व की राशि है, तप्त रक्त इसका प्रिय वर्ण, हीरक इसका शुभ रत्न, और मंगल इसका शुभ वार होता है। उनका प्रिय पठन साहसिक कथाएं होती हैं और संगीत में उन्हें सैन्यगीत पसंद आते हैं। यात्रा उनकी प्रिय अभिरुचि होती है, साहस उनका सद्गुण है तो जल्दबाज़ी उनकी एकमात्र दुर्बलता। नायकत्व उनकी सहज अभिलाषा होती है और विजय उनका लक्ष्य। पूर्व पृष्ठों में मंगल के पर्वतीय विकास से संबद्ध गुण इन व्यक्तियों में मुखर स्वरूप में पाए जाते हैं।

वृषभ : 13 मई को सूर्य वृषभ राशि में संक्रमण करके उसपर एक माह भ्रमण करता है, पाश्चात्य गणना में यह काल 21 अप्रैल से 21 मई तक का माना जाता है। ज्योतिष में इस राशि का प्रतीक चिह्न वृषभ है, जो धैर्य, परिश्रम तथा समर्पण

को प्रदर्शित करता है। यह राशि भूतत्त्व की राशि है जो शुक्र ग्रह द्वारा नियंत्रित है। शरीर में यह मुख भाग को प्रभावित करती है। वृषभ राशि के व्यक्तियों में दीर्घावधि योजनाओं पर धैर्य और लगन के साथ परिश्रमपूर्वक कार्य करके अपने लक्ष्य प्राप्त करने की नैसर्गिक क्षमता होती है। वह अपने लिए उतने चिन्तित नहीं होते, जितने अपने आश्रितों और अपने सहयोगियों के कल्याण के प्रति। इस गुण के कारण उनके अपनों की एक बड़ी संख्या होती है और इतने सारे लोगों के आकर्षण और विश्वास का पात्र होना उन्हें आत्मतुष्टि देता है।

वृषभ एक स्थिर राशि है इसलिए इससे प्रभावित व्यक्ति परंपराप्रिय हुआ करते हैं। उनकी अपनी विचारधारा में भी यह स्थिरता पाई जाती है और एक बार किसी प्रास्था को बना लेने के बाद उसे बदल पाना उनके लिए संभव नहीं होता। उनका प्यार हो या गुस्सा—काफी लम्बा वक्त लेता है। स्वभाव से वह सौन्दर्यप्रिय, कलाभिमुख, उदार, और सामाजिक होते हैं। अनेक महान कलाकर, संगीतज्ञ, अभिनेता और शिल्पी इस राशि में जन्मे हैं। यहूदी मेनुहिन, रिचर्ड वागनर, विलियम शेक्सपीयर, हेनरी फील्डिंग, राबर्ट ब्राउनिंग, और इमानुएल कांट के नामों का उल्लेख इस राशि की मानसिक और सांसरिक संभावना का परिचय देने के लिए पर्याप्त है।

यह राशि आर्थिक दृष्टि से भी एक महत्त्वपूर्ण राशि है। बड़ी पूंजी के व्यवसाय, बैंकिंग और अन्य संपन्न योजनाओं को वह व्यक्ति आसानी से सफलता के शिखर तक पहुंचा सकते हैं। आर्थिक मामलों में उनकी साख ऊंची होती है, क्योंकि धन के प्रति वह संवेदनशील होते हैं और न तो विश्वासघात करते हैं और न ही किसी जोखिम के कारण उसका विनाश ही। अत्यंत विषम परिस्थितियों को सहज और अनुकूल बना लेना इस राशि की विशेषता है। विश्वविख्यात नेत्रहीन, वाणीविहीन हेलन केलर इस राशि की असंभव क्षमताओं का एक उदाहरण हैं।

इन्हें अति भावुकता की स्थितियों से अपने-आपको बचाना चाहिए, संदेह और भय की भावनाएं उनकी क्षमताओं को नष्ट कर सकती हैं। मरकत (पन्ना) इनका शुभ रत्न और गुलाबी, पीत और धवल श्वेत इनके प्रिय रंग हैं। प्रेम और

रहस्य की कहानियों तथा मन्द, मधुर, शोकांत संगीत में उन्हें शान्ति मिलती है। शुक्रवार उनका शुभ दिन होता है। यदि अनम्यता और दुराग्रह उनके दोष हैं तो लगनशीलता और धर्य उनके गुण। वह यशःकामी होते हैं और व्यापक सामाजिक प्रभाव उनकी आकांक्षा होती है।

मिथुन : इस तीसरी राशि में सूर्य 15 जून से 15 जुलाई तक (पाश्चात्य गणना से 22 मई से 21 जून तक) रहता है। बुध ग्रह द्वारा नियंत्रित यह एक वायवीय राशि है, जिसका प्रतीक क्रीड़ारत युग्म है। विविधता और परिस्थितियों से सहयोजनशीलता एक सफल जीवन की पृष्ठभूमि बनाती है। इस राशि के व्यक्तियों में एक सहज नमनशीलता और प्रवृत्तियों की सुशान्त स्वाभाविकता पाई जाती है। उनकी अभिरुचिं के सीमांत विस्तृत होते हैं और पसंद में एक गरिमामिश्रित परिष्कृति। अच्छे और सुन्दर वस्त्र यदि उन्हें प्रिय होते हैं तो शिष्ट और शालीन व्यवहार भी। स्वभाव से वह यात्राप्रिय होते हैं और देशांतरों तथा व्यक्तियों की विविधता का पर्यावरण उनकी शक्ति और क्षमता को नूतन ओज प्रदान करता है।

चंचल प्रकृति का संतुलन इनकी सर्वाधिक महत्त्वपूर्ण आवश्यकता होती है। धैर्य के बिना उनकी योजनाओं के बीच में छूट जाने का खतरा रहता है। सतर्कता, चातुर्य, त्वरा और उत्साह के सहज गुणों के साथ परिस्थितियों के स्वभाव को समझने की नैसर्गिक क्षमता से संपन्न मिथुन राशि वाले लोग अवसर के द्वार पर दस्तक दे रही सफलता को पहचानने में कभी भूल नहीं करते, किन्तु प्रयत्न का बीजारोपण एक बार कर देने के उपरांत उसके सहज विकास की प्रतीक्षा तो करनी ही होगी और जीवन का यह पक्ष उन्हें सायास विकसित करना होता है।

कहावत है कि मिथुन राशि का व्यक्ति एस्किमो के हाथ बर्फ बेच सकता है। वस्तुतः दूसरों की आवश्यकताओं को समझकर उन्हें पूरा करने की क्षमता उनमें होती है, और चाहे कोई वस्तु हो अथवा कोई विचार—वह एक अच्छे विक्रेता सिद्ध होते हैं। मिथुन राशि शरीर में वक्षस्थल और बांहों पर शासन करती है। यह लोग ऐसे तमाम कामों में सफल होते हैं जहां बिजली की तरह कौंधने वाले किसी विचार को हाथों के द्वारा क्रियाविन्त करने की समस्या हो। वह विषम

स्थितियों के हल्के-फुल्के पक्ष को समझकर उसपर व्यंग्यदृष्टि से देख सकते हैं, इस विशेषता की सर्वोच्च संपन्नता जार्ज बर्नार्ड शॉ में थी जिनकी चान्द्रराशि मिथुन थी। अमरीकी हास्य अभिनेता बाब होप इसी राशि के हैं और ज्यां पाल सार्त्र, राबर्ट शूमन, मेरिलीन मोनरो, बाल्ट, व्हिटमन, राल्फ वाल्डो एमर्सन आदि अनेक प्रतिभा-सपन्न महापुरुषों की एक लम्बी सूची इससे जुड़ी हुई है।

मिथुन राशि के शुभवर्ण नील, पीत और रजत हैं। उनका रत्न गोमेद और शुभ दिवस बुधवार होता है। यात्रा और साहस उनका प्रिय साहित्य है। जहां जागरूकता उनका गुण है वहीं चंचलता उनका दोष। उनमें लेखक बनने की महत्त्वाकांक्षा होती है और वह अपने चिन्तन और विवेक से मानवता को समृद्ध करने की लालसा का सपना अपने में पाले रहते हैं।

कर्क : भारतीय वर्षमान के अनुसार 16 जुलाई से 16 अगस्त के बीच और पाश्चात्य मतानुसार 22 जून से 23 जुलाई तक सौरस्थिति की राशि कर्क है। यह जल-तत्त्व की राशि है जिसे केंकड़े से प्रतीकांकित किया जाता है। शरीर में इस राशि का नियंत्रण हृदय पर है। चन्द्रमा इस राशि का स्वामी है, जो धरती का निकटतम पड़ोसी आकाशीय पिंड है। स्वभाव से यह लोग शान्ति, व्यवस्था और परम्परा के पक्षधर होते हैं और तनिक-सी भी उत्तेजना अथवा संघर्ष चाहे वह परिवार और परिचितों में हों, अथवा देश और समाज में उन्हें बेचैन कर देते है। वह समस्याओं और परिस्थितियों पर अपनी पकड़ के बावजूद विषम स्थितियों में अपने-आपमें सिमिटकर अंतर्मुखी हो जाते हैं।

एक परम संवेदनशील मन इन्हें मिला हुआ होता है। यह बहुधा ऐसी स्थितियों की कल्पना कर लेते हैं जिनका कोई अस्तित्व नहीं होता। इसी तरह अत्यधिक आत्मकेन्द्रित होना भी उनके लिए हानिकारक है। किसी भी परिस्थिति को अनेक कोणों से समझने की क्षमता उनमें होती है। धन उनके लिए जीवन के सुख का एक महत्त्वपूर्ण पक्ष है, और इसे अर्जित करने लायक व्यवसाय बुद्धि उन्हें सहज मिली होती है। उनके धन-प्राप्ति के स्रोत विविध होते हैं। इस वर्ग में व्यापारियों की एक बड़ी संख्या पाई जाती है। नेलसन राकफेलर इसका एक उदाहरण है। परिस्थितियों के विश्लेषण की अचूक क्षमता जो इस राशि से जुड़ी हुई है उसका एक उदाहरण

प्रथम विश्वयुद्ध के प्रतिभा-संपन्न सैन्यशास्त्री लार्ड किचनर थे।

कर्क राशि वालों की संवेदनशीलता उनके लिए कभी-कभी भार बन जाती है। उन्हें ऐसा लगता है कि समस्याएं अनेक और गंभीर हैं और वह एकाकी तथा दुर्बल। ऐसी स्थितियों में उन्हें यह समझना चाहिए कि समस्याओं में निहित चुनौतियां ही सफलताओं को आमंत्रित करती हैं।

माणिक (रूबी) इस राशि के लिए शुभ रत्न है, इसके साथ कई रहस्यपूर्ण मान्यताएं जुड़ी हुई हैं। कहा जाता है कि संकट का पूर्वाभास इसके रंग में उत्पन्न हो जाने वाली धुंधलाहट से हो जाता है। यह दुर्भाग्यपूर्ण परिस्थितियों को सौभाग्यशाली बनाता है और मित्र इससे आकर्षित होते हैं तथा शत्रु दूर भागते हैं। हरा, श्वेत और शुभ्रआभ वर्ण इस राशि के अनुकूल है। इस राशि के व्यक्तियों की रुचि ऐतिहासिक आख्यानों और वीरगाथाओं में होती है। आतिथ्य उनके स्वभाव की विशेषता है। उनका शुभ वार सोम है। जहां विश्वस्तता उनका गुण है वहीं लापरवाही उनका दोष भी। आर्थिक सुरक्षा की भावना उनकी प्रधान प्रेरक शक्ति होती है किन्तु सामाजिक सम्मान प्राप्त करने की इच्छा उनमें सदा बलवती रहा करती है।

सिंह : राशिक्रम में सिंह पंचम राशि है जिसपर सूर्य का संक्रमण 17 अगस्त से 16 सितम्बर तक, और पाश्चात्य मतानुसार 24 जुलाई से 23 अगस्त तक होता है। यह राशि सूर्य की अपनी राशि है और अग्नितत्त्वीय है। शरीर में सूर्य का स्थान उदर है। आक्रमण के लिए उद्धत सिंह इस राशि का प्रतीक चिह्न है जो इस राशि में जन्म लेने वाले व्यक्तियों की निर्भीकता, दृढ़ता और आत्माभिमान का प्रतिनिधित्व करता है। इसमें एक सहज महाशयता और औदार्य होता है। वह जन्मजात नेता होते हैं—सीजर और नेपोलियन इसी राशि के थे।

यह अत्यधिक बहिर्मुखी राशि है, इसलिए इस राशि में जन्म लेने वाले व्यक्ति नैसर्गिक रूप से परोपकारी, दयालु और सहयोगी होते हैं। उनमें जनहितकारी कार्यों के लिए एक सहज रुझान होती है, और वह अपने किए गए कार्यों का प्रतिदान नहीं चाहते। उनके व्यक्तित्व का आकर्षण उन्हें लोकप्रियता देता है,

चाहे वह राजनीति का मंच हो अथवा अभिनय का। अधिकार और सत्ता की स्थितियों में उनके गुण विशेष रूप से मुखर होते है। चूंकि उनमें अपार जिजीविषा होती है इसलिए यह आवश्यक है कि उन्हें प्रारम्भ से ही ऐसे क्षेत्र मिलें जहां वह विशाल स्तर पर अपनी कार्यक्षमता और प्रतिभा को प्रयुक्त कर सकें।

भावनात्मक पक्ष सिंह राशि के लिए भी एक नाज़ुक पक्ष है। उन्हें अपने समस्त कार्यों के लिए प्रशंसा और प्रेरणा की आवश्यकता रहती है, तभी उनकी संपूर्ण क्षमता का उपयोग हो सकता है। भावना-जगत् में असंतुलन उन्हें प्रतिकूल परिस्थितियों में धकेल सकता है और वह विवेकहीनता और आत्मविध्वंस की दशा में घिर सकते हैं। सिंह राशि वाले व्यक्ति के वैवाहिक जीवन में ज़रा-सी असावधानी से ऐसी स्थितियां उत्पन्न होने की संभावनाएं बहुत अधिक रहती हैं। धन के मामले में भी उन्हें संयत करने की आवश्यकता है, क्योंकि स्वभावतः वह इसके प्रति लापरवाह होते हैं और दयालुता तथा अपनी सामाजिक भव्यता को बनाए रखने की विवशता के कारण वह इसका संग्रह नहीं कर पाते।

इस राशि के लिए स्वर्ण, पीत, नारंगी और चमकीला लाल रंग प्रिय हैं। गोमेदक उनका शुभ रत्न है, जिसे लिडिया की प्राचीन राजधानी के नाम पर सार्डोनिक्स भी कहा जाता है। प्राचीन यहूदी पुरोहित इसे धारण करते थे और विश्वास किया जाता है कि यह न्याय-विवेक की क्षमता प्रदान करता है। महापुरुषों के जीवन-चरित्र और विशाल पैमाने पर आयोजित मनोरंजन उन्हें सुख देते हैं। उनका शुभ दिवस रविवार है। जहां महाशयता उनका गुण हैं वहीं घमंड उनका दोष भी। वह सामाजिक प्रतिष्ठा के प्रति अपनी महत्त्वाकांक्षाओं को केन्द्रित रखते हैं।

कन्या : यह दूसरी राशि है जो बुध से नियंत्रित है। इस भूतत्त्वीय राशि में सूर्य 17 सितम्बर से 16 अक्तूबर के बीच (पाश्चात्य गणना के अनुसार 24 अगस्त से 23 सितम्बर तक) रहता है। बुध के विचार-शीलता, त्वरा और चातुर्य के गुण तो इस राशि को मिले ही हैं, साथ ही इसका ज्योतिषीय प्रतीक चिह्न कुमारिका है, जो विनम्रता, शुचिता और लज्जाशीलता के गुणों का प्रतिनिधित्व करती है। मानवीय शरीर में यह राशि कटि भाग पर रहती है।

इस राशि के व्यक्ति स्वभाव से कोमल और सूक्ष्मतर व्यवस्थाओं पर ध्यान देने वाले होते हैं। उनके विश्लेषण का नैसर्गिक विवेक होता है और उनके जीवन की योजना सुविचारित होती है। मितव्ययिता के साथ सादा जीवन व्यतीत करते हुए आम तौर पर वह बड़ी महत्त्वाकांक्षाओं के फेर में नहीं पड़ते, किन्तु इस राशि के प्रभाव में जन्मे इन महापुरुषों की सूची पर दृष्टिपात करने से पता चलता है कि प्रकृति ने उन्हें अपनी अद्वितीय क्षमताएं प्रदान की हैं। इंग्लैंड की रानी एलिजाबेथ प्रथम, लियो टाल्स्टाय, जोहान गेटे, यूप्टन सिन्क्लेयर, कार्डिनल रिशेलू, माइकल फेराडे, ग्रेटा गार्बो, लिन्डन बेन जानसन आदि।

स्वभाव से इन्हें ऐसे कार्य प्रिय होते हैं जिनमें सुरुचि, शुचिता और सेवा का अवसर सुलभ हो। उनमें कर्तव्यपरायणता एक मुख्य तत्त्व के रूप में रहती है और इसलिए वह अच्छे नर्स, चिकित्सक अथवा सचिव सिद्ध होते हैं। छोटी-छोटी बातों पर बहुत अधिक ध्यान देने के कारण कभी-कभी मुख्य समस्याएं उनकी आंखों से ओझल हो जाती हैं, किन्तु यदि इस नैसर्गिक क्षमता को संतुलित रखा जाए तो उपयोगी परिणाम सामने आ सकते हैं। उनका मस्तिष्क प्रखर और संवेदनशील होता है और यदि अतीत का मोह तोड़कर उसे भविष्योन्मुख किया जा सके तो निश्चित सफलता मिलती है।

कन्या राशि के प्रिय वर्ण नील, और पीत हैं। उनका शुभ रत्न नीलम है और सप्ताह में बुधवार उनके लिए अनुकूल होता है। कार्य कुशलता उनकी विशेषता है तो झिझक और लज्जा उनकी प्रगति के मार्ग का व्यवधान। वह लोकप्रियता तो चाहते हैं, किन्तु ऐसे व्यवसाय पसन्द करते हैं जिनमें स्थिरता हो।

तुला : तुला सूर्य के लिए नीच राशि है, इसपर वह वर्ष में भारतीय वर्षमान के अनुसार 17 अक्तूबर से 13 नवम्बर तक और पाश्चात्य गणनानुसार 24 सितम्बर से 23 अक्तूबर तक रहता है। वायुतत्त्वीय इस राशि का भी स्वामी वृषभ की भांति शुक्र है। इस राशि को तराज़ू के प्रतीक द्वारा चित्रित किया जाता है जो संतुलन का प्रतिनिधित्व करती है। शरीर में नाभि के नीचे के अंगों पर इसका शासन है।

इस राशि के व्यक्ति सक्रिय और सामाजिक होते हैं, उनके स्वभाव में मृदुता,

स्निग्धता और न्यायप्रियता होती है। आदर्श प्रियता से वह प्रभावित होते हैं। अपनी पारिवारिक और सामाजिक ज़िम्मेदारियों को वह भली प्रकार समझते हैं। दूसरे व्यक्तियों की आवश्यकताओं, विवशताओं को पहचानने के कारण वह अच्छे साथी और साझेदार सिद्ध होते हैं। उनके मस्तिष्क उर्वर और कल्पनाशील होते हैं किन्तु योजना में तनिक-सा भी व्यवधान उन्हें अस्तव्यस्त कर देता है। शुक्र से प्रभावित होने के कारण उनकी रुझान कलात्मक होती है।

शान्ति और सामंजस्य तुलाराशीय प्रतिभा के विकास की एक महत्त्वपूर्ण आवश्यकता है इसलिए राजनीति और धर्म के क्षेत्र में इस राशि के व्यक्तियों का विशेष योगदान पाया जाता है। इसके साथ ही सौन्दर्य और कला के क्षेत्रों में भी उनका सहज विकास होता है। ऐसा कोई भी व्यवसाय जहां सामूहिक सहयोग के साथ-साथ कलात्मक मुखरता की संभावना भी हो उनके अनुकूल होता है। समाज-सेविका एलीनर रूज़वेल्ट से लेकर राष्ट्रपति और सेनाध्यक्ष ड्वाइट डी० आइजनहावर तक और अभिनेत्री रीता हेवर्थ, डेबोरा केर, ब्रिजित बार्डो से लेकर पोप पाल षष्ठ तक इस राशि से प्रभावित व्यक्ति विविध क्षेत्रों में ख्याति प्राप्त करते रहे हैं।

हल्का पीला और गुलाबी उनके अनुकूल वर्ण हैं। उपल (रत्नकमल) उनके लिए शुभ रत्न है। काव्य उनका प्रिय पठन होता है। शुक्रवार उनका शुभ दिवस है। मैत्री उनका सर्वाधिक उन्मुक्त गुण हैं किन्तु दर्प उनके चरित्र की दुर्बलता भी होती है। आदर्शवादी मानवीय सम्बन्ध उनका सपना होते हैं।

वृश्चिक : यह राशि मंगल और अपेक्षाकृत नूतन अनुसंधानित गृह प्लूटो द्वारा नियंत्रित है। सूर्य इसपर 14 नवम्बर से 14 दिसम्बर तक और पाश्चात्य वर्षमान के अनुसार 24 अक्टूबर से 21 नवम्बर तक रहता है। इसे बिच्छू अथवा गरुड़ द्वारा चिन्हित किया जाता है। यह जलतत्त्वीय राशि है जो शरीर में प्रजननेन्द्रिय को प्रभावित करती है।

दो ग्रहों से संचालित होने के कारण इस राशि के अन्तर्गत जन्म लेने वाले व्यक्तियों में जहां प्लूटो के रहस्यात्मक गुणों की छाया रहती है, वहीं मंगल के गुण भी प्रकट होते हैं। इन दोनों के संयोग से उनके कार्य अंतस्फूर्त और दृढ़निश्चयी होते हैं। उनके कार्यक्रम में संयोग के लिए कोई स्थान नहीं होता और उनके लक्ष्य

तथा कार्यविधि में सुविचारित पूर्वदृष्टि पाई जाती है। आर्थिक क्षेत्रों में उनकी सफलता का यही कारण है। उनके मस्तिष्क में एकाग्रता और अनुशासन होता है। भौतिकता के साथ-साथ रहस्यप्रियता का धुंधला पक्ष उनके व्यक्तित्व की रचना करता है। चित्रकार पेब्लो पिकासो की कलाकृतियों में उनका वृश्चिकीय मानस ही अभिव्यक्त हुआ है जिनमें प्रकट असंगतता और रहस्य के बावजूद एक सुदीर्घ सुनिश्चत साधना है।

स्वभाव से वह शंकालु होते हैं और अपने रहस्यों को दूसरों पर प्रकट नहीं करते। वह अपनी सफलताओं के लिए अन्य पर निर्भर भी नहीं करते, उनका अपना रक्षाकवच होता है जो विषम परिस्थितियों में भी उनकी रक्षा करता है। सामाजिक दृष्टि से उनके स्वभाव में एक आक्रामकता होती है जिसपर सुसंस्कृति और शिक्षा का आवरण पड़ा रहता है, अन्याथा स्थितियों में उनकी ईर्ष्या, प्रतिहिंसा और क्रोध छिपा नहीं रह पाता।

वृश्चिक राशि का शुभ रत्न पुखराज है, धुंधले स्वर्ण पीत रंग का यह पत्थर नाविकों के विश्वास के अनुसार समुद्र विक्षुब्धता पर प्रभाव डालता है और इस राशि को आध्यात्मिक शान्ति देता है। इस राशि के व्यक्तियों को रहस्य और जिज्ञासा का गतिशील साहित्य और सैन्यसंगीत प्रिय होता है। प्लूटो का काला और मंगल का गहरा लाल रंग उन्हें प्रिय है। उनका लाभदायक दिवस मंगलवार है। यदि सहानुभूति का अभाव उनका दोष है तो स्वभाव की दृढ़ता उनका गुण। संपन्नता और सुरक्षित जीवन उनकी महत्त्वाकांक्षा होती है।

धनु : इस राशि से प्रभावित व्यक्तियों का जन्म 15 दिसम्बर से 13 जनवरी या पाश्चात्य मतानुसार 22 नवम्बर से 22 दिसम्बर के बीच होता है। आकाश की यह नवम् राशि गुरु द्वारा शासित है जिसका प्रतीक अर्द्धमानवीय और अर्द्ध-अश्व देह का एक काल्पनिक जीव है। यह अग्नि तत्त्वीय राशि है और शरीर में जंघाओं पर इसका नियंत्रण है।

इस राशि के व्यक्ति दार्शनिक और विचारक होते हैं, वह प्रभावशाली और वक्ता होते हैं तथा उनके स्वभाव में स्वतंत्रता होती है। भावना को धनु राशि ने महापुरुषों की एक सुदीर्घ पंक्ति दी है; स्पिनोजा, मार्कट्वेन, थामस कार्लायल,

रुडयार्ड किपलिंग, विन्स्टन चर्चिल, चार्ल्स द' गाल, वाल्ड डिस्ने, एन्ड्रयू कार्नेगी, लुडविग वान वीथोबन, बेन्जामिन डिजरायली, किर्क डगलस, फ्रेन्क सिनेटरा आदि। प्रायः इस राशि वालों के जीवन का पूर्वार्द्ध संघर्षमय रहता है, किन्तु अपने विवेक और सतत उद्यम से अंततः वह ऐसी सफलताएं निश्चित रूप से प्राप्त करते हैं जो उल्लेखनीय हों।

स्वभाव से आदर्श और सर्वोच्च नैतिकता के पक्षधर होने के कारण उनके जीवन में भावनात्मक पक्ष के प्रतिहित होने के अनेक अवसर आते हैं, ऐसी दशाओं में वह मानसिक रूप से क्षुब्ध हो जाते हैं। उन्हें सामान्य से अधिक आर्थिक अवसर मिलते हैं किन्तु धन की उनके निकट कोई भी सीमा नहीं होती, क्योंकि वह उसे जीवन का परम आनन्द प्राप्त करने का माध्यम मानते हैं। इनकी प्रतिभा और क्षमता मातृभूमि से दूर के स्थानों में सर्वाधिक विकसित होती हैं। कार्य करने के लिए उन्हें व्यापक क्षेत्र चाहिए होता है। सार्वजनिक जीवन, सत्ता और अधिकार के पद, लेगन, शिक्षा और विदेश सेवा उनके अनुकूल व्यवसाय हैं। ऐसा कोई भी क्षेत्र जिसमें आदर्श को व्यवहार में उतारा जा सके उनकी रुचि का होता है। उनका जीवनदर्शन अपने स्वयं के अनुभवों में से संकलित किया जाता है किन्तु समाज की दृष्टि प्रेरणा के लिए इन्हीं नैसर्गिक नेताओं की ओर जाती है।

धनु राशि के व्यक्तियों के प्रिय वर्ण नीलारुण और बैंगनी नीला हैं। उनका रत्न वैदूर्य (फीरोजा) है जो ज्ञान और शुचिता से संबद्ध माना जाता है। उनकी अभिरुचि इतिहास में होती है जो उनके लिए प्रेरणा का स्रोत है, और जहां उनकी आदर्शों की भूख संतुष्ट हुआ करती है। गुरुवार उनका शुभ दिवस है। सत्य का अविचलित आग्रह उनके चरित्र की विशेषता है किन्तु उनकी भाषा का तीखापन जल्दी ही नाराजीमोल ले लेता है। विश्व-व्यापी ख्याति के लिए चिन्तित वह नूतन अनुसंधानों में जीवन की सार्थकता देखते हैं।

मकर : विभिन्न राशियों में सूर्य के संक्रमण की उपरोक्त तिथियां स्थानीय वर्षमानों में एकाध दिन आगे पीछे हो सकती हैं। किन्तु मकर संक्रान्ति प्रतिवर्ष 14 जनवरी को ही आती है, इस राशि पर सूर्य 13 फरवरी तक रहता है। पाश्चात्य गणना के अनुसार यह काल 23 दिसम्बर से 20 जनवरी तक है। यह शनि द्वारा

शासित भूतत्त्वीय राशि है जो शरीर में घुटनों का नियत्रण करती है। इसका प्रतीक चिह्न बकरा या मगर है।

इस राशि के व्यक्ति विचारों में अनुदार, धुन के पक्के और लक्ष्य के प्रति समर्पित होते हैं। व्यवसाय और आर्थिक क्षेत्र में उन्हें असफलताओं का सामना नहीं करना पड़ता। उनकी सामान्य दृष्टि उपयोगितावादी होती है। इन सारी विशेषताओं के ही कारण इस राशि ने अनेक राजनीतिक नेताओं को जन्म दिया है : ग्लेडस्टोन, वूड्रो विलसन, लार्ड एटली, ज्यार्जी मलनकोव, मार्टिन लूथर किंग कोष्ठरिचर्ड निक्सन आदि उनमें से कुछ नाम हैं।

अत्यधिक महत्त्वाकांक्षा होने के कारण व्यक्तिगत सम्मान और सांसारिक स्थिति के प्रति वह अतीव संवेदनशील होते हैं। वह तर्क, चातुर्य और राजनय का सबसे अधिक सफलता के साथ प्रयोग कर सकते हैं। उनका व्यक्तित्व व्यवसायोचित कृत्रिमता से युक्त होता है और इसलिए उनकी अपनी स्वार्थ भावनाओं पर जनहितैषिता का एक आवरण पड़ा रहता है। उसका यह अर्थ कदापि नहीं है कि उनमें परमार्थ होता ही नहीं, वास्तविकता तो यह है कि अनेक सामाजिक संस्थाओं के संयोजक के रूप में उनसे आपकी भेंट हो सकती है। कोई भी ऐसा व्यवसाय जिसमें व्यावहारिकता और संगठन की आवश्यकता हो उनके अनुकूल होता है। वह धन का सम्मान करना जानते हैं और उनके स्वभाव में कंजूसी होती है, उनमें अर्जन की सहज प्रतिभा होती है।

मकर राशि का शुभ दिवस शनिवार है। गहरा भूरा, गहरा हरा, और काला रंग उनके लिए अनकूल होते हैं। रक्तमणि (याकूत) उनके लिए शुभ होती है। उन्हें जासूसी कहानियां और लोकसंगीत प्रिय होता है, पुराने ग्रंथ एकत्र करना उनका शौक होता है, उनमें गांभीर्य होता है किन्तु अनुचित सीमा तक जिज्ञासा भी। सार्वजनिक प्रतिष्ठा उनकी आकांक्षा होती है और सत्ता-प्राप्ति के लिए वह अनवरत प्रयास करते हैं।

कुम्भ : सूर्य कुम्भ राशि पर 14 फरवरी को आकर 13 मार्च तक वहां रहता है। पाश्चात्य ज्योतिषियों के अनुसार यह काल 21 जनवरी से 19 फरवरी तक का है। इसका शासक यूरेनस है जो शनि से भी प्रभावित होता है। जलकलश से चिह्नित इस राशि में वायुतत्त्व की प्रधानता है और यह पिंडलियों पर रहती है।

सहज मैत्री इस राशि की विशेषता है। ज़रूरतमंदों की सहायता करने में कुम्भ राशीय व्यक्तियों को हार्दिक प्रसन्नता होती है। कहा जाता है कि प्रसिद्ध व्यक्तियों में बयासी प्रतिशत लोग इस राशि के घेरे में आते हैं। थामस एडीसन से लेकर अमरीका के तीन अति लोकप्रिय राष्ट्रपति जार्ज वाशिंगटन, अब्राहम लिंकन और फ्रेंकलिन रूज़वेल्ट, डीन रस्क और ऊ थां—यह सभी व्यक्ति कुम्भ राशि के सूर्य में जन्म लेनेवाले थे। उनकी कार्य-प्रणाली में नवीनता, अनुपमता, मौलिकता तथा प्रगतिशीलता रहती है। एक बार काम को हाथ में ले लेने के पश्चात् वह उसे कभी अधूरा नहीं छोड़ते। उनमें एकाग्रता की अद्वितीय क्षमता होती है। यूरेनस से जुड़े हुए गुण बहुमुखी हैं, फलतः इस राशि के व्यक्तियों का कार्यक्षेत्र भी विविध और बहुरंगी होता है इसलिए धीरज के गुण को उन्हें सायास विकसित करना होता है। उनमें एक ऊर्जा का भंडार होता है, जिसे सतत सक्रियता देकर महान कार्य किए जा सकते हैं, और इसलिए उन्हें एक मानसिक अनुशासन की आवश्यकता होती है। शनि से उन्हें गम्भीर ज्ञान एकत्र करने की प्रवृत्ति मिलती है। उनके विचारों का जजाल सामान्य मनुष्यों को भले ही उलझन में डालता हो तथापि विद्वजनों द्वारा वह सम्मानित होते हैं। वह धन के प्रति चिन्तित नहीं होते, लेकिन अपनी दयालुता के कार्यक्रमों और ज्ञानप्राप्ति के माध्यमों के लिए उन्हें धन की आवश्यकता होती है। इन व्यक्तियों के व्यक्तित्व का सामाजिक पक्ष अत्यधिक प्रबल होता है और इसलिए उन्हें तभी सुख मिलता है जब उनके व्यवसाय तथा कार्यक्षेत्र से सामाजिक हित साधन हो।

ज्योतिषशास्त्रियों के मतानुसार 1904 ई० से हमारी धरती ने कुम्भ राशि के युग में प्रवेश किया है, जिसे मानवीय कल्याण के महान आविष्कारों और मानवीय भ्रातृत्व और सहयोग का युग होना चाहिए। एक ओर अंतरिक्ष की खोज और दूसरी ओर नाभिकीय शक्ति से सम्पन्न हमारा युग निस्सन्देह देश और भूगोल की दूरियों को तोड़कर मनुष्य को मनुष्य के पास ला रहा है।

कुम्भ राशि के प्रिय वर्ण नील और मिश्रित रंग होते हैं; उनका रत्न नीलम है। उन्हें सफलता की कहानियां आकर्षित करती हैं। आधुनिक साहित्य उनके लिए रुचिकर होता है। शनिवार उनका शुभ दिन है। उन्हें सतत उन्नतिशील अवसरों

की प्रतीक्षा रहती है और वह मानवतावादी होते हैं।

मीन : इस राशि को दो विपरीत दिशाओं में तैरने वाली मछलियों द्वारा चित्रित किया जाता है। नेपच्यून और बृहस्पति से प्रभावित इस राशि पर सूर्य अपनी परिक्रमा के अंतिम चरण में 14 मार्च से 12 अप्रैल या पाश्चात्य मतानुसार 20 फरवरी से 20 मार्च तक रहता है। इसका प्रधान तत्त्व जल है और पैरों के आखिरी हिस्से पर यह नियंत्रण करती है।

इस वर्ग को अपने सर्वाधिक सद्गुणों के बावजूद संभवतः सर्वाधिक क्लेश भोगना पड़ता है। दो विपरीत धाराएं एकसाथ बहकर उनके जीवन को सतत विचलित रखती हैं। उन्हें विपरीत स्थितियों का सामना करना पड़ता है। भावुकता और आदर्शप्रियता, ईमानदारी और कल्पनाशीलता उन्हें मनुष्यों के सर्वश्रेष्ठ वर्ग में लाती हैं। किन्तु अनिश्चय, एकाकी भावना, आरोपित करुणा और अति संवेदना उन्हें संभवतः संसार का सर्वाधिक क्लेशित व्यक्ति बनाती हैं। उन्हें किसी भी प्रकार के मादक द्रवों से दूर रहने की सलाह दी जाती रही है, क्योंकि जीवन का यह करुण पक्ष उनमें जिस पलायनप्रियता को आरोपित करता है वह निर्बल इच्छाशक्ति का सहारा पाकर और भी प्रखर हो जाया करती है।

मीन राशि कलाकारों का सहज सूर्य चिह्न है, विशेष रूप से ऐसे कलाकार जिनकी अभिव्यक्ति दुखांत हो, इस वर्ग में आते हैं। इस राशि के व्यक्तियों में असाधारण अनुकलता होती है और वह किन्हीं भी परिस्थितियों में अपने-आपको ढाल सकते हैं, अतएव अभिनय, नाटक, फिल्म और टेलीविज़न उनकी सफलता के विशेष क्षेत्र होते हैं। जहां भी व्यापक दृष्टि को सूक्ष्म माध्यम से प्रस्तुत करने का प्रश्न हो मीन राशि सफल होती है और इसलिए यदि शापनहावर जैसा दार्शनिक, स्टीनबैक जैसा लेखक, एलिजाबेथ टेलर जैसी अभिनेत्री इस राशि में जन्मे हैं, तो जान फास्टर डलेस और हेराल्ड विलसन जैसे राजनीतिज्ञ भी। दो हज़ार वर्षों का मीन राशि का युग हाल ही में खतम हो रहा है। यह इतिहास की दृष्टि से ईसाइयत का युग था, जिसने कल्पना और आध्यात्मिकता के क्षेत्र में मानवता की सर्वश्रेष्ठ उपलब्धियां प्राप्त की, लेकिन नवागत युग के पास विज्ञान की दृष्टि है—कुम्भ राशि और उसके स्वामी यूरेनस से जुड़ी हुई।

मीन राशि का प्रिय वर्ण भूरा, नीलहरित है, इसीरंग का वैदूर्य इनका शुभ रत्न है। उन्हें रहस्य और दुखांत साहित्य प्रिय होता है। गुरुवार उनका शुभ दिवस है। सहानुभूति और करुणा उनकी विशेषता है, किन्तु आत्मपीड़न उनका दोष भी।

पारम्परिक रूप से इन राशियों को तत्त्वीय प्रधानता के आधार पर आग्नेय (मेष, सिंह और धनु), वायवीय (मिथुन, तुला और कुम्भ), जलीय (कर्क, वृश्चिक और मीन) तथा भूतत्त्वीय (वृषभ, कन्या, मकर) इन चार वर्गों में विभाजित किया गया है। जान वार्ले (19वीं शताब्दी पू०) के अनुसार अग्नित्रयी साहस, उदारता, महत्ता और शाही स्वभाव का, वायुतत्त्वीय त्रयी मानवीय, संतुलित और शालीन स्वभाव का, जलतत्त्वीय त्रयी उदासीन, आत्मकेन्द्रित, सतर्क और तीक्ष्ण स्वभाव का और भूतत्त्वीय त्रयी सावधान, व्यावहारिक और विवेचनशील स्वभाव का प्रतिनिधित्व करती है।

अमरीकी ज्योतिषी डब्लू० जे० टकर और मेक्स हिंडेल ने भी 'मूल' (मेष, कर्क, तुला, मकर) 'स्थिर' (वृषभ, सिंह, वृश्चिक, कुम्भ) और 'चल'(मिथुन, कन्या, धनु, मीन) राशियों के एक अन्य परम्परागत वर्गीकरण को स्वीकार करते हुए, मूल राशियों के गुण गत्यात्मक प्रभावशीलता, तथापि दिशाहीनता बताए हैं जो चेतन मानस को प्रभावित करते हैं। स्थिर राशि में आकांक्षाशीलता और दृढ़ता होती है और यह अचेतन मानस पर प्रभाव डालती है, जबकि चल राशि का प्रभाव अतिचेतन मानस पर पड़ता है। इन्ग्रिड लिण्ड के लिए मेष से मीन तक राशियों का क्रम 'आदिम सरलता और एक्य से संश्लिष्टता की ओर' क्रमिक विकास क्रम है। फुर्ज मारिस ने इसे एक मानसिक यात्रा के रूपक से चित्रित किया है, जिसमें अज्ञान (मेष) से वस्तुजगत् के बोध (कन्या) तक का एक चरण है और शेष छह राशियों में आत्मचेतना का क्रमिक विकास होता है जिसकी अंतिम परिणति 'योग' (मीन) है।

अत्यंत रूढ़िवादी ज्योतिषी भी यह नहीं मानते कि सम्पूर्ण मानव समाज केवल बारह वर्गों में ही विभाजित है। प्रत्येक व्यक्ति पर गृहों का मिला-जुला प्रभाव पड़ता है, और तदनुसार केवल जन्मस्थ सूर्य से ही व्यक्ति के स्वभाव अथवा चरित्र के प्रति निर्णायक धारणा नहीं बनाई जा सकती। जन्मपत्री के आधार पर भी फलित गणेना करते हुए सूर्य के अतिरिक्त व्यक्ति के जन्म के समय

क्षितिजीय राशि का, जिसे लग्न या 'एसेंडेंट' कहते हैं, चन्द्रस्थिति का और गृहों के संयोग, दृष्टियों आदि का ध्यान रखा जाता है। किन्तु उस सबका विवेचन इस पुस्तक का विषय नहीं है। यहां हम इतना भर संकेत करना चाहते हैं कि प्रत्येक व्यक्ति विविध मिश्रित प्रभावों द्वारा संचालित होता है, यद्यपि उनमें से एक वर्ग अधिक मुखर और दूसरा अपेक्षाकृत शान्त हो सकता है।

पृष्ठ 51 पर हमने कीरो की एक तालिका उद्धृत की थी, जिसमें गृहों का ऋणात्मक और धनात्मक विकास बताया गया है। उसे अब और स्पष्ट करने की स्थिति में हम हैं। मंगल के लिए मेष और वृश्चिक दोनों अपनी राशियां हैं, किन्तु कीरो के मतानुसार मेष राशि के प्रभाव में ऊर्ध्व मंगल का विकास होता है जो इस ग्रह के शभ गुणों का प्रतीक है। मेष मूल और अग्नितत्त्वीय राशि है, जिसमें मंगल का एकाधिकार है। दूसरी ओर निम्न मंगल के दुर्गुणों से सम्बद्ध वृश्चिक राशि पर उसका संयुक्त शासक प्लूटो है, जो अपने-आपमें ध्वंस और अंधकार से सम्बद्ध माना जाता है (लंदन में 1940 के अग्निकांड, द्वितीय विश्वयुद्ध के ब्लैकआउट और एटमबम के विस्फोट का श्रेय उसे मिला है)। वृश्चिक एक स्थिर राशि है और जलतत्त्वीय है।

शुक्र के सद्गुणों का जन्मकाल वृषभ राशि है, जबकि तुला का स्वामी होते हुए भी वह अपने प्रभावों की दृष्टि से मलिन हो जाता है। वृषभ एक स्थिर और भूतत्त्वीय राशि है और इसलिए शुक्र के गुणों को ठोस धरातल देती है। दूसरी ओर तुला संतुलन की राशि होते हुए भी मूल और वायुतत्त्वीय राशि है, वासना-प्रधान उत्तेजनात्मक प्रभाव डालती है। मिथुन राशि में बुध का धनात्मक विकास होता है जो चल और वायुतत्त्वीय राशि है, चंचल गति बुध के अनुकूल। किन्तु कन्या में चलता के साथ-साथ भूतत्त्व की प्रधानता अपने स्वामी की गति को धीमा बनाती है जिसका परिणाम है हथेली पर बुध के नकारात्मक गुणों का विकास। सूर्य के धनात्मक विकास का सम्बन्ध कीरो की तालिका में सिंह राशि से है, जो स्थिर और आग्नेय खंड है किन्तु स्थिर और वायुतत्त्वीय कंभ में उसका ऋणात्मक विकास होता है। सिंह राशि में चन्द्रमा धनात्मक हो जाता है किन्तु कुंभ में ऋणात्मक, सूर्य से ही उसकी नियति संचालित है। गुरु के श्रेष्ठ गुणों का विकास चल अग्नितत्त्वीय धनु में,

जहां उसकी हुकूमत में कोई हस्तक्षेप नहीं है, होता है। मीन राशि चल तो है किन्तु जलतत्त्वीय है और उसका स्वामी 'भावुक प्रतिभा और रहस्यवाद' से सम्बन्धित नेपच्यून है,जो मलिन ग्रहों से प्रभावित होने पर मद्यपता और वंचकता देता है। इस राशि खड में गुरु के नकारात्मक पक्ष का विकास होता है। शनि का धनात्मक विकास कीरो ने मकर राशि से माना है जो मूल और भूतत्त्वीय राशि है। किन्तु अपने क्षेत्र में चन्द्रमा और सूर्य को नकारात्मक बना देनेवाली स्थिर और वायुतत्त्वीय कुंभ राशि में शनि की साझेदारी यूरेनस से है, जो विज्ञान के एटमबम की धातु यूरेनियम की खोज, राडार, लड़ाकू बमवर्षकों, पेनसिलीन की खोज आदि से सम्बद्ध माना गया है। कीरो के मतानुसार उसके प्रभावकाल में शनि का नकारात्मक विकास होता है।

जन्मतिथि के संदर्भ में अनुभवतः यह देखा गया है, जन्मतिथि से सम्बद्ध राशि के ग्रह का हथेली पर पर्वतीय प्रभाव के रूप में प्रमुख विकास तो होता ही है, किन्तु इसका यह अर्थ नहीं है कि वह किसी अन्य पर्वत के विकास को रोक लेता है अथवा किसी अन्य पर्वत के साथ उसका युग्म नहीं बनता। हथेली पर दो पर्वत साथ-साथ प्रभाव डाल सकते हैं, दो ही क्यों दो से अधिक पर्वत एक ही हथेली पर प्रमुख स्थिति में हो सकते हैं। इसलिए उन सबके समग्र और समन्वित प्रभाव का सूक्ष्म अध्ययन किए बिना कर दी गई कोई भी भविष्यवाणी जल्दबाज़ी मानी जाएगी।

6. हाथ का मानचित्र

भारतीय मतानुसार हथेली के विविध स्थान—तीन विश्व—ग्रहों का मैत्री चक्र—पर्वतों का युग्मन और उनके फल—पर्वतों पर चिह्न—क्रास—नक्षत्र—वृत्त—द्वीप, यव—वर्ग और अन्य।

कलाई पर तीन आड़ी रेखाओं से बननेवाले मणिबन्ध हथेली की सीमा बनाते हैं। इसे संधि कहते हैं। तर्जनी और अंगूठे के बीच का पार्श्व मंडलाकार और कनिष्ठा की ओर का पार्श्व करभा कह जाता है, हथेली की चौथी सीमा

हथेली के स्थान, तीर्थ आदि की स्थिति

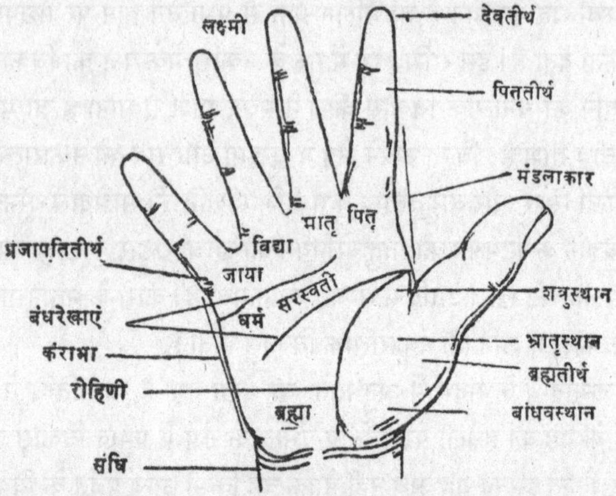

चित्र 7

अंगुलियों से बनती है। इस भूगोल के बीच जो कुछ भी है वह हस्तरेखाओं के अन्तर्गत हमारे अध्ययन का विषय है। (चित्र 7)

भारतीय ग्रंथों में समुद्र को इस विज्ञान का प्रणेता माना जाता है और कहा जाता है कि शेषशायी विष्णु और लक्ष्मी के अंग-लक्षणों के आधार पर उन्होंने मानवता के कल्याण के लिए इस विज्ञान को विकसित किया। उनके पश्चात् इस क्षेत्र में नारद, लक्षक, वाराह, मांडव्य, स्कंद और कार्तिकेय आदि ऋषियों के सिद्धांतों को समाविष्ट किया गया। इस प्रकार पूर्व में सामुद्रिक की परम्परा सुदूर अतीत तक इतनी पीछे जाती है कि उसका उद्गम वेदों की तरह अपौरुषेय अथवा प्राप्त मान लिया गया है।

प्राचीन भारतीय पद्धति के अनुसार हथेली का विभाजन आठ स्थानों में किया जाता है, जिनमें से प्रत्येक जीवन के एक विशिष्ट पक्ष का द्योतक है। (चित्र 7)

करभा की ओर हृदय-रेखा और मस्तिष्क-रेखा के बीच का भाग, जो ऊर्ध्वमंगल का पर्वत है, इस पद्धति में धर्मस्थान है। इसे व्यक्ति के पुरुषार्थ, उद्यम और चरित्र का द्योतक माना जाता है। पाठकों को स्मरण होगा कि यह ग्रह शक्ति और क्रियाशीलता, साहस और संकल्प, साथ ही संवेग तथा कठोरता का प्रतिनिधित्व करता है। राशिचक्र में मंगल प्रथम राशि का स्वामी है जो व्यक्ति के जीवन, आत्म (सेल्फ) और क्षमताओं से सम्बन्धित है।

धर्मस्थान के ऊपर जाया स्थान है, जो वस्तुतः बुध का पर्वत है। पाठक आगे देखेंगे कि इस स्थान पर बनने वाली समानांतर रेखाओं से मनुष्य के प्रणय सम्बन्धों या परिणय का अनुमान लगाया जाता है। बुध की राशियों मिथुन और कन्या के ज्योतिषीय प्रतीक क्रमशः क्रीड़ारत युग्म और कुमारी हैं, कन्या राशि का एक महत्त्वपूर्ण पक्ष गृहस्थी भी है अतएव बुध पर्वत के पार्श्वभाग पर जाया (स्त्री) स्थान की कल्पना कोई असंगति नहीं है।

सूर्य के पर्वत को, जो अनामिका के आधार पर स्थित होता है, भारतीय पद्धति में विद्यास्थान कहा गया है। सूर्य पंचम राशि सिंह का स्वामी है, जो विद्या, बुद्धि, आत्मविश्वास और रचनाशीलता का भाव है। सूर्यरेखा (विवेचन बारहवें अध्याय में) संभवतः इसी सदर्भ में भारतीय सामुद्रिकों द्वारा विद्यारेखा अथवा गोमती भी कही जाती है। ऐसी रेखा का धारण करने वाला कार्तिकेय पद्धति के अनुसार समस्त विज्ञानों और कलाओं का ज्ञाता तथा धन का स्वामी होता है।

मध्यमा के मूल में स्थित शनि पर्वत मातृस्थान है। ज्योतिष में चतुर्थभाव (पाश्चात्य पद्धति में मिड हेवन) के साथ संबद्ध मातृसुख, परिवार, स्थायी संपत्ति आदि इस स्थान से जुड़ी हुई है। ज्योतिषीय जन्मकुंडली में कर्क, मीन और मकर राशियां चतुर्थ भाव में विशेष बलशाली मानी जाती हैं। इनमें मकर शनि की राशि है, संपत्ति से शनि का विशेष सम्बन्ध है।

मातृस्थान के पड़ोस में तर्जनी के मूल में स्थित पितृस्थान गुरु के पर्वत से बनता है। गुरु नवम् राशि धनु का स्वामी है। नवम् भाव का सम्बन्ध पिता के सुख, भाग्य, गुरु, तप, आध्यात्मिक जीवन, धर्म आदि से है। इस पर्वत के आधार भाग से दो केन्द्रीय रेखाओं जीवन-रेखा (जिसे भारतीय पद्धति में

रोहिणी कहते हैं) और मानस-रेखा का उदय होता है।

गुरु के पर्वत के नीचे अंगुष्ठ मूल तक के भाग को हमने निम्न मंगल पर्वत कहा है। भारतीय पद्धति में इस भाग को शत्रुस्थान की संज्ञा दी जाती है। कीरो की तालिका के विवेचन में हम देख चुके हैं कि इसका विकास मंगल की दूसरी राशि वृश्चिक के प्रभावान्तर्गत होता है। प्लूटो से प्रभावित इस राशि में मंगल के तेजस्वी गुणों का ह्रास हो जाता है और उसके नकारात्मक दुर्गुण मुखर होते हैं। यह अष्टम भाव की राशि है, जो मृत्यु, आवेग, हानि और आत्मशक्ति में अतिरंजना का भ्रम देने वाला भाव है। ऋण और संग्राम जैसी वैयक्तिक परेशानियों को भी जन्म-कुंडली में यहीं देखा जाता है।

शुक्र के पर्वत का ऊपरी भाग इस पद्धति में भ्रातृस्थान और नीचे का हिस्सा बंधु (सम्बन्धियों का)-स्थान कहा जाता है। शुक्र का नियंत्रण दो राशियों पर है, द्वितीय भाव की वृषभ राशि धन, कोष, कुटुम्ब, मित्र, सुख-भोग से सम्बन्ध रखती है। यही बंधुस्थान के गुण हैं। सप्तम भाव की तुला राशि का सम्बन्ध अन्य बातों के साथ-साथ साझेदारी, करारों, अनुबंधों और सामाजिकता से है। इन्हें भ्रातृस्थान पर देखा जा सकता है।

अंगुलियों के आधार पर स्थित पर्वतों की आधार रेखा मंगल के क्षेत्र की उत्तरी सीमा की रचना करती है। इसकी दाहिनी और बाईं ओर ऊर्ध्व और निम्नमंगल के स्थान हैं और इसकी दक्षिणी सीमा चन्द्र और शुक्र के पर्वतों के बीच एक गलियारे से गुज़रकर मणिबंध पर बनती है। इस मंगल क्षेत्र का उत्तरी भाग यूरेनस से और दक्षिणी भाग नेपच्यून से प्रभावित होता है, जो क्रमशः कुम्भ और मीन राशि से सम्बद्ध हैं।

प्रत्येक अंगुली के तीन-तीन खंड होते हैं, जिन्हें पर्व कहा जाता है। इनमें से पहला पर्व जीवन के संवेग पक्ष का, दूसरा पर्व भौतिक पक्ष का और अंतिम पर्व मानसिक पक्ष का प्रतिनिधित्व करता है। प्रत्येक अंगुली का अपने मूलपर्वत से गुणों का सम्बन्ध है। किन्हीं ज्योतिषियों के मतानुसार इन पर्वों में से प्रत्येक में एक राशि का वास होता है।

हथेली का विभाजन जिन तीन विश्वों में किया जाता है, उनमें से मानसिक विश्व की रचना अंगुलियों से होती है। व्यावहारिक विश्व के क्षेत्र में बुध, सूर्य, शनि, गुरु और मंगल के पर्वत तथा वासना के विश्व में चन्द्र और शुक्र के पर्वत आते हैं। पहले

कहा जा चुका है कि हथेली पर दो या दो से अधिक पर्वतों की विकसित स्थिति मिल सकती है। इनके समवेत प्रभाव सम्बन्धित मनुष्य पर पड़ते हैं।

ग्रहों की पारस्परिक मित्रता और शत्रुता के सम्बन्ध में ज्योतिषियों का एक अपना मैत्रीचक्र है। इसके अनुसार सूर्य के मित्रग्रह चन्द्र और बुध हैं, मंगल और गुरु के प्रति वह सम है और शुक्र तथा शनि उसके शत्रु हैं। इस आधार पर यदि हथेली पर सूर्य के अच्छे पर्वत के साय बुध भी सुविकसित है तो उसे सूर्य की तेजस्विता का लाभ मिलेगा और ऐसा व्यक्ति प्रखरबुद्धि तथा व्यावसायिक सफलताएं प्राप्त करने वाला होगा। सूर्य के साथ विकसित चन्द्र पर्वत वाला व्यक्ति सुविख्यात कवि हो सकता है। किन्तु शनि सूर्य का शत्रु होने के कारण उसके गुणों को एक निषेधात्मक पक्ष दे देगा, यह संयोग अपनी कंजूसी के लिए कुख्यात किसी धनपति की हथेली पर मिल सकता है।

अन्य ग्रहों के लिए यह मैत्रीचक्र इस प्रकार है : चन्द्र के मित्र बुध, शुक्र, गुरु और शनि हैं। उसका समग्रह सूर्य और शत्रुग्रह मंगल है। मित्रों में शनि, समग्रह सूर्य, चन्द्र, गुरु तथा शुक्र और बुध शत्रु हैं। बुध के मित्र सूर्य और गुरु, तथा मंगल और शनि शत्रु हैं, चन्द्रमा और शुक्र उसके लिए सम हैं। गुरु के मित्र मंगल, चन्द्र तथा शनि हैं, सूर्य उसके लिए सम और शुक्र तथा बुध उसके शत्रुग्रह हैं। शुक्र का मित्र शनि तथा मंगल उसका शत्रु है और शेष चार ग्रहों के प्रति वह समभावी है। शनि की मैत्री गुरु से और शत्रुता सूर्य से है, अन्य ग्रह उसके लिए समभाव रखते है। इनमें से चन्द्र और गुरु की तथा मंगल और सूर्य की घनिष्ठ मैत्री है, उधर गुरु तथा सूर्य और शनि की शत्रुता भी अत्यधिक कठोर है।

इस मैत्रीचक्र को ध्यान में रखें तो दो या दो से अधिक पर्वतों के समान विकास का फल आसानी से समझा जा सकता है। नीचे विभिन्न युग्मों के प्रभाव संक्षेप में लिखे जाते हैं।

गुरु और शनि का संयोग गुरु की महत्त्वाकांक्षा को गांभीर्य और अध्ययनवृत्ति देता है जो कानि के गुण हैं। ऐसे व्यक्तियों को धन और प्रतिष्ठा दोनों ही मिलती हैं। गुरु के सहयोग से मंगल की साहसप्रियता को सफलता मिलती है, किन्तु प्लूटो से

प्रभावित निम्नमंगल का गुरु के साथ विकास दादावादी मनोवृत्ति को बढ़ाता है। गुरु और चन्द्र का सहयोग कल्पनाशील, आदर्शवाद और आध्यात्मिकता देने वाला है। सूर्य गुरु का समग्रह है और इन दोनों के संयोग से व्यक्ति को सांसारिक सफलता और सम्मान दोनों ही मिलते हैं। शत्रुग्रह शुक्र का प्रभाव गुरु की सहज तेजस्विता में मांसल मोह को उभारता है। यदि गुरु बलवान है तो व्यक्ति में सामाजिक व्यवहार-कुशलता और लोकप्रियता अर्जित करने की क्षमता आ जाती है।

शनि और सूर्य परस्पर शत्रुग्रह हैं। प्रायः जिन हाथों पर शनि प्रधान होता है उनमें सूर्य स्थानच्युत पाया जाता है। यदि अन्य लक्षण अच्छे न हों तो यह संयोग व्यक्ति की मनःस्थिति को विकारयुक्त और स्वभाव को कुटिलता देता है। शनि के लिए शेष ग्रह समस्वभाव के हैं, किन्तु उन सभीसे वह अधिक शक्तिशाली है। इसलिए उनके अपने गुण शनि के प्रत्यक्ष प्रभावों को ग्रहण करते हैं। शनि और बुध का संयोग दूरदर्शिता और विवेक देता है किन्तु यदि बुध का विकास नकारात्मक हुआ हो और अन्य कुलक्षण भी बलवान हों तो ऐसा व्यक्ति विश्वासघाती, अपराधीवृत्ति का और प्रवचक हो सकता है। शनि और शुक्र के संयोग वाला व्यक्ति तर्कयुक्त, रहस्यप्रिय और करुणाशील होता है किन्तु यदि शुक्र नकारात्मक हो तो वह स्वार्थी, ईर्ष्यालु और परपीड़क (कभी-कभी आत्मपीड़क) बन जाता है। चन्द्र के साथ शनि की रहस्यप्रियता और बढ़ जाती है। निम्नमंगल के साथ शनि व्यक्ति को विध्वंसक, चिड़चिड़ा और दुस्साहसी बनाता है किन्तु ऊर्ध्व मंगल के साथ उसकी स्वभावगत उदासीनता को कार्यशीलता की प्रेरणा मिलती है।

सूर्य के साथ बुध, चन्द्र, शनि और गुरु के संयोगों के विषय में ऊपर लिखा जा चुका है। शुक्र और सूर्य का संयोग यद्यपि मनुष्य को वासनाप्रिय और स्वार्थी तो बनाता है, तथापि उसकी सामाजिकता बढ़ जाती है क्योंकि शुक्र उतना तेजस्वी ग्रह नहीं है जितना सूर्य।

बुध के लिए शुक्र और चन्द्र समग्रह हैं और इनके संयोगों में वह एक-दूसरे के गुणों पर विपरीत प्रभाव नहीं डालते। अपने शत्रु मंगल के साथ यदि हाथ के अन्य चिह्न संतुलनात्मक न हों तो बुध का मानसिक विकास अवरुद्ध हो जाता है और अपराधी मनोवृत्ति को बढ़ावा मिलता है।

शुक्र और चन्द्र के संयोग से हथेली का जैविक विश्व प्रधानता ग्रहण कर लेता है। ऐसे व्यक्तियों के लिए दैहिक सुख ही परम सुख होता है। यदि अच्छी मानस रेखा न हो तो इस वर्ग के व्यक्तियों में आदिम संवेग ही संचालिका शक्ति के रूप में कार्य करते हैं। शुक्र और मंगल का संयोग भी अच्छा नहीं है क्योंकि वह परस्पर शत्रुग्रह हैं। ऐसे व्यक्तियों में अभीप्सित को प्राप्त करने के लिए एक ऐसी बेचैनी आ जाती है जो अच्छा-बुरा सब कुछ करवा सकती है। निम्नमंगल के साथ यह विकास व्यक्ति को स्वार्थी और लोलुप बनाता है। चन्द्र से अन्य ग्रहों के संयोग ऊपर स्पष्ट हो चुके हैं। ऊर्ध्वमंगल के साथ चन्द्र का सहयोग जहां मनुष्य को यात्राप्रिय बनाता है, वहां निम्नमंगल और चन्द्र का संयोग उसकी बुद्धि को जड़ता और किंकर्तव्यविमूढ़ता देता है।

पर्वतों पर पाए जाने वाले चिह्न उनकी शक्ति को प्रभावित करते हैं। अच्छे चिह्न जहां उनके प्रभाव को बढ़ाने वाले होते हैं, वहीं बुरे चिह्नों से उनकी क्षमता का ह्रास होता है। इन विभिन्न चिन्हों का विवेचन इस प्रकार है :

क्रास : दो रेखाओं को एक-दूसरी के द्वारा काटे जाने से क्रास अथवा गुणक जैसा चिह्न बनता है। केवल गुरु के पर्वत पर ही क्रास का फल शुभ होता है अन्यत्र यह दुर्भाग्य का द्योतक है। गुरु पर क्रास उसकी महत्त्वाकांक्षा को विवेक का आधार प्रदान करता है और सुखमय पारिवारिक जीवन का प्रतीक है। शनि के पर्वत पर क्रास से व्यक्ति की प्रजनन क्षमता का ह्रास तथा दारिद्र्य की आशंका रहती है। शनि और सूर्य के संधिस्थल पर क्रास के प्रभाव से मानहानि का खतरा रहता है। सूर्य पर क्रास के कारण व्यक्ति प्रमादवश अपनी सफलताओं के मार्ग में व्यवधान खड़े कर लेता है। यह नेत्रपीड़ा का भी लक्षण है। बुध के पर्वत पर क्रास की उपस्थिति चौर्यवृत्ति की द्योतक है। एक सिद्धहस्त चोर के लिए छोटी हृदयरेखा और विकृत कनिष्ठा के साथ उपरोक्त क्रास एक निश्चित लक्षण है। कनिष्ठा के तीसरे पर्व में क्रास का होना व्यक्ति को अविवाहित बनाता है।

ऊर्ध्वमंगल पर क्रास की उपस्थिति से द्वन्द्व में चोट खाने का खतरा रहता है और निम्नमंगल पर क्रास व्यक्ति को निर्दयता देता है। चन्द्र पर क्रास से मनुष्य में अंधविश्वास आ जाते हैं, उसे पांडुरोग या जलन्धर हो सकता है, पानी से उसे

बचना चाहिए। शुक्र पर क्रास की उपस्थिति असफल प्रेम की परिचायक है।

मंगल के क्षेत्र में क्रास की स्वतंत्र स्थिति, अर्थात् जब वह किन्हीं मुख्य रेखाओं पर नहीं हो, प्रायः अच्छी होती है। इनमें से रहस्य क्रास की चर्चा आगे की गई है जो शनि पर्वत के नीचे बनता है। सूर्य के नीचे ऐसा क्रास धार्मिक प्रवृत्ति और आत्मतोष देता है। बुध की ओर खिंचता हुआ मंगल क्षेत्रीय क्रास मानस की ग्रहणशीलता का द्योतक है और गुरु के निकट यही क्रास सुखी जीवन प्रदान करता है

नक्षत्र : कई महीन रेखाओं को एक-दूसरी से काटने पर नक्षत्र जैसी आकृति बनती है। केवल सूर्य के पर्वत पर ही यह शुभ फल देता है, जहां यह असाधारण प्रसिद्धि और धनलाभ का कारक बनता है। गुरु के पर्वत पर इसकी उपस्थिति से व्यक्ति अपनी महत्त्वाकांक्षाओं को सफलीभूत देख सकता है। अन्य पर्वतों पर नक्षत्र के प्रभाव अच्छे नहीं हैं।

शनि पर नक्षत्र के होने से व्यक्ति की मानवद्वेषिता में वृद्धि हो जाती है। बुध पर वह मनुष्य को कुटिल बनाता है। ऊर्ध्वमंगल और निम्नमंगल पर यह हत्या की मनोवृत्ति का द्योतक है। चन्द्र पर नक्षत्र से जलप्लावन के संकट में वृद्धि हो जाती है, ऐसा व्यक्ति स्नायविक दौर्बल्य का शिकार भी होता है। शुक्र पर नक्षत्र का अर्थ है प्रणय संबंधों के कारण दुर्भाग्य की सष्टि। मंगल के क्षेत्र में नक्षत्र से सफलता दीर्घसूत्री हो जाती है।

वृत्त : छोटे-से घेरे के रूप में इस चिह्न की गुरु, सूर्य और शनि के पर्वतों पर उपस्थिति शुभ है। इन पर्वतों को वह सामाजिक और सांसारिक सफलता देता है। किन्तु बुध तथा चन्द्र के पर्वतों पर वृत्त जल-दुर्घटनाओं का द्योतक है। मंगल पर इसकी उपस्थिति रक्त संबंधी बीमारियां बताती है और इसी प्रकार शुक्र पर भी यह गम्भीर अस्वस्थता का लक्षण है।

मंगल के क्षेत्र में एक वृत्त, जिसकी परिधि पर्याप्त विस्तृत हो, भारतीय सामुद्रिकों के अनुसार तीनों लोकों पर विजय की शक्ति देता है। इसे पाशा कहते हैं। तर्जनी के मध्यपर्व पर वृत्त की रचना को भारतीय गुल्मिनी कहते हैं, जिसे आयु और यश की विनाशिका माना जाता है। यह अन्तिम पर्व के जितना अधिक निकट होती है, उतनी ही दोषरहित होती जाती है। अनामिका के प्रथम पर्व पर वृत्ताकार रचना

को शतह्रदा कहते हैं। ऐसे व्यक्ति मैत्रा और संबंधों के क्षेत्र में निष्कपट नहीं होते। भारतीय सामुद्रिकों ने बायें हाथ में तर्जनी मूल पर पाए जाने वाले वृत्ताकार चिह्न को मुग्धा का नाम दिया है। यह व्यक्ति में आकर्षण क्षमता प्रदान करती है। वाम हस्त पर ही अनामिका के मूल में वर्तुला की वृत्ताकार रेखा होती है। कहा जाता है कि यह व्यक्ति को मंत्रिपद दिलवाती है। बायें हाथ की अनामिका के अन्तिम पर्व पर वृत्ताकार चिह्न को अधिका कहते हैं जो मानसिक शक्तियों की उन्नायिका है।

द्वीप या यव : दो रेखाओं के सिरों पर मिलने से जौ की शक्ल की जो आकृति बनती है उसे द्वीप अथवा यव कहते हैं। यह प्रायः एक अशुभ चिह्न है। यद्यपि कहा जाता है कि यदि यव मणिबन्धों से लम्बाकार हो तो शुभ फल देता है। गुरु पर यव से व्यक्ति को अपयश मिलता है। बुध पर इसकी उपस्थिति नाजायज़ प्रेम बताती है। शुक्र पर इसका होना व्यक्ति के प्रणय-सम्बन्धों के कारण दुर्भाग्य का चिह्न है। सूर्य पर यव के चिह्न से प्रतिष्ठा का ह्रास होता है। शनि, मंगल और चन्द्र के लिए भी यव दुर्भाग्य चिह्न है।

भारतीय मतानुसार अंगूठे के तर्कखंड पर यव की उपस्थिति संबंधित व्यक्ति को सुस्वादु भोजन का प्रेमी बनाती है। इच्छाखंड के सिरे पर आड़े यव को रुक्मप्रभा कहा जाता है, जिसकी आकृति दीपशिखा की भांति होती है। इससे व्यक्ति को यश और नेतृत्व की प्राप्ति होती है। कनिष्ठा के शीर्षपर्व पर उपस्थित यव को अमला कहा जाता है, यह शुद्ध चिन्तन और सच्चरित्र की द्योतक है। इसी प्रकार की आकृति जब तर्जनी के शीर्षपर्व पर मिले तो विद्वत्ता, मृदुभाषिता और समृद्धि बताती है, इसे भारतीय सामुद्रिकों ने वाणी कहा है। बायें हाथ के अंगूठे में संधिस्थल पर पाया जाने वाला यव धारक को कृषिसम्पत्ति का स्वामी बनाता है, यह चिह्न व्यावसायिकों के हाथ में धन और वैभव का प्रतीक है। बायें हाथ की तर्जनी की द्वितीय पर्वसन्धि पर यव का चिह्न शत्रुओं पर विजय दिलवाता है। इसी हाथ में कनिष्ठा की द्वितीय सन्धि पर यव के चिह्न से व्यक्ति के पंगु हो जाने की आशंका रहती है।

वर्ग : यह एक सुरक्षा देने वाला चिह्न है, इसकी उपस्थिति संभावित संकट से व्यक्ति की रक्षा करती है। पर्वतों पर वर्ग की रचना उनके गुणों के अतिरंजित पक्ष को सन्तुलन प्रदान करती है। गुरु पर वर्ग की रचना महत्त्वाकांक्षा में संयम

और विवेक का समावेश करती है। शनि पर वह उसके मानवद्वेषी चरित्र से होने वाली हानियों को नियंत्रित करता है। सूर्य पर वर्ग की आकृति व्यावसायिक क्षेत्र में सूर्य की उदारता को व्यावहारिक अंकुश देती है। बुध पर वर्ग व्यवसाय की हानियों से व्यक्ति की रक्षा करता है। मंगल की उग्रता को इससे अनुशासन मिलता है। चन्द्र पर वर्ग का चिह्न कल्पना के पंखों को कतरकर व्यक्ति को चलने के लिए धरती का मार्ग दिखाता है और शुक्र पर इसका होना वासनाओं का नियंत्रण करता है।

इसके अतिरिक्त पर्वतों पर अन्य कई चिह्न और भी मिलते हैं। इनमें से एक रेखा की उपस्थिति पर्वतीय गुण को बढ़ाती है। दो या दो से अधिक रेखाएं जहां उसे दुर्बल करती हैं, वहीं रेखाव्यूह से पर्वतीय प्रभाव अनिष्टकारी हो जाता है। बिन्दु का चिह्न पर्वतीय स्वभाव के अनुसार हानिकारक होता है। इसके विपरीत त्रिकोण से पर्वतीय स्वभाव के अच्छे पक्ष में प्रखरता आती है।

7. रेखाएं

रेखाएं : सामान्य परिचय—प्रधान और गौण रेखाएं—निर्दोष और दोषपूर्ण रेखाएं—रेखाओं पर चिह्न—दोनों हाथों की रेखाएं।

जीवन-शक्ति के जिस प्रवाह के विषय में पहले चर्चा की गई थी, उसका हथेली में फैलाव रेखानों द्वारा प्रतिलक्षित होता है। यह प्रवाह पर्वतों की और हथेली के दूसरे भागों की एक सूत्रता का चिह्न है। रेखाओं का अध्ययन इन पर्वतों के गुणों का इस प्रवाह पर प्रभाव बताता है। हर रेखा अपने-आपमें एक प्रकार के जीवनी-शक्ति-प्रवाह की परिचायक होती है। इस प्रकार जहां पर्वत मस्तिष्क के गुणों का विवेचन करते हैं, रेखाएं जीवन की सूक्ष्मतर स्थितियों का संकेत करती हैं। रेखाओं के दोष जीवनी-शक्ति-प्रवाह के दोष होते हैं, फलतः वे जीवन पर बुरा प्रभाव डालते हैं। भली, निर्दोष रेखाएं सशक्त प्रवाह की द्योतक हैं, उनके प्रवाह शिव और श्रेष्ठ होते हैं।

दोषयुक्त रेखाएं-चिह्नादि

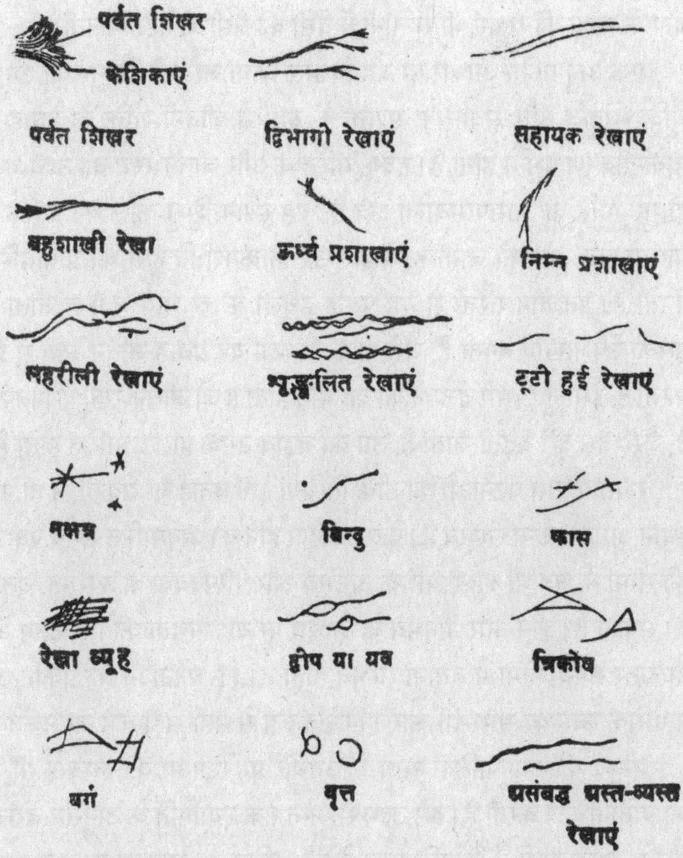

चित्र 8

अच्छे या बुरे मस्तिष्क के गुण-दोषों के अनुसार रेखाएं परिवर्तित होती रहती हैं। उम्र के विभिन्न भागों में मस्तिष्क की कार्यक्षमता रेखाएं बताती हैं और जहां पर्वत भूत, भविष्य और वर्तमान के विषय में चुप रहते हैं, रेखाएं पूरे जीवन की व्याख्या कर देती हैं।

दुनिया में कोई भी दो हथेलियां एक-सी नहीं पाई जातीं। यहां तक कि मां-बाप के हाथों की रेखाएं भी सन्तानों में वैसी की वैसी ही नहीं मिलतीं।

एक अनुमानित आधार पर यह विश्वास किया जाता है कि गुरु की अंगुली चूंकि स्वतन्त्र और सर्वाधिक सशक्त है, यहीं से जीवनी-शक्ति के प्रवाह का विकेन्द्रीकरण गर्भ में होता है। हृदय, मस्तिष्क और जीवन-रेखा का उदय-स्थल ही गुरु-पर्वत के आसपासवाला क्षेत्र है। यह स्थान शिशु-काल का प्रतीक है। यहां से सब ओर को जाती हुई रेखाएं उम्र के क्रमशःविकास को प्रतिबिम्बित करती हैं। इन तीन रास्तों से यह प्रवाह हथेली के हर भाग में फैल जाता है। उसकी उपशाखाएं बनती हैं, जैसे शनि की रेखा यह प्रवाह जीवन-रेखा से प्राप्त करती है, इसलिए इसमें बचपन का यह भाग होता है जो जीवन-रेखा के निकटतर है, जैसे-जैसे दूरी बढ़ती जाती है, उम्र का बढ़ाव उसके द्वारा प्रभावित होता है।

रेखाओं द्वारा घटनाओं की ठीक तिथियां नहीं बताई जा सकतीं, न ही नाम, स्थान आदि बताना सम्भव है। केवल घटना होने का अनुमानित समय एक वर्ष की सीमा में, वह भी बहुत अधिक अनुभव और परिपक्वता के उपरान्त, बताया जा सकता है। ज्ञान और अनुभव के आधार पर यह सत्यता की निकटतम और अल्पतर समय-सीमा में बताना सम्भव होता है। हां, घटनाओं की प्रकृति और मानसिक स्वास्थ्य-सम्बन्धी कारण निश्चित रूप से सही-सही कहे जा सकते हैं।

मनुष्य की आनुपातिक आयु के आधार पर रेखाओं की लम्बाई सौ वर्ष का प्रतिनिधित्व करती है। इसे उद्गम से अन्त तक ज्यामिति के अनुसार बराबर-बराबर समय-खंडों में विभाजित कर देते हैं। [चित्र–9] रेखा पर उस समय-खंड पर चिह्नों की उपस्थिति घटनाओं का लगभग समय बता देती है। अनुभव की परिपक्वता से समय का बताना ठोस और अधिक सत्य होता जाता है।

हथेली पर कभी-कभी बहुत अधिक और कभी-कभी एकदम कम रेखाएं

पाई जाती हैं। जीवन-रेखा एकमात्र ऐसी रेखा है जो हर हथेली में होती है। दूसरी रेखाओं में विकसित या अर्धविकसित मस्तिष्क, हृदय, शनि, सूर्य और बुध रेखाएं प्रायः सभी हाथों में मिलती हैं। ये प्रमुख रेखाएं कहलाती हैं। इनकी अनुपस्थिति दूसरी छोटी रेखाओं द्वारा पूरी की जाती है।

गौण रेखाएं सात हैं—गुरु-वलय (Ring of Solomen), शनिवलय (Ring of Saturn), शुक्रवृत्ति (Girdle of Venus), प्रणय रेखाएं, मंगल-रेखाएं, प्रतिभा-रेखा (Line of Intuition) और मणिबन्ध-रेखाएं (Bracelets)। ये रेखाएं खास चारित्रिक गुणों की द्योतक हैं, अतः उपस्थित या अनुपस्थित हो सकती हैं।

इनके अतिरिक्त किन्हीं विशेष किन्तु अस्थायी कारणों से कुछ रेखाएं जन्म ले लेती हैं और रेखा-विशेष के ऊपर अच्छा या बुरा प्रभाव डालती हैं। इन्हें अवसरीय रेखाएं (Chance Lines) कहते हैं। ये शीघ्र ही समाप्त हो जाती हैं।

साधारणतया गहरी, सीधी, बिना कटाव या अस्त-व्यस्तता वाली लाल रंग की रेखाएं निर्दोष रेखाएं होती हैं। वे अपनी पूर्ण शक्ति से व्यक्ति को प्रभावित करती हैं। इसके विपरीत स्थिति वाली रेखाएं दोषपूर्ण होती हैं। उनके गुण और प्रभाव समाप्त हो जाते हैं। पीली या नीली रेखाएं अस्वस्थता की द्योतक हैं।

रेखाओं की टूट-फूट या रुकावट उन्हें आयु के उस भाग में क्षीण कर देती हैं। लहरीली, विश्रृंखलित और टूटी हुई रेखाएं जीवन-शक्ति का दोषयुक्त प्रभाव बताती हैं। वे अच्छी नहीं होतीं। रेखाओं के मार्ग में यव अथवा द्वीप सदा अशुभ होते हैं। वहां जीवनी-शक्ति दो भागों में बंटकर निर्बल हो जाती है।

रेखाओं के मार्ग में वर्ग अथवा आयत की उपस्थिति अच्छी होती है, संभावित घटना से सुरक्षा इसका परिणाम होता है। किसी पर्वत पर आयत या वर्ग का होना व्यक्ति को उस पर्वत के दुर्गुणों से बचाता है।

रेखाओं के द्विभागी सिरे जीवन-प्रवाह की दो दिशाएं बताते हैं, और प्रायः खराब नहीं होते, किन्तु कई भागों में बंटाव की स्थिति अच्छी नहीं होती।

रेखाओं के मार्ग में बिन्दु आय के उस भाग में कुप्रभाव का संकेत देते हैं। त्रिकोण की उपस्थिति पर्वत, रेखा या अंगुली की मानसिक प्रखरता का चिह्न है।

प्रायु और रेखाओं से काल-निर्णय

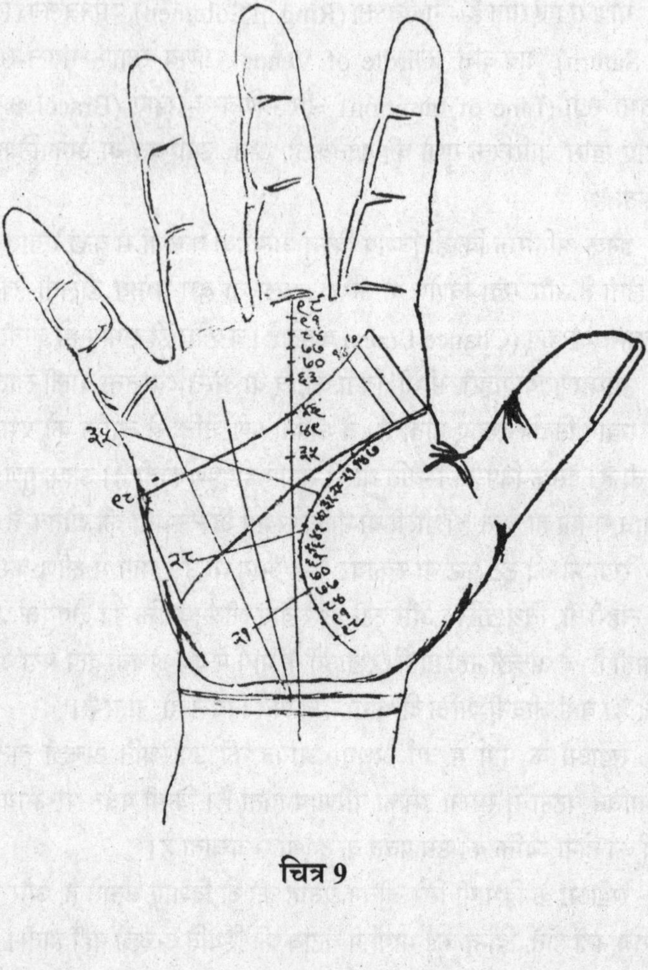

चित्र 9

हां, अवसरीय रेखाओं द्वारा बने हुए त्रिकोण प्रभावशाली नहीं होते।

अनेक रेखाओं के व्यूह (Grilles) जीवन-प्रवाह की अधिकता और अनुपयोगी क्षति का प्रमाण हैं। आड़ी रेखाएं भी बुरे प्रभाव डालती हैं,और प्रवाह की क्षमता कम कर देती हैं।

नक्षत्र का अर्थ सदा शक्ति के सघनीकरण और सही विभाजन के रूप में होता है। इसकी स्थिति के अनुसार इसके प्रभावों का निर्णय होता है। त्रास बहुतायत से मिलते हैं और ये सदा प्रभाव डालते हैं।

जब कोई रेखा अस्त-व्यस्त और टूटी हुई हो, तो सहायक रेखाएं उसके अभावों की पूर्ति करती हैं।

रेखाओं के दोषों का अध्ययन करते समय यह आवश्यक है कि दोनों हाथों का तुलनात्मक सर्वेक्षण किया जाए। यदि एक हाथ में कुचिह्न हो और दूसरे में न हो, तो उसका परिणाम इतना भयानक नहीं होता, जितना दोनों हाथों में होने पर होता है।

मान लीजिए, व्यक्ति का दाहिना हाथ जीवन-रेखा का भयानक विरोध बताता है; ऐसी दशा में मृत्यु की स्थिति तीन तरीकों से टल सकती है—पहला, बायें हाथ में पूरी जीवन-रेखा हो; दूसरा, जीवन-रेखा दाहिने हाथ में पुनः उदित होकर पूरी हो जाए; तीसरा, कोई सहायक रेखा जीवन-रेखा का स्थान ले ले। इन बातों की उपस्थिति उस अचानक उत्पन्न कुचिह्न की दशा में कोई बड़ी बीमारी या दुर्घटना की द्योतक होगी, किन्तु मृत्यु से व्यक्ति बच जाएगा।

पर्वतों के सम्पूर्ण अध्ययन के बाद रेखाओं का अध्ययन एक निश्चित क्रम से किया जाना चाहिए। सामुद्रिक भी एक निश्चित विज्ञान है, जिसका क्रमबद्ध अध्ययन आवश्यक होता है। इस क्रम में पहले हृदय, फिर मस्तिष्क, तदुपरांत जीवन-रेखाओं का अध्ययन-सर्वेक्षण करने के बाद अन्य रेखाएं देखनी चाहिए। इस रीति से किया हुआ अध्ययन अधिक स्पष्ट और सत्य परिणामों की सृष्टि करेगा।

आगे के पृष्ठों में विषय-वस्तु का निर्वाह इसी क्रम से किया गया है।

8. हृदय-रेखा

सामान्य परिचय—उद्गम—विकास : पर्वतों का प्रभाव—पथ के अवरोध—विशेष चिह्नादि।

गुरु के पर्वत पर विकेन्द्रित जीवनी-शक्ति का प्रवाह अपनी पहली दिशा हृदय-रेखा के रूप में बनाता है। पर्वतों का आधार छूती हुई यह विकासशील रेखा हथेली के ऊपरी भाग में पर्वतों की निचली सीमाएं बनाती है। इसका सम्बन्ध हृदय से माना गया है जो जीवन के लिए प्राथमिक अंग है, जहां से रक्त-संचालन का नियन्त्रण होता है। निर्दोष और सबल जीवन-रेखा स्वस्थ हृदय की परिचायक है।

हृदय-रेखा निन्नानवे प्रतिशत हाथों में अनुपस्थित नहीं होती। इसकी अनुपस्थिति अमानवीय प्रवृत्तियों का संकेत देती है। व्यक्ति को स्वार्थी, नीच और निर्दय बना देती है। बुध-प्रधान व्यक्तियों में इसका न होना उनके दुर्गुणों को बढ़ाकर भयानक रूप में बदल देता है। मंगलीय व्यक्ति इसके अभाव में खूंखार पशु बन जाते हैं। शनि-प्रधान व्यक्तियों की मनुष्य के प्रति नैसर्गिक घृणा बढ़ जाती है। शेष चार वर्गों में केवल चन्द्रवर्गीय व्यक्ति ही ऐसे होते हैं, जिनमें हृदय-रेखा अनुपस्थित हो सकती है, क्योंकि वे स्वभाव के शीतल और मानसिक होते हैं।

अच्छी हृदय रेखा, जो गहरी, निर्दोष और पूर्ण हो, आकर्षक व्यक्तित्वों की निर्मात्री होती है।

हृदय-रेखा की तीन उद्गम स्थितियां हो सकती हैं। 1. गुरु-पर्वत के केन्द्र से—जो मनुष्य के प्रणय-सम्बन्धों और स्नेह को आदर्शवादी आधार देती है [चित्र 10, आकृति–1]। ऐसे लोग सम्बन्धों का निर्वाह बड़ी से बड़ी आपत्ति में भी करते हैं। 2. जब हृदय-रेखा शनि और गुरु-पर्वत के मध्य में आरम्भ हो। [प्राकृति–2]। ये लोग सम्बन्धों में व्यावहारिक अधिक होते हैं। इनका प्रेम जीवन की प्राथमिक पूर्तियों के बाद शुरू होता है। 3. शनि का पर्वत हृदय-रेखा का तीसरा जन्मकेन्द्र है [आकृति–3], जहां से इसका उदय सम्बन्धों को स्वार्थ-भावनाओं से अपावन कर देता है। ये वासनात्मक प्रणय में विश्वास रखते हैं।

दो या तीन केन्द्रों से आरम्भ होने वाली हृदय-रेखा, उन गुणों का सम्मिश्रित

हृदय रेखा

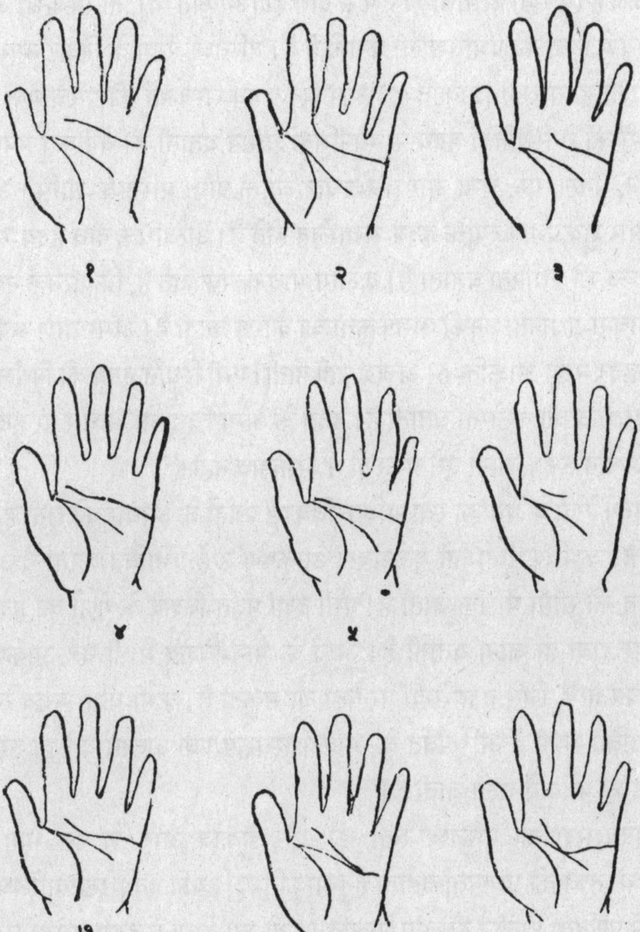

चित्र 10

स्वरूप होती है। जैसे यदि कोई हृदय-रेखा एक-साथ तीनों स्थानों से आरम्भ हो, तो व्यक्ति सम्बन्धों में आदर्श व्यवहार और वासना का समन्वय कर लेता है। जो विभक्ति बलशाली होती है, सम्बन्धों में वही प्रधान कार्य करती है।

जब हृदय-रेखा असाधारण रूप से दीर्घ हो [आकृति–4], तो सम्बन्धों और स्वभाव में ईर्ष्या को प्रभावशाली बना देती है। मस्तिष्क-रेखा के निकट आरम्भ होनेवाली हृदय-रेखा [प्राकृति–5] असफल प्रणय-सम्बन्धों की परिचायक है। रेखाओं की ये स्थितियां हृदय पर मानसिक शासन बताती हैं। वर्गीकृत मनुष्यों में शनि, मंगल, गुरु, चन्द्र और बुध-प्रधान व्यक्ति प्रायः मस्तिष्क-शासित और सूर्य और शुक्रप्रधान व्यक्ति हृदय-सचालित होते हैं। अत्यधिक दीर्घ हृदय-रेखा हृदयतत्त्व की प्रधानता बताती है। ये लोग भावनात्मक होते हैं, क्रियात्मक नहीं। यह भावना-प्रधानता उनकी असफलता का कारण बनती है। असाधारण रूप से छोटी हृदय-रेखा आकृति–6] अच्छी नहीं होती। ऐसी स्थिति हृदय की निर्बलता और स्वभाव की कठोरता बताती है। हृदय के अन्य चिह्नों के आधार पर हृदय-गति अचानक रुक जाना ऐसे प्रकरणों में असम्भव नहीं।

हृदय-रेखा के पथ का स्वाभाविक विकास पर्वतों के आधार को छूता हुआ होता है। कभी-कभी पर्वतों का सबल आकर्षण उन्हें प्रभावित करता है और वे पर्वत की सीमा में झक जाती हैं। ऐसी दशा पर्वत-विशेष के गुणों का हृदय-पक्ष पर हावी हो जाना बताती है। आयु के भाग-विशेष में ही यह आकर्षण काम करता है, जिसे हृदय-रेखा पर पढ़ा जा सकता है। कभी-कभी मुख्य रेखा अप्रभावित रहती है और पर्वत के आकर्षणस्वरूप एक अवसरीय रेखा उससे निकलकर पर्वत में चली जाती है।

हृदय-रेखा का मस्तिष्क-रेखा की ओर झुकाव आयु के उस भाग में मस्तिष्क-तत्त्व की प्रधानता बताता है [आकृति–7]। यदि हृदय-रेखा मस्तिष्क-रेखा में पूर्णतया विलीन हो जाए प्राकृति 8] तो उस आयु में हृदय मस्तिष्क को समर्पण कर देता है। उसकी स्वतन्त्र इकाई नष्ट हो जाती है। इस झुकाव के बाद कभी-कभी हृदय-रेखा फिर चल पड़ती है [प्राकृति–9] अर्थात् हृदय मस्तिष्क की कारा से मुक्त हो जाता है। लेकिन उसका भविष्य मस्तिष्क द्वारा संचालित

होता है। जब हृदय-रेखा मस्तिष्क-रेखा को काटकर आगे बढ़ जाए, तो यह मस्तिष्कीय दुर्घटना या अस्वस्थता का संकेत देती है।

जब कभी हृदय-रेखा उठकर पर्वत-विशेष में समाप्त हो जाती है, तो सम्बन्धों के उस पर्वत के अनुसार अन्त का कारणयुक्त चिह्न होती है। जैसे शनि पर समाप्त होनेवाली हृदय-रेखावाले व्यक्तियों के प्रणय का स्थान शीघ्र ही घृणा ले लेती है। यदि हाथ अस्वस्थता का संकेत दे और जीवन-रेखासमर्थन करे तो इनकी आयु पचीस वर्ष होती है। सूर्य पर समाप्ति की स्थिति में सम्बन्ध उसके गुणों से अत्यधिक प्रभावित होते हैं, किन्तु अनाश्वस्त स्थिति में शीघ्र दुःखान्त रूप में समाप्त हो जाते हैं, क्योंकि उन्हें मनचाहे साथी नहीं मिलते। बुध पर पहुंचती हुई रेखा सम्बन्धों और व्यावहारिकता के दुष्परिणाम बताती है। मंगल-क्षेत्र पर पहुंचानेवाली हृदय-रेखा [आकृति–10] सम्बन्धों में मंगलीय रुखाई और पाशविक शक्ति का ज्ञापन करती है। मंगल-क्षेत्र पर समाप्त होनेवाली रेखा से—जो मस्तिष्क-रेखा को काटकर आ पाती है, न केवल मस्तिष्क-दुर्घटना का खतरा ही वरन् स्वभाव और चरित्र में ओछापन और दुष्परिणतियों की निश्चित सृष्टि रहती है। चन्द्र पर पहुंचती हुई हृदय-रेखा आकृति–11] यद्यपि मस्तिष्क को क्षति नहीं पहुंचाती, परन्तु व्यक्ति को ईर्ष्यालु, जघन्य और मानसिक रति करनेवाला बना देती है। बहुत थोड़े-से हाथों में शुक्र पर पहुंचती हुई हृदय-रेखाएं भी [आकृति–12] पाई जाती हैं। इनके द्वारा जीवन और मस्तिष्क-रेखा कट जाती हैं और जीवन खतरे में रहता है।

पर्वतों से आकर हृदय-रेखा में मिलती हुई शाखाएं, पर्वतों के गुणों का हृदय-रेखा के गुणों में समन्वय बताती हैं। जैसे गुरु की ओर जाती हुई शाखा व्यक्ति को प्रणय-सम्बन्धों में महत्त्वाकांक्षी बना देती है। यह निश्चित उन्नति का चिह्न है। शनि की शाखा व्यक्ति का शनिवर्गीय लोगों के प्रति आकर्षण बताती है। ऐसे लोग सम्बन्धों में गम्भीर, चतुर और मननशील होते हैं। सूर्य के गुण सूर्य से आकर मिलती शाखा द्वारा हृदय-रेखा में संयुक्त होते हैं। इसी तरह बुध से आती हुई शाखा का प्रभाव व्यक्ति पर पड़ता है।

हृदय-रेखा से मस्तिष्क-रेखा की ओर जाती हुई छोटी रेखाएं व्यक्ति के हृदय और मानस का संघर्ष बताती हैं [आकृति–13]। यदि आड़ी रेखाएं हृदय-रेखा

हदय रेखा

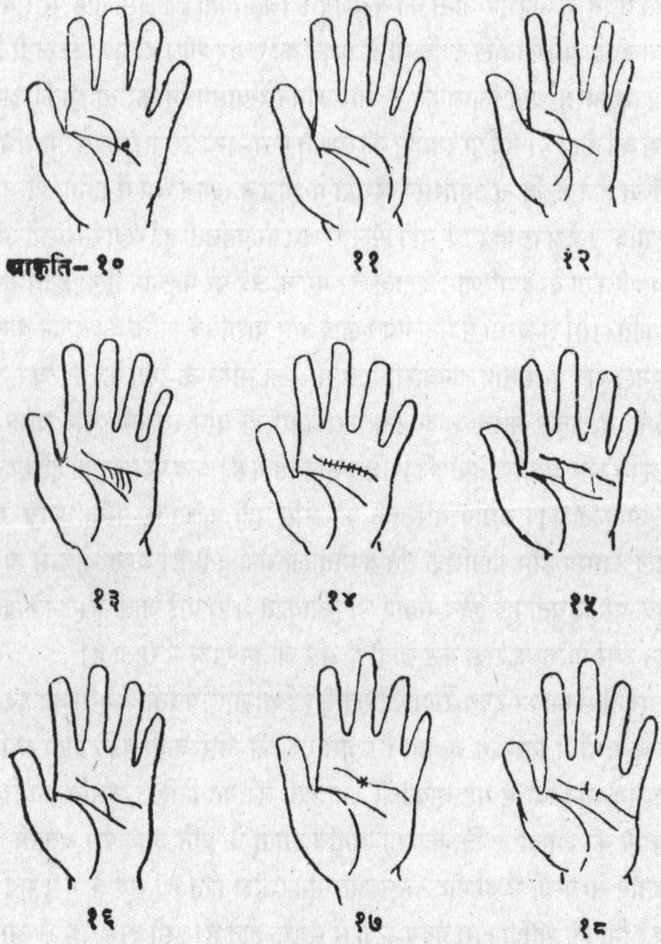

चित्र 11

को काटें [आकृति–14], तो व्यक्ति हृदय-रोगी होता है। उसकी प्रणय-सम्बन्धी स्थितियां उसे परेशान करती रहती हैं। द्वीपों की उपस्थिति, पर्वतों के नीचे स्थिति के आधार पर उस पर्वत के अनुरूप भीषण अवस्था बताती है। बिन्दु भी अस्वस्थता का चिह्न है। यदि रेखा किसी पर्वत-विशेष के नीचे टूटकर फिर आरम्भ हो जाए, और हाथ के अन्य चिह्न भयानक हों तो मृत्यु संभावित है, अन्यथा उस आयु में पर्वतीय गुणों के अनुरूप बीमारियां व्यक्ति को भयंकर कष्ट देती हैं।

अनेकों स्थानों पर टूटी हुई हृदय-रेखा लगातार हृदय-अस्वस्थता और प्रणय में निराशा की परिचायक है। यदि टूटने के बाद शाखाएं हृदय-रेखा से मस्तिष्क-रेखा की ओर झुकती हुई हों, तो उस आयु में मस्तिष्क भी [आकृति–15] इन परेशानियों से पीड़ित रहता है। यदि शाखा मस्तिष्क-रेखा में जाकर मिल जाए [आकृति–16] तो मस्तिष्क परिस्थितियों पर काबू पा लेता है। यदि शाखा मस्तिष्क-रेखा को काटकर निकल जाए तो वह मस्तिष्क दुर्घटना की आयु होती है। जब हृदय-रेखा की यह शाखा एक नक्षत्र के रूप में मस्तिष्क-रेखा से जुड़ती है, तो मानसिक अस्वस्थता, यहां तक कि मृत्यु भी सम्भव है।

हृदय-रेखा के पथ में नक्षत्र की उपस्थिति [आकृति–17] मृत्यु का चिह्न है। दूसरे सबल कारणों से मृत्यु यदि टल जाए, तो भीषणतम हृदय-रोग उस आयु में होता है। हृदय-रेखा के टूटे हुए भाग पर आड़ी रेखा [आकृति–18] अचानक मृत्यु का संकेत है। कभी-कभी टूटे हुए हिस्से सहायक रेखा से जुड़ जाते हैं, और मृत्यु टल जाती है। वर्ग की उपस्थिति भी बचाव का चिह्न होती है। नक्षत्र के बाद रेखा यदि न टूटे, किन्तु कटी-फटी और अस्त-व्यस्त हो तो स्थायी हृदय-रोग का चिह्न है। यदि नक्षत्र का क्रास बड़ा है तो अचानक हृदय-गति रुक जाने की सम्भावनाएं बढ़ जाती हैं।

जीवन-प्रवाह के आधार पर रेखाओं का अध्ययन आपके अनुमानों के सप्रमाण तुष्टीकरण को बल प्रदान करेगा। मेरा अपना विश्वास है कि विभिन्न स्थितियों से उत्पन्न प्रभावों को याद करना अधिक कष्टसाध्य होगा। इससे अच्छा है कि जीवनी-शक्ति-प्रवाह का वैज्ञानिक आधार भली भांति समझकर हर रेखा के चिह्नों का अध्ययन किया जाए। यही क्रमबद्ध और वैज्ञानिक होगा।

9. मस्तिष्क रेखा

सामान्य परिचय—उद्गम और विकास—पथ-चिह्नादि—सात प्रकार के हाथों पर मस्तिष्क-रेखा—दो मस्तिष्क-रेखाएं।

मस्तिष्क-रेखा हथेली की सर्वाधिक महत्त्वपूर्ण रेखा है। गुरु की अंगुली की तीन दिशाओं में चलनेवाला जीवनी-शक्ति के प्रभाव का यह दूसरा मार्ग है, जो मनुष्य की मानसिकता का आलेखन करता है। एककोषी अमीबा से मनुष्य तक का विकास वस्तुतः जीवन-तत्त्व में मस्तिष्क-तत्त्व का ही विकास है। वनमानुष (Apeman) से मनष्य का उद्भव मुख्य रूप से मस्तिष्कीय विकास के आधार पर हुआ है। इन कारणों से मस्तिष्क-रेखा प्रमुखतम रेखा है। इसका सूक्ष्म सर्वेक्षण अनिवार्य होता है। निन्नानवे दशमलव नौ प्रतिशत हाथों में मस्तिष्क-रेखा उपस्थित रहती है; भले वह दुर्बल, अस्तव्यस्त, विक्षत क्यों न हो। कभी-कभी हृदय और मस्तिष्क-रेखाएं मिलकर एक हो जाती हैं। जब हाथ में केवल एक ही रेखा इन रेखाओं के स्थान पर हो तो हृदय-रेखा की अनुपस्थिति समझनी चाहिए, न कि मस्तिष्क-रेखा की। हाथ की अन्य प्रमुख अथवा गौण रेखाओं का अध्ययन भी मस्तिष्क-रेखा पर ही आश्रित है, क्योंकि मानव-जीवन के संचालन का केन्द्र मस्तिष्क ही है। उसके भविष्य का हर क्षण इसी केन्द्र में ढलता, बनता और संवरता है। इस रेखा के परिणामों के निर्णयार्थ दोनों हाथों का तुलनात्मक अध्ययन आवश्यक है, क्योंकि बायां हाथ मस्तिष्क की जन्मजात स्थिति बताएगा, परिवर्तन और विकास आदि का निर्णय दाहिने हाथ से होगा।

लम्बी, गहरी और सुरंगी मस्तिष्क-रेखा समुन्नत मानसिकता की द्योतक है। इससे विपरीत छोटी, तितर-बितर और भौंडी मस्तिष्क-रेखा अपरिपक्व चिन्तनीय मानसिकता की। स्वस्थ और निर्दोष मस्तिष्क-रेखा के साथ दुर्बल, दोषयुक्त हृदय-रेखा मनुष्य के जीवन में बौद्धिकता की परिचायक है ; भावनाएं उसका संचालन नहीं करतीं, बल्कि तर्क, चिन्तन और बुद्धि उसके हर कार्य का आधार होती है। हृदय-रेखा यदि नितान्त अनुपस्थित हो तो मनुष्य अतिबौद्धिक

होता है, हर बात और हर काम में बुद्धि उसकी निर्णायक होती है। ऐसे लोग हृदयहीन होते हैं, और अड़ जाने पर बड़े से बड़ा बलिदान उनकी दृष्टि में कुछ नहीं होता। उनकी हृदयहीनता उन्हें कंजूस, रूखा और अमानवीय बना देती है। ऐसी मस्तिष्क-रेखा लाल होने पर उनके स्वभाव में खूंख्वारी भर देती है। पीली होने पर चरित्र-सम्बन्धों के विषय में वे सदिग्ध और नीच बन जाते हैं। हृदयरेखा की अनुपस्थिति का अर्थ सदा मानवीयता का अभाव है।

मस्तिष्क-रेखा का उदय गुरु और जीवन-रेखा के बीच नहीं भी हो सकता है। जीवन-रेखा में से निकली हुई मस्तिष्क-रेखा [आकृति–1] जिस बिन्दु पर अलग होकर स्वतन्त्र चलती है, वह समय-खंड मनुष्य की मानसिकता के प्रभावशील होने का बिन्दु है। जीवनरेखा और मस्तिष्क-रेखा से बननेवाला कोण [आकृति–2] जितना बड़ा होगा, मनुष्य उतना ही स्वतन्त्र किन्तु संवेदनशील होगा। ज़राज़रा-सी बातों से ही उसका मस्तिष्क क्षुब्ध हो जाएगा। ऐसे लोग दूसरों की भावनाओं की रक्षा भी प्राणपण से करते हैं। जीवन-रेखा से स्वतन्त्र आरम्भ होनेवाली मस्तिष्क-रेखा [प्राकृति–3] मनुष्य के अधिक वैचारिक स्वातंत्र्य की परिचायक है। ये कुशाग्र बुद्धिवाले, स्पष्ट चिन्तन और व्यावहारिक आदर्शों वाले होते हैं। इनकी सुनिश्चित तर्कपूर्ण कार्य-प्रणाली और मानसिक कार्यक्षमता इन्हें जीवन के हर क्षेत्र में संभावित सफलताएं प्रदान करती हैं। निम्न मंगल पर आरम्भ होनेवाली मस्तिष्क-रेखा अस्थायी और परिवर्तनीय बुद्धि बताती है। ऐसे लोग अस्थिर बुद्धि के होते हैं। उनके विचार, आस्थाएं और विश्वास हर क्षण बदलते रहते हैं। यह रेखा [आकृति–4] उन्हें क्रोधी और झगड़ालू बनाती है, उनका मस्तिष्क हमेशा मंगलीय दुर्गणों से संचालित और प्रभावित रहता है।

गुरु के पर्वत पर मस्तिष्क-रेखा का उदय [आकृति–5] बुद्धिमान, महत्त्वाकांक्षी, कर्मठ, तर्कपूर्ण और प्रतिभाशाली व्यक्तित्व की रचना करता है। ऐसे लोग नायक होते हैं। उनका नायकत्व प्रौढ़ और शक्तिवान मस्तिष्क का परिणाम होता है। कभी-कभी मस्तिष्क-रेखा से एक शाखा उठकर [आकृति–6] गुरु के पर्वत पर पहुंचती है। ऐसे मस्तिष्क गुरु के गुणों द्वारा संचालन ग्रहण करते है।

सीधी और स्पष्ट मार्गवाली मस्तिष्क-रेखा [आकृति–7] स्पष्ट और

मस्तिष्क रेखा

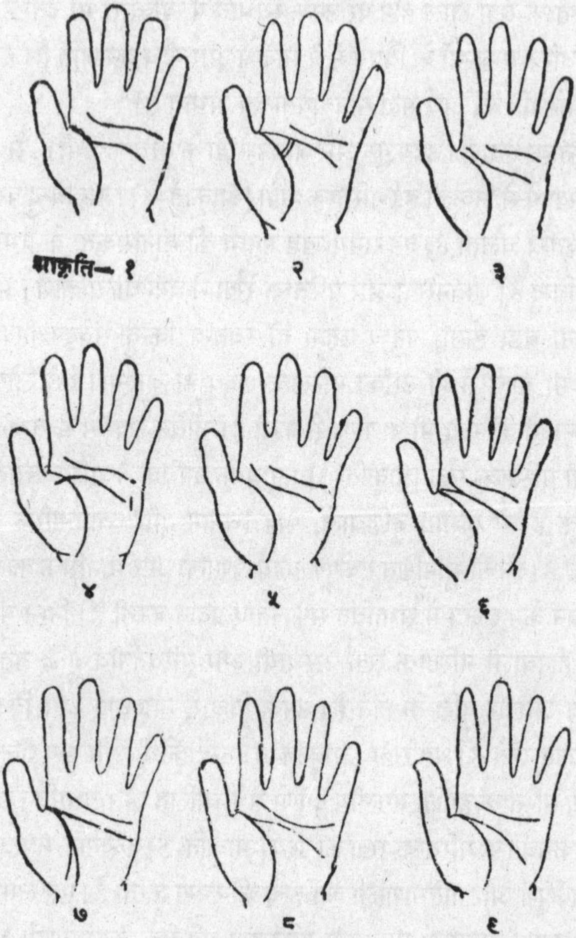

चित्र 12

बिना उलझाव की मानसिकता बताती है। ऐसे व्यक्ति संतुलित, सतर्क और व्यावहारिक होते हैं। वे दूसरे के प्रभाव में कभी नहीं आते। कभी-कभी वे अपने-आपमें संकुचित रहते हैं। इनके मित्रों की संख्या कम होती है। इनकी विचार-प्रणाली मौलिक होती है।

मस्तिष्क-रेखा अपने मार्ग में जिस पर्वत की ओर आकर्षित होकर मुड़ जाती है, वही पर्वत मनुष्य के मस्तिष्क पर शक्तिशाली रूप से हावी हो जाता है। गुरु के पर्वत पर रेखा का झुकाव विचारों में गुरीय आदर्शों की अभिवृद्धि करता है। ऐसे लोग अपना हर कार्य गुरु-पर्वत के लक्ष्यों की सम्पूर्ति के लिए करते हैं। शनि की ओर झकनेवाली मस्तिष्क-रेखा उसके गुणों की प्रधानता बताती है। झुकाववाली मस्तिष्क-रेखा देखते समय मानसिक, व्यावहारिक और निम्न विश्वों की स्थिति भी समझना आवश्यक है; यथा शनि पर झुकी रेखावाले हाथ में यदि मानसिक विश्व का शासन हो, तो व्यक्ति शनि के अध्ययन, अन्वेषण गुणों से प्रभावित होगा; यदि व्यावहारिक विश्व की प्रधानता हो तो व्यक्ति व्यावहारिक रूप से खेती, खदान या इमारतों का काम करनेवाला होगा। निम्न विश्व के प्रभावशाली होने पर उसका सारा चिन्तन अच्छे या बुरे तरीकों से अर्थोपलब्धि के लिए होगा।

सूर्य पर झुकती हुई मस्तिष्क-रेखा मानसिक विश्व से प्रभावित होकर ललित कलाओं, मध्य विश्व से प्रभावित होकर व्यापारिक कलाओं और निम्न विश्व से प्रभावित होकर वासनात्मक कलाओं के गुण व्यक्ति को देगी। बुध का प्रभाव पहले रूप में सबल अभिव्यक्ति, व्याख्यानकला और प्रभावशाली सम्बन्धों की सृष्टि करता है। मध्य विश्व की प्रमुखता से विज्ञान के प्रति रुचि बढ़ती है; ऐसे लोग अच्छे डाक्टर, वकील या अध्यापक हो सकते हैं। निम्न विश्व की प्रधानता बुध की ओर झुकी मस्तिष्क-रेखा को अर्थोपलब्धि की सबल शक्ति देती है।

बार-बार अपना मार्ग बदलती हुई, लहरीली मस्तिष्क-रेखा [प्राकृति–18] अस्थिर, चंचल व्यक्ति की परिचायक है। आयु के आधार पर इनकी परिवर्तनीय बुद्धि को पढ़िए। हृदय-रेखा के निकट झुकती हुई मस्तिष्क-रेखा हृदय-तत्त्व की प्रधानता बताती है। झुकाव जिस उम्र से प्रारम्भ हो और जब तक रहे, तब तक

मस्तिष्क रेखा

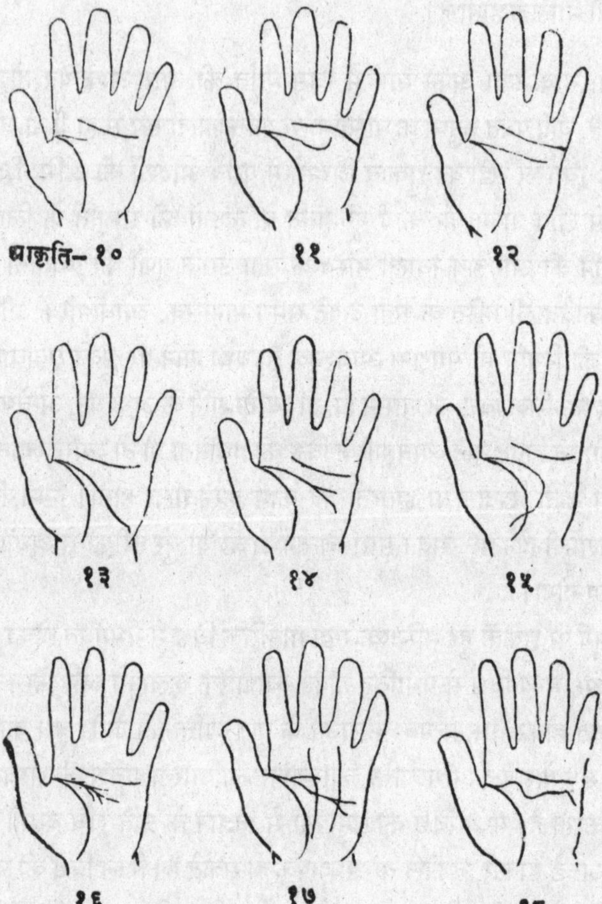

चित्र 13

हृदय मनुष्य की कार्यप्रणाली का सचालक होता है [आकृति–8]। यदि हृदय-रेखा से मस्तिष्क-रेखा सबल हो, तो व्यक्ति भावनाओं के प्रभाव को तर्कों और विचारों के बाद छोड़ सकता है। नीचे की ओर झुकती मस्तिष्क-रेखा [प्राकृति–9] चन्द्र का प्रभाव बताती है; चन्द्र की कल्पना और अव्यावहारिक गुण मनुष्य को व्यावहारिकता से दूर ले जाते हैं।

कटी-फटी अस्त-व्यस्त मस्तिष्क-रेखा अपरिपक्व, परेशान और निर्बल मानसिकता बनाती है और सीधी, सरल और गहरी मस्तिष्क-रेखा सबल मानसिकता। आयु की गणना करते समय काल-खण्डों में मानसिक स्थिति का निर्णय कीजिए।

बहुत छोटी, मंगल के क्षेत्र में अचानक समाप्त हो जानेवाली मस्तिष्क-रेखा एक ओर जहां अपरिपक्व मानसिकता की द्योतक है वहीं दूसरी ओर जीवन-रेखा की छोटाई मृत्यु की उस कालखण्ड में संभावना बताती है। जीवन और मस्तिष्क-रेखा में एक या दोनों पर इस छोटाई के साथ सितारा या क्रास हो, तो विक्षिप्तता और अचानक मृत्यु का चिह्न है।

छोटी और शनि के पर्वत पर समाप्त हो जानेवाली मस्तिष्क-रेखा [आकृति–10] शनि के दुर्गणों से मृत्यु, अथवा विक्षिप्तता की द्योतक है। यदि इस रेखा का अन्त बिन्दु क्रास या नक्षत्र में हो तो विक्षिप्तता अचानक होती है। बहुशाखी अत क्रमशः मानसिकता का ह्रास बताता है। सूर्य पर पहुंचती हुई मस्तिष्क-रेखा [प्राकृति–11] उसके गुणों की शक्ति बताती है। अपने मार्ग से मस्तिष्करेखा का हर परिवर्तन सदा कमजोर मानस का परिचायक है। जहां यह रेखा हृदय-रेखा को काटे, उस प्रायु की अन्य रेखाओं और पर्वत तथा नाखूनादि के अध्ययन से बीमारियां निश्चित कीजिए। कुचिह्नों में खत्म होती हुई मस्तिष्क-रेखा के प्रभाव सदा बुरे होते हैं। हृदय-रेखा को काटती हुई मस्तिष्क-रेखा हृदय-गति अचानक बन्द होना सम्भावित करती है। बध की ओर पहंचती हुई मस्तिष्क-रेखा चरित्र में बुधी गुणों को प्राथमिकता प्रदान करती है [आकृति–12]। ये व्यक्ति हर बात आर्थिक दष्टिकोण से परखते हैं। चिह्नादि के आधार पर बीमारियों या मृत्यु का निर्णय कीजिए। चन्द्र की ओर मस्तिष्क-रेखा का झुकाव [प्राकृति–13] काल्पनिक और अव्यावहारिक चिन्तन बताता है। चन्द्र पर अधिक झुककर

पहुंचती हुई रेखावाले व्यक्ति उपन्यास या कविता लिख सकते हैं। उनकी बुद्धि में काल्पनिकता की अति उन्हें यह गुण देती है। कुचिह्नों के आधार पर ह्रासवान मानसिकता का निर्णय कीजिए। चूंकि ऐसी रेखा दीर्घ होती है, मत्यु की सम्भावनाएं नहीं होतीं।

अंत में शाखित [आकृति-14] मस्तिष्क-रेखा द्विअंगी चिंतन की परिचायक है। प्रत्येक शाखा का मार्ग चिंतन की दशा बताएगा। शुक्र पर पहुंचती हुई मस्तिष्क-रेखा [आकृति-15] दीर्घ होने के कारण जहां परिपक्व और उन्नतिशील मानसिकता बताती है, वहीं शुक्रीय आकर्षण की भी द्योतक है।

मस्तिष्क-रेखा के मार्ग में पड़नेवाले कटाव, बिन्दु, आड़ी रेखाएं, नक्षत्र, क्रास आदि सदा बुरे होते हैं, और वे मस्तिष्कीय अस्वस्थता और ह्रासोन्मुख मानसिकता बताते हैं। ऊपर या नीचे की ओर मस्तिष्क-रेखा से निकलती हुई शाखाएं [आकृति-16] मानसिक दौर्बल्य, परिवर्तनोन्मुख विचार और अस्थिर कार्यप्रणाली की परिचायक हैं।

किसी भी पर्वत की ओर जाती हुई मस्तिष्क-रेखा में से निकलनेवाली एक ही शाखा, उस पर्वत के अनुरूप बन जानेवाली मानसिकता बताती है। यदि यह रेखा नक्षत्र के रूप में समाप्त हो,तो उस पर्वत के गुणों की व्यक्ति के जीवन में सफलता निश्चित करती है। बिन्दु, द्वीप या कास असफलता के द्योतक हैं।

जब मस्तिष्क-रेखा की शाखा प्रारब्ध-रेखा या शनि-रेखा को काट दे [आकृति-17], तो भावनाएं व्यापारिक असफलता के लिए उत्तरदायी होती हैं।

बायें हाथ में दुर्बल और दाहिने हाथ में सशक्त मस्तिष्क-रेखावाले व्यक्ति स्वनिर्मित, आत्मनिर्भर और स्वसहायक होते हैं। इसके विपरीत, बायें हाथ की सशक्त और दाहिने हाथ की दुर्बल मस्तिष्क-रेखा व्यक्ति की खुद खड़ी की गई विषम परिस्थितियों में अवनति की द्योतक है। ये लक्ष्यहीन, दुश्चरित्र, लापरवाह होते हैं। उपयोग में न आनेवाली मानसिक शक्तियां स्वयं क्षयित होती जाती हैं।

आकृति के आधार पर वर्गीकृत सात प्रकार के हाथों में प्रत्येक वर्ग की

मस्तिष्क-रेखा विशेष रचनावाली होती है। नैसर्गिक रूप से प्राथमिक हाथ में मस्तिष्क-रेखा भी छोटी और अस्तव्यस्त होनी चाहिए, क्योंकि इस वर्ग की मानसिकता सदा अपरिपक्व होती है। वर्गाकार और कर्मठ हाथों में इसे सीधा होना चाहिए। चन्द्र की ओर झुकती हुई मस्तिष्क-रेखा दार्शनिक, कलात्मक और आदर्श हाथों की विशेषता है। मिश्रित हाथ की रेखा सीधी और सरल होती है, क्योंकि इन्हें संतुलन अपेक्षित है।

परिवर्तित मस्तिष्क-रेखा प्राथमिक गुणों में अनुरूप अभिवृद्धियां बताती है। जैसे दार्शनिक हाथ पर यदि सीधी मस्तिष्क-रेखा मिले तो व्यक्ति सन्तुलित और व्यावहारिक दार्शनिकता का स्वामी होता है।

ऐसे व्यक्ति जिनमें मस्तिष्क-रेखा नैसर्गिक संरचना छोड़कर अन्य मार्ग का अवलम्बन कर ले, परिपक्व और उन्नतिशील मानसिकता के द्योतक होते हैं, सफलता के हकदार होते हैं।

दो मस्तिष्क-रेखाएं प्रायः कम ही मिलती हैं। पुराने सामुद्रिक इन्हें धन, ऐश्वर्य और शक्ति का प्रतीक मानते थे। वस्तुतः दो मस्तिष्क-रेखाओंवाले व्यक्ति दो तरह के जीवन में एकसाथ सफलता प्राप्त करते हैं। अन्त में उनकी द्विमुखी चिन्तन-कार्य-प्रणाली उन्हें अर्थ, प्रभुत्व और यश देती है। केवल दाहिने हाथ में उपस्थित दो मस्तिष्क-रेखाएं द्विअंगी व्यक्तित्व का विकास स्वप्रयासों से बताती है

व्यक्ति की सफलता, असफलता और भविष्य-निर्णय के लिए मस्तिष्क-रेखा का सावधानी से अध्ययन अनिवार्य है।

10. जीवन-रेखा

सामान्य परिचय—उद्भव, मार्ग और विकास—रेखा के परिवर्तनीय स्वरूप—रेखा और हाथ के अन्य चिह्नादि —मंगल-रेखाएं।

गुरु के पर्वत पर विकेन्द्रित जीवनी-शक्ति का तीसरा प्रवाह जीवनरेखा है, जो मनुष्य की जीवनी-शक्ति और स्वास्थ्य का प्रतिनिधित्व करती है। वस्तुतः यह

रेखा मनुष्य की 'नैसर्गिक दिशा का आलेख' है।

ऐसी हथेलियां नहीं के बराबर हैं जिनमें जीवन-रेखा उपस्थित न हो। बहरहाल यदि ऐसी हथेली मिले, तो व्यक्ति भौतिक रूप से अशक्त और जीवनी-शक्ति से हीन होता है। उसका जीवन अनिश्चित होता है। मृत्यु कभी भी, किसी भी समय उसके द्वार पर दस्तक दे सकती है। अधिकतर जीवन-रेखा का स्थान शनि-रेखा अथवा मंगलीय पर्वत के आसपास से निकलनेवाली सहायक रेखाएं ले लेती हैं।

जीवन-रेखा का उदय नैसर्गिक रूप में निम्न मंगल और गुरुपर्वत के बीच में से होता है। कभी-कभी जीवन-रेखा ऊपर गुरु-पर्वत से [चित्र-14, आकृति-1] भी प्रारम्भ होती है। ऐसे व्यक्ति असाधारण रूप में महत्त्वाकांक्षी होते हैं। उनकी आकांक्षाएं धन, सफलता और यश की दिशा में बढ़ी होती हैं। हाथ पर जिस पर्वत की प्रधानता हो, व्यक्ति उसके गुणों की सम्पूर्ति के लिए प्रयत्नरत रहता है, जैसे यदि शनि प्रभावशील है तो व्यक्ति एक सफल वैज्ञानिक होना चाहेगा, साथ ही वह एकांगी, अर्थ-जिज्ञासु और अध्यवसायी भी होगा। सूर्य की प्रधानता उसे कला-क्षेत्र में यश की अपेक्षावाला बना देगी।

यदि जीवन-रेखा अंगठे के पास होकर चले, अर्थात शुक्र का क्षेत्र संकुचित कर दे, तो व्यक्ति में सहानुभूति आदि शुक्रीय गुण कम हो जाते हैं। उसकी वासना और यौन-इच्छाओं का ह्रास [आकृति-2] हो जाता है। चूंकि ऐसी जीवन-रेखा की लम्बाई भी कम हो जाती है, वे व्यक्ति स्वस्थ नहीं रह पाते और अल्पायु होते हैं। जीवन-रेखा जितनी बड़ी शुक्र-क्षेत्र की सीमा बनाएगी, उतने ही शुक्रीय गुण बढ़े हुए होंगे।

जीवन-रेखा जितनी गहरी, स्पष्ट और निर्विरोध होगी, उतनी ही जीवनी-शक्ति और स्वास्थ्य की पृष्टता व्यक्ति में बताएगी। कटीफटी, धूमिल, अस्त-व्यस्त रेखा व्यक्ति को अस्वस्थ, उदास, शक्तिहीन बनाती है। नसेनी की तरह बिखरी [आकृति-3] या कई छोटे-छोटे खंडों से मिलकर बनी जीवन-रेखा [प्राकृति-4] नाजुक मिज़ाज, सदा बीमार और मानसिक रूप से अस्त-व्यस्तता बताती है

जिस आयु-खंड में रेखा अस्त-व्यस्त और टूटी हुई हो, व्यक्ति उस उम्र में लम्बी बीमारियों का सामना करता है। पर्वतों की स्थितियां देखकर बीमारियों

जीवन रेखा

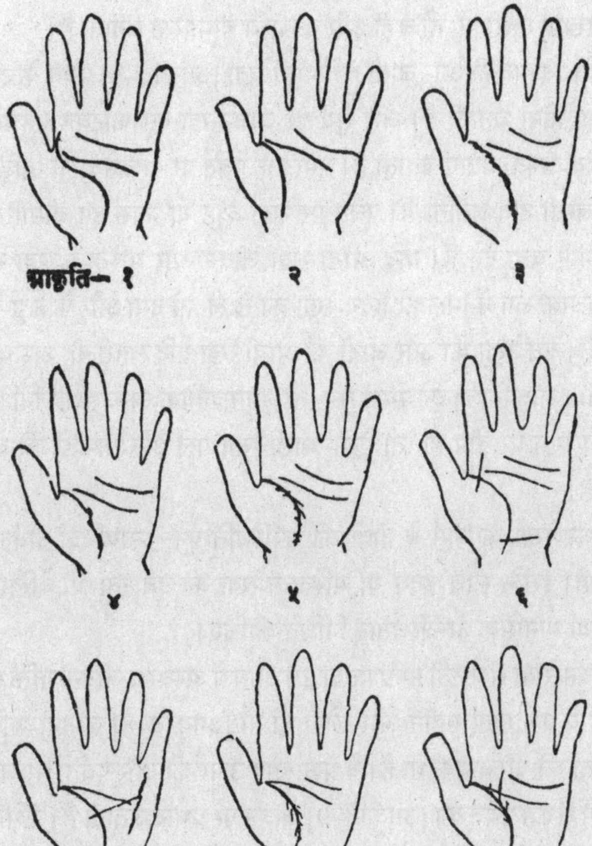

चित्र 14

की किस्म बताई जा सकती है।

जीवन-रेखा को काटनेवाली सभी रेखाएं प्रवाह में गत्यवरोध उपस्थित करती हैं। यदि छोटी-छोटी रेखाएं [आकृति–5] जीवनरेखा को हर स्थान पर काटें, तो लगातार छोटी बीमारियों और स्नायविक अवस्थाओं का संकेत है। यदि ये रेखाएं गहरी हों, तो बड़ी और दुःसाध्य बीमारियां बताती हैं।

पर्वत-विशेष की ओर जाती हुई आड़ी रेखा [आकृति–6] पर्वत के अनुरूप बीमारियां होना बताती है। जैसे सूर्य पर जीवनरेखा को काटकर पहुंचती हुई रेखा हृदय-अस्वस्थताएं बताती है। मंगल के पर्वत पर पहुंचनेवाली आड़ी रेखा रक्त-सम्बन्धी दोष बताती है। पर्वत पर रेखा-व्यूह या क्रास इन बीमारियों की सम्भावनाएं बढ़ा देते हैं। यदि आड़ी रेखा जीवन और मस्तिष्क-रेखा से एक त्रिकोणात्मक रूप में मिलकर हृदय-रेखा को छु ले, तो दमा और फेफड़ों के रोग सम्भव हैं। बुध-रेखा की ओर जाती हुई आड़ी रेखा यदि लहरीली, अस्त-व्यस्त बुध-रेखा [आकृति-7] को स्पर्श करे, तो आमाशयिक अस्वस्थाएं निश्चित हैं। यदि बुध-रेखा पर द्वीप हों, तो ऐसी आड़ी रेखा गले और फेफड़ों की बीमारी बताती है।

जीवन-रेखा के मार्ग में द्वीपों की उपस्थिति पूनः स्नायविक दौर्बल्य की द्योतक है। इसके साथ हृदय या मस्तिष्क-रेखा की दुर्बलता भी देखिए और हार्दिक या मानसिक अस्वस्थताएं निश्चित कीजिए।

जीवन-रेखा से फटती हर प्रशाखा उस आय में अस्वस्थ जीवनीशक्ति बताती है। यदि ये प्रशाखाएं महीन और छोटी हों तो [आकृति–8] जीवनी-शक्ति की अधिकता की परिचायक भी हैं। ये प्रशाखाएं ऊपर की ओर पर्वतों पर जाने की स्थिति में संबद्ध पर्वत का [आकृति–9] जीवन पर प्रभाव बताती हैं। कभी-कभी एक ही जीवन-रेखा में ऊपर और नीचे जाती हुई प्रशाखाएं मिलती हैं। जिस बिन्दु पर ये विपरीत प्रशाखाएं मिलें वह आयु-खंड मनुष्य के लिए अत्यधिक महत्त्वपूर्ण [आकृति–15] होता है। यह वह काल होता है जब व्यक्ति अपने उद्देश्य में सफलता के लिए अपनी शक्तियों का हर सम्भव उपयोग सफलतापूर्वक कर सकता है।

जीवन रेखा

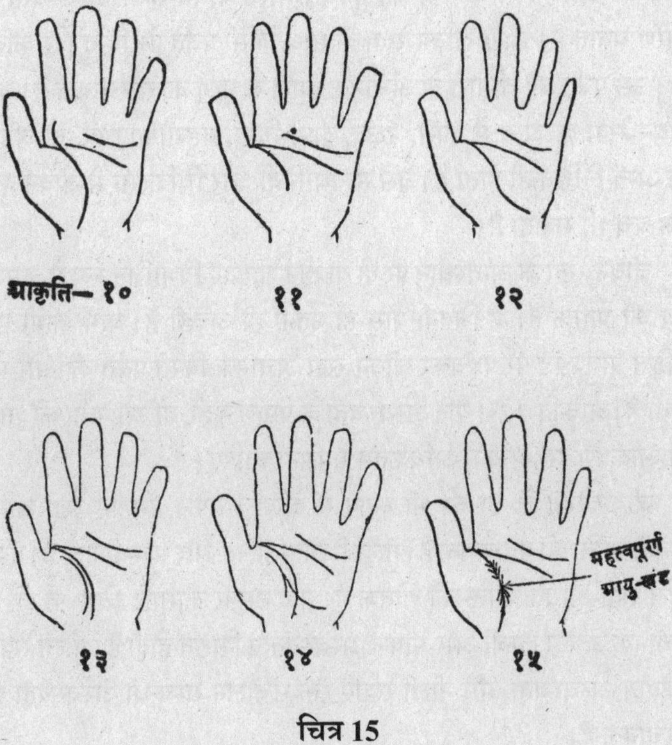

चित्र 15

किसी पर्वत पर पहुंचती हुई एकमात्र प्रशाखा [आकृति–10] मनुष्य की उस आयु में पर्वतीय गुणों से सम्बन्धित आकांक्षा और सफलता की द्योतक है।

जीवन-रेखा की अचानक समाप्ति असामयिक मृत्यु की घोषणा करती है। हाथ के अन्य चिह्न देखकर मृत्यु के कारणों का अनुमान लगाया जा सकता है। आयु के उस भाग में जहां जीवन-रेखा समाप्त हो, हृदय-रेखा पर कुचिह्न हृदय-सम्बन्धी और मस्तिष्क-रेखा का कुचिह्न मस्तिष्क-सम्बन्धी अस्वस्थता के कारण बताते हैं। छोटी जीवन-रेखा के साथ किसी पर्वत पर बिन्दु [आकृति–11] उस पर्वत की बीमारी के अचानक हमले से मृत्यु का परिचायक है। यदि जीवन-रेखा के अन्त में क्रास, नक्षत्र, द्वीप, बिन्दु, बहुशाखाएं हों, तो जीवन का अन्त निश्चित ही होता है। वैसे सावधानियों और चिकित्सा से जीवन कुछ रोज़ बच भी सकता है।

जीवन-रेखा के अन्तस्थान पर दो या तीन शाखाएं विभाजित रूप से क्रमशः क्षय की प्रतीक हैं। ये जितनी पास हों उतनी ही अच्छी हैं। कभी-कभी एक निश्चित प्रायु-खंड पर पहुंचकर जीवन-रेखा अचानक किसी पर्वत की ओर मुड़ जाती है [आकृति-12]। यदि अस्वस्थता के प्रमाण न हों, तो उस पर्वत की शक्ति का आकर्षण इस आयु में अधिकतम समझना चाहिए।

जीवन-रेखा के रंग को भी ध्यान से देखिए। सफेद, रंगहीन रेखा क्षयित जीवनी-शक्ति की परिचायक है। गुलाबी रंग संतुलित और स्वस्थ होता है। गहरी लाल रेखा अधिक शक्ति की द्योतक है। यदि उसपर क्रासादि चिह्न भी हों, तो अचानक उत्पन्न लम्बी और भीषण अस्वस्थताएं निश्चित होती हैं। पीली रेखाएं यकृतीय अस्वस्थता और नीली रेखाएं रक्त-संचालन-सम्बन्धी अस्वस्थता की परिचायक हैं।

इस रेखा के अध्ययन के समय पर्वत, चिह्नों और अन्य रेखाओं से तुलना अत्यन्त ही आवश्यक है। दोनों हाथों की तुलना भी नितांत अनिवार्य है।

निम्न मंगल के क्षेत्र पर जीवन-रेखा के समानान्तर चलनेवाली रेखा मंगल-रेखा [आकृति–13] कहलाती है। यह जीवन के हर खतरे को कम कर देती है

और जीवन-रेखा के कुचिह्नों को प्रभावहीन बना देती है।

दूसरी ओर यह शक्तिपूर्ण मंगले-पर्वत की प्रतीक है और स्वभाव में मंगलीय दुर्गुणों की उपस्थिति बताती है। इससे निकलकर चन्द्र तक पहुंचनेवाली प्रशाखा [आकृति–14] जीवन को चन्द्र से उत्पन्न खतरे बताती है। कोमल, स्नायविक संरचना वाले ये व्यक्ति बेचन, परेशान और व्यसनी होते हैं। मंगल-रेखाएं दो या तीन भी हो सकती हैं।।

11. प्रारब्ध-रेखा

सामान्य परिचय—उद्भव, मार्ग और विकास—अन्य पर्वतों का प्रभाव—दो शनि-रेखाएं।

प्रारब्ध-रेखा अथवा शनि-रेखा हाथ की चौथी प्रमुख रेखा है। यह जीवनी-शक्ति-प्रवाह को जीवन-रेखा से ग्रहण करके शनि के पर्वत तक पहुंचाती है। इसकी उपस्थिति शनि के गुणों में जीवनप्रवाह का सम्मिश्रण बताती है, जो भविष्य में सबल, शक्तिपूर्ण और सन्तुलित जीवन-प्रक्रियाओं का संकेत है। इस रेखा की उपस्थिति मनुष्य के अच्छे शारीरिक और मानसिक स्वास्थ्य की द्योतक है। परिणामतः सफलता के लिए व्यक्ति अपनी नैसगिक शक्तियों का पूरा-पूरा उपयोग और प्रयोग करने में सक्षम होता है। यही भाग्य है, और इसीलिए शनि-रेखा भाग्य या प्रारब्ध-रेखा भी कहलाती है।

शनि-रेखा सभी हाथों में नहीं मिलती। पुराने सामुद्रिक इसकी अनुपस्थिति में व्यक्ति को 'ऋणात्मक अस्तित्व' वाला कहते थे। किन्तु अत्यन्त सफल हाथों में भी इसका न मिलना, नये दृष्टिकोण से 'स्वनिर्मित अस्तित्व' का द्योतक है। यदि व्यक्ति सफल और ऐश्वर्यवान है, और शनि-रेखा अनुपस्थित हो, तो ऐसे लोग सफलता के लिए स्वयं प्रयत्न करते हैं, तथा श्रम और सतत प्रयासों से सफलता प्राप्त करते हैं। शनि-रेखा का उद्भव हथेली के आधार पर से स्वभावतः होता है। इसकी चाल की गणना नीचे से ऊपर की ओर की जाती है। हथेली पर चलती हुई यह प्रायः शनि-पर्वत पर समाप्त होती है।

पहली स्थिति में शनि-रेखा जीवन-रेखा के भीतर शुक्र-क्षेत्र से प्रारम्भ हो सकती है [आकृति–1]। यह बताती है कि व्यक्ति जीवन में भौतिक सफलता प्राप्त करेगा, किन्तु उसे अपने लक्ष्य की पूर्ति में सम्बन्धियों और मित्रों का सहयोग नहीं मिल सकेगा। जीवन-रेखा से उदय होनेवाली शनि-रेखा [आकृति–2] व्यक्ति की स्वप्रयासित सफलताएं बताती है। ऐसे लोग आरम्भ में कुछ नहीं होते, किन्तु वे धीरे-धीरे कठिनाइयों पर विजय प्राप्त करते हुए अपने लक्ष्य तक पहुंच जाते हैं। प्रारम्भिक आयु में वे अपने परिवार और सम्बन्धियों के हाथों का खिलौना ही होते हैं, किन्तु जिस बिन्दु पर जीवन-रेखा से शनि-रेखा पृथक होती है, वहां से वे स्वतन्त्रतापूर्वक अपना अस्तित्व बना लेते हैं।

कलाई से प्रारम्भ होनेवाली शनि-रेखा [आकृति–3] सर्वश्रेष्ठ होती है। यदि सूर्य-रेखा भी सबल हो, तो व्यक्ति निश्चित रूप से भाग्यशाली होता है। उसे धन, मान और यश की प्राप्ति होती है।

चन्द्र-स्थान से उद्भूत शनि-रेखा [आकृति–4] परिवर्तनशील, घटनापूर्ण भाग्य की परिचायक है। इनके भाग्य प्रायः विपरीत योनि के व्यक्तियों द्वारा निर्मित होते हैं। यदि शनि-रेखा स्पष्ट और निर्दोष हृदय-रेखा को छू ले, तो ऐसे व्यक्तियों का भाग्योदय प्रणय या सुखद परिणय के परिणाम के रूप में चेतता है।

कभी-कभी अन्य स्थान से उदित भाग्य-रेखा में चन्द्र-पर्वत से आकर एक शाखा मिल जाती है। मिलन बिन्दु आयु के उस काल का परिचायक है, जब से व्यक्ति के जीवन में किसी विपरीत योनि के मनुष्य ने आकर निर्देशन और सहयोग से भाग्य की अभिवद्धि की। यह शाखा यदि शनि में न मिले, वरन् साथ-साथ चले, [आकृति–5] तो भावशील व्यक्तित्व की स्वतन्त्र इकाई और उसके प्रभाव का काल बताती है। यदि यह शाखा शनि-रेखा को काटकर गुरु के पर्वत की ओर बढ़े, तो प्रभावशील व्यक्ति अपने उद्देश्यों की पूर्ति में अन्य व्यक्ति का उपयोग करता है।

जिस समय-खंड में शनि-रेखा सुस्पष्ट और गहरी हो, वही अच्छे भाग्य की आयु है।

शनि या प्रारब्ध रेखा

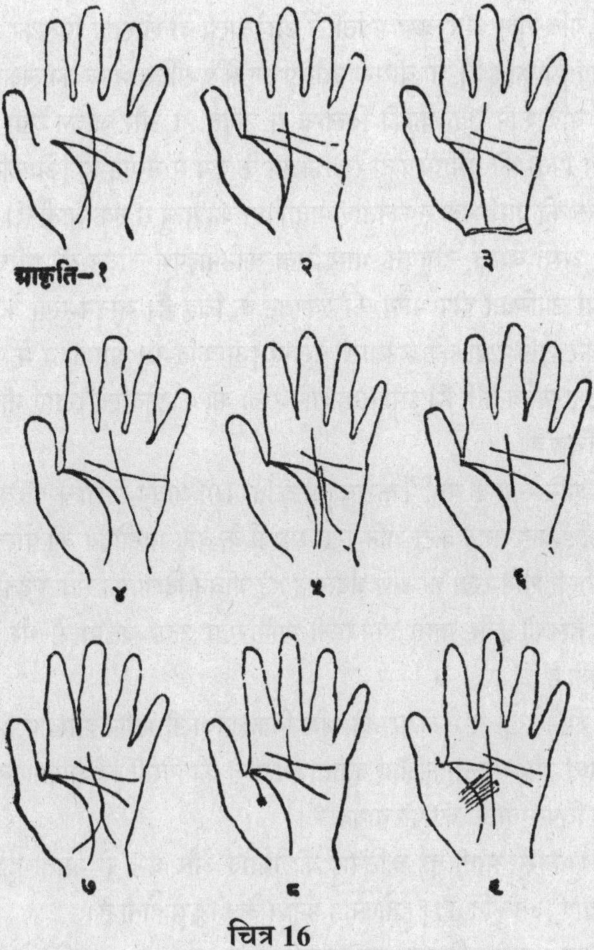

चित्र 16

मंगल के क्षेत्र अर्थात् हथेली के बीच से उठनेवाली शनि-रेखा व्यक्ति के प्रारम्भिक संघर्ष और कठिनाईपूर्ण जीवन की परिचायक है। ऐसे लोग [आकृति-6] अन्ततः लक्ष्य-सिद्धि प्राप्त करते हैं।

मस्तिष्क-रेखा से उदय होनेवाली शनि-रेखा आयु के पिछले भाग में सफलता बताती है। ये व्यक्ति अपनी मानसिक शक्तियों द्वारा सफल होते हैं।

यदि शुक्र और चन्द्र-पर्वतों से आनेवाली दो शाखाएं मिलकर शनि-रेखा बनाएं [प्राकृति-7], तो वासना और प्रणय से प्रभावित भाग्य का लक्षण है।

यदि शनि-रेखा काफी विलम्ब से उदित हो और जीवन-रेखा के अन्दर माता-पिता की प्रभावशाली रेखा नक्षत्र के रूप में समाप्त हो [आकृति–8], तो व्यक्ति की प्रारम्भिक सफलताएं मातापिता की मृत्यु से रुक जाती हैं।

अस्त-व्यस्त, दोषयुक्त भाग्य-रेखा कठिनाईपूर्ण जीवन की परिचायक है। इसपर उपस्थित द्वीप भाग्य की रुकावट के चिह्न हैं। जीवन-रेखा के अन्दर से आकर शनि-रेखा को छुनेवाली रेखाएं [आकृति–9] भाग्योदय में पड़नेवाली कठिनाइयां बताती हैं। इसी तरह शनि-रेखा को काटनेवाली रेखाएं भी कुप्रभावों का चिह्न हैं।

शनि-रेखा के मार्ग में कटाव [आकृति–10] जीवन-दिशा के परिवर्तन बताते हैं। कई-कई जगह कटी शनि-रेखा संघर्षों के बाद भाग्योदय की परिचायक है। लहरीली शनि-रेखा हर क्षण बदलती हुई जीवन-दिशा का संकेत देती है। बार-बार हलकी और गहरी होनेवाली शनि-रेखा उतार-चढ़ाव से भरे भाग्य की द्योतक है।

शनि-रेखा में से ऊपर की ओर निकलनेवाली महीन शाखाएं आशान्वित भविष्य और महत्त्वाकांक्षाएं बताती हैं। नीचे को गिरती हुई शाखाएं कठिनाइयों तथा विफलताओं की परिचायक हैं।

शुक्र से आती हुई कठिनाई की रेखाएं और चन्द्र से आती हुई कई-कई शाखाएं [आकृति-11] हतोत्साह मनुष्य के हाथ में होती हैं।

जो रेखाएं शनि-रेखा को काटती हैं, वे शक्ति के क्षय की द्योतक हैं; जो इसमें मिलकर आगे बढ़ती हैं, वे सम्मिलित सबलता देती हैं। ये रेखाएं हथेली

शनि रेखा

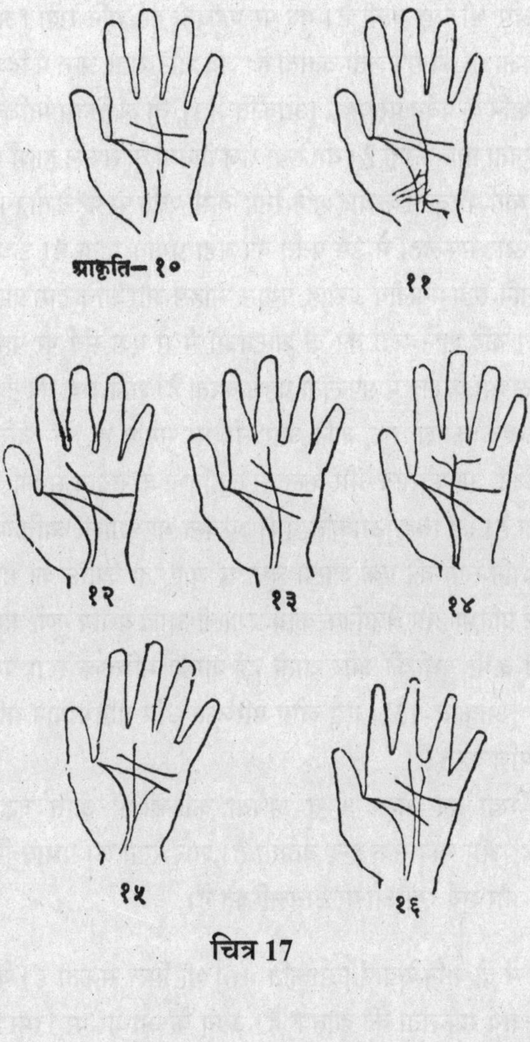

चित्र 17

के किसी भी भाग से आ सकती हैं, और उस भाग के प्रभाव द्वारा शनि-रेखा की शक्ति घटाती या बढ़ाती हैं।

यों तो शनि-रेखा का अन्त शनि-पर्वत पर ही होता है किन्तु कभी-कभी वह गुरु की ओर भी मुड़ जाती है। गुरु पर पहुंचती हुई शनि-रेखा [आकृति–12] महत्त्वाकांक्षाओं की सफलता बताती है। जब शनि-रेखा अन्त में द्विशाखी होकर गुरु और शनि के पर्वत पर पहुंचे [आकृति–13], तो व्यक्ति सामाजिक नेतृत्व के द्वारा सफलता प्राप्त करता है। यह रेखा राजनीतिज्ञों के सफल हाथों का चिह्न है।

यदि मार्ग-परिवर्तन के बाद शनि-रेखा किसी पर्वत पर पहुंचे तो स्पष्टताः व्यक्ति के भाग्य और सफलता में उस पर्वत का बड़ा प्रभाव रहता है। ऊर्ध्व-मंगल पर पहुंचती शनि-रेखा मंगलीय उत्साह, प्रयास, साहस और शक्ति द्वारा प्राप्त सफलताएं बताती है। यदि शनि-रेखा की दो शाखाओं में से एक सूर्य पर पहुंचती हो तो व्यक्ति कलाओं के क्षेत्र में सफलता ग्रहण करता है। शनि-रेखा की तीन शाखाओं में से एक-एक क्रमशः गुरु, शनि और सूर्य पर समाप्त हो, तो व्यक्ति का भाग्य महत्त्वाकांक्षा, अध्यवसाय और कलात्मक प्रतिभा के संयोग से निश्चित सफलता प्राप्त करता है। यह चिह्न [आकृति–14] अत्यन्त भाग्यशाली व्यक्तियों का प्रतीक है। यदि शनि-रेखा की एक शाखा बुध पर जाए, तो व्यक्ति का भाग्य चतुराई, व्यापारिक प्रतिभा और वैज्ञानिक कार्य-प्रणाली आदि बुधीय गुणों द्वारा बनता है।

कभी-कभी बुध की ओर जाती हुई शाखा मस्तिष्क-रेखा पर समाप्त हो जाती है। [आकृति–15]। ऐसे लोग परिष्कृत और प्रतिभावान मस्तिष्क द्वारा भाग्य-निर्माण करते हैं।

शनि-रेखा का अस्त-व्यस्त अथवा कुचिह्नों में अन्त वृद्धावस्था की कठिनाइयां और मानसिक द्वन्द्व बताता है। शनि-रेखा का प्रभाव निर्दोष हृदय, मस्तिष्क और सूर्य-रेखाओं पर अवलम्बित है।

हाथ में दो शनि-रेखाएं [आकृति–16] भी मिल सकती हैं। ये मनुष्य की द्विव्यक्तित्वीय सफलता की द्योतक हैं। आयु के आधार पर द्विमुखी भाग्य का समय-काल निश्चित कीजिए, और विभिन्न पर्वतों की ओर उनकी दिशा, भाग्य

की दिशा समझिए।

कुल मिलाकर शनि-रेखा वस्तुतः हाथ की एक महत्त्वपूर्ण प्रभावशाली रेखा है। इतना अवश्य है कि भाग्य नाम की चीज़ अपने-आप नहीं बन जाती, मनुष्य उसका निर्माण स्वयं करता है। नैसर्गिक शक्तियों का सम्पूर्णतया उपयोग ही सफल और श्रेष्ठ भाग्य है। अतः निर्दोष भाग्य-रेखा भी अन्य प्रभावहीन रेखानों के कारण अप्रभावित हो जाती है। इस रेखा के लिए अन्य रेखाओं का तुलनात्मक सर्वेक्षण आवश्यक ही नहीं, अनिवार्य भी है।

12. यश-रेखा

सामान्य परिचय—उदय—मार्ग, चिह्न, अवरोध आदि—अन्त—प्राकृति के आधार पर सूर्य-रेखा के प्रभाव—सूर्य की अंगुली।

सूर्य-रेखा अथवा यश-रेखा हाथ की महत्त्वपूर्ण और विशेष चर्चित रेखाओं में से है। इस रेखा की उपस्थिति सूर्य-पर्वत की प्रांजलता और प्रखरता का व्यक्ति पर व्यतिकरण बताती है। सूर्य के प्रभाव, जैसे—कलात्मक प्रतिभाएं, मान, धन और वैभव की अभिव्यक्ति सूर्य-रेखा द्वारा होती है। इसके अतिरिक्त प्रारब्ध-रेखा की शक्ति पर अधिकतम प्रभाव इसी रेखा द्वारा पड़ता है। प्रारब्ध-रेखा की तरह दोषयुक्त हाथ, अंगूठे, मस्तिष्क और रेखाएं इसकी शक्ति घटा देती हैं।

यद्यपि इस रेखा की अनुपस्थिति किसी तरह भी असफलता की ठोस प्रमाण नहीं है, फिर भी व्यक्ति को सफल होने के लिए इसकी अनुपस्थिति की दशा में अधिक श्रम और संघर्ष करना पड़ता है। अधिकतर ऐसे लोग अंधेरे में रह जाते हैं, दुनिया और समाज उनके गुणों को पहचान नहीं पाते।

हथेली के किसी भी भाग से उदित होकर सूर्य-पर्वत पर पहुंचती हुई रेखा सूर्य-रेखा कहलाती है।

जीवन-रेखा से सूर्य-रेखा का उदय [आकृति–1] जीवन में व्यक्ति की सफलता का परिचायक है। शनि-रेखा में से निकलनेवाली सूर्य-रेखा [आकृति–2] मनुष्य के

यश रेखा

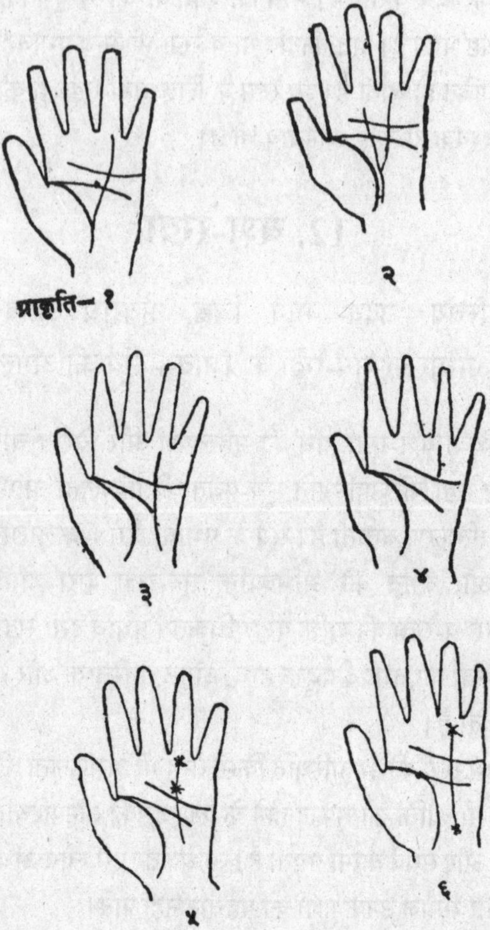

चित्र 18

अपने प्रयत्नों द्वारा लक्ष्य की सिद्धि बताती हैं। मंगल-क्षेत्र से सूर्य-रेखा का उदय अनेक संघर्षों द्वारा सफलता का चिह्न है। चन्द्र के पर्वत से उठती हुई सूर्य-रेखा सामाजिक रूप में सफलता बताती है, समाज और जनता से मिलकर भाग्य बनानेवाले व्यक्तियों के लिए यह [आकृति–3] शीघ्र यश और मानदायिनी होती है। प्रायः सफल राजनीतिज्ञ, कलाकार, कवि, लेखक, वक्ता, गायक, अभिनेता ऐसी सूर्य-रेखाएं रखते हैं।

मस्तिष्क-रेखा में से सूर्य-रेखा का उदय मानसिक शक्तियों द्वारा सफलता का परिचायक है। सफल अध्येता, अन्वेषक और विद्यार्थियों के हाथों में पाई जानेवाली यह रेखा विलम्बित यशप्राप्ति का चिह्न है। हृदय-रेखा से सूर्य-रेखा का उदय जीवन में अत्यधिक विलम्ब से सफलता प्राप्ति बताता है। ऐसे व्यक्ति प्रायः सम्बन्धों और प्रणयाधारों पर सफल होते हैं।

लम्बी सूर्य-रेखा वस्तुतः व्यक्ति को सम्मान, अधिकार और धन दिलाती है। छोटी सूर्य-रेखा यद्यपि प्रतिभा की प्रतीक है, किन्तु जब तक यह पर्वत पर नहीं पहुंचती, व्यक्ति की प्रतिभाएं किन्हीं श्रेष्ठ परिणामों की सृष्टि नहीं करतीं। पर्वत पर सूर्य रेखा [आकृति–4] पर्वत के गुणों में वृद्धि का चिह्न है। ऐसी रेखा सूर्य को जीवन में अधिकाधिक प्रभावशाली बनाती है।

सूर्य-रेखा के बीच में टूट जाने पर व्यक्ति के जीवन में सूर्य उस आयु-खण्ड में प्रभावहीनता ग्रहण कर लेता है। प्रायः इस आयु में ऐसे लोग अपनी जीवन-दिशाएं बदल लेते हैं।

अन्य रेखाओं की तरह सूर्य-रेखा भी अन्य पर्वतों से प्रभावित और आकर्षित होती है। शुक्र और चन्द्र से प्रभावित होकर सूर्यरेखाएं कुछ हाथों में इन पर्वतों से शुरू होती हैं।

इसके अतिरिक्त विचलित सूर्य-रेखाएं मंगल के निम्न पर्वत पर भी उदय होती हैं। यह रेखा मनुष्य की प्रवृत्तियों को मंगलीय साहस और शौर्य देती है। मनुष्य किसी भी तरह निराश, उदास और असफल महसूस नहीं करता, और अन्त में सफल होता है।

सूर्य-रेखा के मार्गों में व्यवधान, कुचिह्न आदि दोषों का प्रभाव शनि-रेखा की ही भांति है। मार्ग में पड़नेवाले द्वीप व्यक्ति के सम्मान और धन का उस आयु में सम्पूर्ण विनाश बताते हैं। यदि रेखा उसके बाद भी आगे बढ़े तो व्यक्ति आघातों

को सहन करके संभल जाता है।

जीवन के जिस भाग में सूर्य-रेखा गहरी हो, वही यशार्जनकाल है। बिन्दु के रूप में अन्त होनेवाली सूर्य-रेखा मृत्यु-समय पर कष्टकर, काल, यश, मान और धन का क्षय बताती है। किन्तु नक्षत्ररूप में सूर्य-रेखा का अन्त सूर्यीय शक्ति की चरम परिणति का प्रतीक है। मृत्यु-समय पर व्यक्ति सफलता की चरम सीमा पर पहुंच जाता है। सूर्य-रेखा पर दो नक्षत्रों की उपस्थिति [आकृति-5] सफलता के दो दौर बताती है। आयु के उन विभागों में मनुष्य सफलता की चरम सीमाओं परे पहुंचता है। सूर्य-रेखा के प्रारम्भ और अन्त में दो नक्षत्र [आकृति-6] समस्त जीवन में सूर्य के सबल प्रभाव बताते हैं।

यदि सूर्य-रेखा का अन्त आड़ी रेखा से हो तो उस आयु में व्यक्ति की प्रगति समाप्त हो जाती है। जीवन-रेखा, मस्तिष्क-रेखा, हृदयरेखा पर उस आयु में कुचिह्न इस समाप्ति का कारण बताएंगे। क्रास से सूर्य-रेखा का अन्त अधिक दुष्परिणामकारी होता है। ऐसे लोग अपनी प्रगति बार-बार गलतियां करके समाप्त कर लेते हैं। अंत में वर्ग की उपस्थिति दुष्परिणामों से बचाव की द्योतक है। द्वीपयुक्त, द्विशाखी या बहुशाखी अन्त भी कुपरिणामकारी होता है। हां, समानांतर चलनेवाली रेखाएं शक्ति में सहायक होती हैं।

सूर्य-रेखा की शनि और बुध पर पहुंचती शाखाएं उक्त पर्वतीय गुणों की रेखा पर प्रभावशाली शक्ति की द्योतक हैं। शनि का अध्यवसाय, सूर्य का यश और प्रतिभा तथा बुध की चतुराई व्यक्ति को असाधारण सफलता देती है। गुरु पर पहुंचती सूर्य-रेखा की शाखा प्रयत्नों में गुरु की महत्त्वाकांक्षी प्रेरणाएं भर देती है। मंगल की शाखा मंगलीय और चन्द्र की शाखा चन्द्र-पर्वतीय गुण सूर्य-रेखा को देती है। हाथ के विश्वों का अध्ययन सफलताओं के क्षेत्र बताएगा।

सूर्य-रेखा के प्रभाव का क्षेत्र आकृति के आधार पर वर्गीकृत हाथों के अनुरूप भी निर्णीत किया जा सकता था। जैसे कलात्मक हाथों में सूर्य-रेखा कला, साहित्य और संगीत क्षेत्रों में सफलता का चिह्न है; दार्शनिक हाथों में

अन्वेषण, चिन्तन, दर्शन तथा अध्ययन का। आदर्श हाथों में सूर्य-रेखा उनकी कर्मशीलता के अभाव में प्रभावहीन हो जाती है।

सूर्य की अंगुली सूर्य-रेखा की प्रभावशीलता या अभावहीनता का कारण बताती है। टेढ़ी-मेढ़ी सूर्य-अंगुली या अनामिका प्रायः रुपये के लिए अपराध मनोवृत्तियां प्रदर्शित करती है। शक्ति और प्रभाव के लिए अनामिका का पुष्ट व सीधा होना और पर्वत का शक्तिशाली होना आवश्यक है।

13. बुध-रेखा

सामान्य परिचय—उदय, विकास, अन्य रेखाओं के प्रभाव — शाखाएं—अवरोध।

बुध-रेखा या स्वास्थ्य-रेखा चन्द्र-पर्वत अथवा हथेली के आधार से बुध-पर्वत पर पहुंचनेवाली रेखा है। यह सभी हाथों में नहीं पाई जाती। इसका सम्बन्ध मनुष्य के आमाशय और यकृतीय स्वास्थ्य से होता है। जिन हाथों में बुध-रेखा अनुपस्थित हो वे लोग स्वस्थ तथा शक्तिवान होते हैं। पर्वतों की अन्य लम्बीय रेखाओं की भांति यह भी अच्छी दशा में बुध के गुणों की अभिवृद्धि करती है।

स्वास्थ्य-सम्बन्धी बुध-रेखा के प्रभावों को हाथ में पर्वतीय प्रधानता के आधार पर समझना चाहिए। पर्वतों के विकसित रूप में बुध-रेखा व्यक्ति को पर्वतीय प्रभावशाली अस्वस्थता देती है। मंस्तिष्क, हृदय और जीवन-रेखाओं के कुचिह्न बुध-रेखा की उपस्थिति में निश्चित दुष्परिणामों की स्वीकृति देते हैं। भाग्य और यश-रेखाएं भी बुध-रेखा के कारण अस्वास्थ्यकर परिणामों से दुर्बलता प्राप्त कर लेती हैं।

बुध-रेखा का उदय हथेली के आधार पर कहीं भी हो सकता है। सामान्य नियम के अनुसार यह जीवन और भाग्य-रेखा से जितनी दूर रहे उतना ही अच्छा है।

स्वास्थ्य रेखा या बुध रेखा

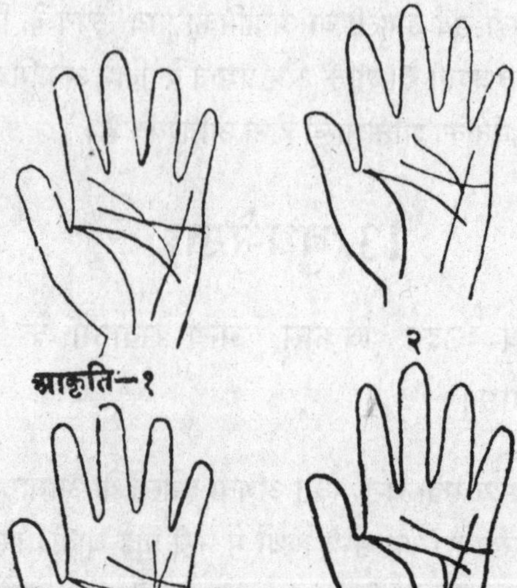

चित्र 19

बुध की गहरी, निर्दोष रेखा अच्छी पाचन-शक्ति और स्वस्थ यकृत का चिह्न है। ऐसे लोगों का मस्तिष्क निर्दोष, मानसिकता सबल और स्मृति तेज़ होती है। दोषयुक्त जीवन-रेखा निर्दोष बुधरेखा से शक्ति और खतरों से बचाव प्राप्त करती है। अच्छी और स्वस्थ मस्तिष्क-रेखा भी बुरी बुध-रेखा से मानसिक दौर्बल्य की प्रतीक बन जाती है।

मस्तिष्क, हृदय,जीवन और भाग्य-रेखाएं सबल हों तथा निर्दोष बुध-रेखा भी उपस्थित हो तो व्यक्ति आयुपर्यन्त कोई बीमारी नहीं झेलता। व्यक्ति को ये रेखाएं स्वास्थ्य, शक्ति और वेग देती हैं। ये लोग कमरों में बन्द होकर नहीं रहना चाहते। अपनी शक्तियों का सम्पूर्ण उपयोग कर लेना चाहते हैं। वे सफल होते हैं। मद्यप और पाशविक वासनावाले हो सकते हैं।

चौड़ी और सुन्दर रेखा क्षयित स्वास्थ्य और शक्ति की प्रतीक है। शृंखलित बुध-रेखा निश्चित रूप से विकृत और आमाशय तथा यकृत का चिह्न है। ऐसे व्यक्तियों का स्नायु-संस्थान दुर्बल, मानसिक अस्वस्थतापूर्ण होता है। वे नैराश्य के अंधेरे में दिन गुजारते हैं। कभी सफल नहीं हो पाते।

रेखा की लम्बाई के अनुसार बुध-रेखा के गुण-दोष व्यक्ति के आयु-खंडों या सम्पूर्ण जीवन को प्रभावित करते हैं। लहरीली बुधरेखा भीषण यकृतीय अस्वस्थता बताती है। ऐसे लोग अक्सर यकृतीय अस्वस्थताएं, मलेरिया, पीलिया, यकृत-ज्वर आदि से पीड़ित रहते हैं। ये लोग व्यापार और सफलताओं के विषय में सदा अनिश्चित रहते हैं। कई टुकड़ों से मिलकर बनी हुई बुध-रेखा आमाशय की अत्यधिक अस्वस्थता का चिह्न है। इस रेखा पर बिन्दु घोर अस्वस्थता और भयंकर संभावनाएं उस आयु में बताता है। बिन्दु और दोषपूर्ण बुध-रेखा के साथ किसी पर्वत पर रेखा-व्यूह उस पर्वत की बीमारियों का निश्चित रूप से होना सिद्ध करता है।

बुध-रेखा को काटनेवाली आड़ी रेखाएं आयु के अनुसार अस्वस्थता की द्योतक हैं। रेखा-मार्ग में द्वीप उस आयु में स्वास्थ्य की गिरावट का चिह्न है।

बुध-रेखा में से ऊपर की ओर जाती हुई प्रशाखाएं उस काल में व्यक्ति के अच्छे स्वास्थ्य और व्यापारिक सफलताएं बताती हैं। नीचे की ओर जानेवाली

प्रशाखाएं अवनति की द्योतक हैं।

निर्दोष बुध-रेखा की गुरु पर पहुंचती हुई शाखा [आकृति-1] उसकी उज्ज्वल सफलता की परिचायक है। वह व्यापारिक क्षेत्र में गुरीय महत्त्वाकांक्षा और नेतृत्व-भावना के साथ कार्य करता है, और सफलता प्राप्त करता है। गुरु पर नक्षत्र इन गुणों को असाधारण वृद्धि प्रदान करता है।

शनि पर पहुंचती शाखा [आकृति–2] व्यक्ति की व्यापारिक सफलताओं को शनीय अध्यवसाय तथा गाम्भीर्य के गुण देती है। यदि शाखा सूर्य-पर्वत पर पहुंचती हो [आकृति–3], तो व्यक्ति सूर्याय प्रखरता और प्रतिभा से सफलता प्राप्त करता है। यदि ऐसी रेखा में चन्द्र से आकर एक प्रशाखा मिल जाए, तो व्यक्ति सफल लेखक, वक्ता और पत्रकार होता है।

मस्तिष्क-रेखां को छुनेवाली बुधीय शाखा [आकृति–4] व्यक्ति की मानसिक परिपक्वता का चिह्न है। इस प्रकार बननेवाला त्रिकोण सदा विकसित मानसिक शक्तियों का परिचायक होता है। ऐसे लोग साहित्य और विज्ञान के क्षेत्र में असाधारण सफलताएं प्राप्त करते हैं।

शाखित बुध-रेखावाली हथेलियों में विश्वों की प्रधानता व्यक्ति की पर्वत के अनुरूप सफलता का क्षेत्र निश्चित करेगी।

आड़ी रेखा के रूप में बुध-रेखा की समाप्ति सफलता का अचानक रुक जाना बताती है। कभी-कभी प्रणय-रेखाएं बुध-रेखा को काट देती हैं। उस दशा में [आकृति–5] व्यक्ति के प्रणय इस रुकावट के कारण बनते हैं। बुध-पर्वत पर शाखित अत शक्तियों का विभागीकरण बताता है, और सफलता विभाजित [आकृति–6] हो जाती है। नक्षत्रीय अन्त सफलता को कई गुना कर देता है।

बुध-रेखा का वैज्ञानिक अध्ययन जीवन, मसतिष्क और हृदयरेखाओं के आधार पर स्वास्थ्य-सम्बन्धी होता है। पर्वतों के प्रभाव अस्वस्थता के प्रकार बताते हैं। सफलता का ज्ञापन पर्वतीय शक्तियों से होता है, और सफलता के क्षेत्र हाथ के विश्वों की प्रधानता द्वारा निश्चित किए जाते हैं।

हमारा विवेचन इतना अधिक वैज्ञानिक है कि क्रमबद्ध सर्वेक्षण के आधार

पर छोटी से छोटी रेखा भी निश्चित परिणामों की सूचना दे सकती है। हर रेखा के अध्ययन में क्रमबद्धता और एकसूत्रता अनिवार्य है।

14. प्रणय और प्रभाव-रेखाएं

प्रणय और परिणय-रेखाएं—मार्ग और चिह्नादि—प्रभाव-रेखाएं—सन्तान-रेखाएं।

हथेली के पाव से निकलकर बुध-पर्वत पर आती हई गाड़ी रेखाएं प्रणय-सम्बन्धों की परिचायक होती हैं। एक या एक से अधिक ये रेखाएं यद्यपि हर बार परिणय का प्रतिनिधित्व तो नहीं करतीं, किन्तु व्यक्ति के जीवन में संख्यारूप से विरोधी योनि का प्रवेश अवश्य बताती हैं।

पर्वतों के प्रकार व आधार पर इन रेखाओं के निर्णय होते हैं। गुरुपर्वतीय हाथ में प्रणय-रेखाएं प्रायः परिणय बताती हैं, क्योंकि ये लोग स्वभावतःआदर्श प्रिय होते हैं। शनि-पर्वत की प्रधानता के समय प्रणय-रेखाए निर्दोष और गहरी हों तभी परिणय की स्वीकृति देती हैं। शुक्रीय व्यक्ति बन्धन स्वीकार नहीं करते। अतः प्रणय का अर्थ उनके लिए परिणय कम ही होता है। शेष पर्वतीय प्रधानताएं इसी प्रकार प्रणय का अन्त परिणय या अन्य वैकल्पिकता में बताती है

प्रणय अथवा परिणय की आयु के लिए हृदय-रेखा आधार है। प्रणय-रेखाएं जो हृदय-रेखा के पास हों, कम प्रायु में घटनात्मक सम्बन्ध बताती हैं। हृदय-रेखा से दूर प्रणय-रेखाएं आयु की वृद्धि के साथ प्रभावशील होती हैं।

इन रेखाओं का अभाव यद्यपि काम-शक्ति का प्रभाव नहीं बताता, फिर भी ऐसे लोग प्रणय-सम्बन्धों में उदासीन और लापरवाह होते हैं।

प्रणय-रेखाओं के प्रभाव का निरूपण हृदय-रेखा की स्थिति और प्रभावशीलता से होता है। इन रेखाओं की दीर्घता प्रणय के दीर्घकाल की परिचायक है। लम्बी और गहरी प्रणय-रेखा काफी समय तक चलनेवाले

प्रणय और परिणय रेखाएं

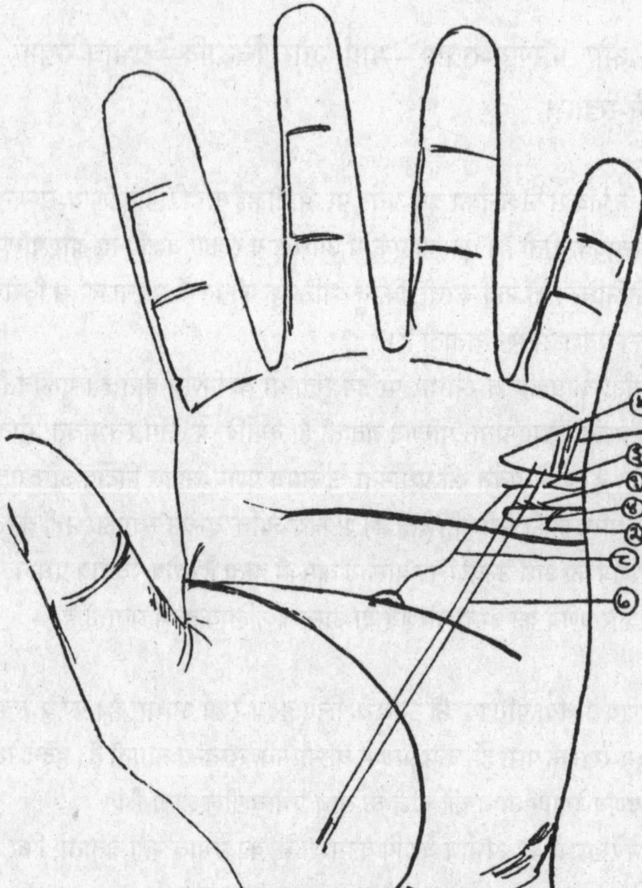

चित्र 20

गहन सम्बन्ध बताती है। छोटी और हलकी रेखा अस्थायी और छोटे काल के सम्बन्धों की परिचायक है।

दो साथ-साथ समानान्तर चलती हुई प्रणय-रेखाएं दो समकालीन प्रणय बताती हैं। प्रणय-रेखा पर द्वीप दुःखान्त प्रणय बताता है। क्रास का भी यही परिणाम है। नक्षत्र के रूप में अन्त होनेवाली प्रणय-रेखा सम्बन्धों की अचानक समाप्ति बताती है। नक्षत्र के साथ-साथ सूर्य पर पहुंचती प्रणय-रेखा की शाखा व्यक्ति द्वारा किसी प्रसिद्ध और प्रतिभाशाली व्यक्ति से प्रणयाकांक्षा बताती है। शाखित प्रणय-रेखा विशृंखल, विभक्त प्रणय-सम्बन्ध बताती है।

रेखा में से नीचे की ओर जाती हुई शाखाएं [चिह्न–2, चित्र–20] दुःखपूर्ण, अस्त-व्यस्त प्रणय की परिचायक हैं। ऊपर उठती हुई शाखाएं [चिह्न–1, चित्र–20] सुखद, उज्ज्वल और लाभप्रद सम्बन्धों की। बीच में टूटी हुई प्रणय-रेखा [चिह्न–3, चित्र–20] सम्बन्धों की पूर्ण समाप्ति बताती है। नीचे की ओर मुड़ती हुई प्रणय-रेखा [चिह्न–4,चित्र–20] दुखान्त समाप्ति की द्योतक है। ऊपर मुड़नेवाली प्रणय-रेखा व्यक्ति को [चिह्न–5, चित्र–20] विवाह के सम्बन्ध में उदासीन और अनिच्छुक बना देती है।

शुक्र से आकर प्रणय-रेखा को काटनेवाली प्रभाव-रेखा [चिह्न–1, चित्र–20] परिवार और सम्बन्धियों द्वारा व्यवधान की परिचायक है। कटी हुई प्रणय-रेखा से कोई अवसरीय रेखा आकर मस्तिष्क-रेखा से बिन्दु, द्वीप, क्रास आदि के रूप में मिले [चिह्न–8, चित्र–20], तो प्रणय या परिणय व्यक्ति को मानसिक असन्तोष देता है।

चन्द्र-पर्वत से पाकर भाग्य-रेखा में मिलती हई प्रभाव-रेखाएं भाग्य-शक्ति में वृद्धि बताती हैं। चन्द्र चूंकि प्रणय का पर्वत है अतः उस आयु में प्रणय-रेखा की निर्दोष उपस्थिति निश्चित रूप से भाग्यशाली वैवाहिक सम्बन्ध बताती है। प्रभाव-रेखा के मिलनोपरान्त यदि भाग्य-रेखा सबल है, तब ही भाग्यशाली परिणाम निकलते हैं, अन्यथा निर्बल होनेवाली भाग्य-रेखा दुःखपूर्ण वैवाहिक जीवन की परिचायक है।

जीवन-रेखा के आन्तरिक क्षेत्र में अनेक रेखाएं प्रभाव-रेखाएं होती हैं। यदि

शुक्र पर इन रेखाओं का व्यूह-सा बन गया हो तो व्यक्ति में शुक्रीय गुण प्रधान होते हैं। ये लोग प्रणय के बिना जीवित नहीं रह सकते। इन रेखाओं की दीर्घता प्रभाव का काल बताती है।

परिणय-रेखा से ऊपर की ओर निकलती हुई सीधी रेखाएं संतानों की संख्या बताती हैं। ये इतनी सूक्ष्म होती हैं [चिह्न-6, चित्र-20] कि इनकी स्थिति और स्वभाव का परिचय उन्नतोदर-ताल (Convex Lens) से ही जाना जा सकता है। ये शाखाएं पुरुष-हाथों की अपेक्षा स्त्रियों के हाथों में अधिक सुस्पष्ट होती हैं।

चौड़ी और गहरी रेखाएं पुत्रों की संख्या बताती हैं, तथा बारीक और किंचित् हलकी रेखाएं पुत्रियों की।

स्पष्ट और सीधी सन्तान-रेखाएं सबल और स्वस्थ सन्तानों की द्योतक हैं, जबकि हलकी, अस्त-व्यस्त रेखाएं निर्बल सन्तानों की।

यदि शुक्रीय पर्वत प्रायः समतल हो और मणिबन्धीय झुकाव हथेली में हो, तो व्यक्ति सन्तानहीन होता है।

प्रणय और परिणय-रेखाएं स्वस्थ, निर्दोष हृदय-रेखा के आधार पर अध्ययन की जानी चाहिए। प्रभाव-रेखाओं और अवसरीय रेखाओं के आधार पर प्रणय-सम्बन्धी व्यतिक्रमों के कारणादि जाने जा सकते हैं अथवा प्रणय-काल के सुखद या दुःखद परिणामों की सूचना मिल सकती है। प्रणय-रेखाओं का मस्तिष्क, जीवन, यश और भाग्य-रेखाओं पर प्रभाव जानना आवश्यक भी है।

15. गौण रेखाएं

शुक्र-वलय—मंगल - रेखाएं—गुरु-वलय—शनि-वलय—मणिबन्ध—प्रतिभा-रेखा—सहायक बुध-रेखा—रहस्य-स्वस्तिक—पर्यटन-रेखाएं—दुर्घटनाएं—प्रधान त्रिकोण—बृहद्नायत।

पूर्वचर्चित प्रमुख रेखाओं के अतिरिक्त विशेष हाथों में कुछ छोटी और प्रवृत्ति या जीवन पर विशिष्ट प्रभाव रखनेवाली रेखाएं और मिलती हैं, जिन्हें

गौण रेखाएं कहा जा सकता है। इनके स्थान,चिह्न और प्रभाव निम्नलिखित हैं :

शुक्र-वलय

गुरु और शनि-पर्वतों के बीच से निकलकर कुछ दूर समानान्तर चलती हुई तथा सूर्य और बुध-पर्वत पर या दोनों के बीच समाप्त हो जानेवाली रेखा शुक्र-वलय कही जाती है। जिन हाथों में हृदयरेखा अनुपस्थित हो, शुक्र-वलय उसका कार्य करती है। पुरातन विश्वासों के अनुसार यह हृदय के गुणों को प्रतिबिम्बित करनेवाली कही जाती थी और इसी आधार पर इसे शुक्र-पर्वत के प्रभावों से युक्त समझकर शुक्र-वलय नाम दिया गया।

जहां तक आधुनिक दृष्टिकोण से इस रेखा के गुणों और प्रभावों का सम्बन्ध है, इसे स्नायविक अस्थिरता का चिह्न माना जाता है। चूंकि यह मानसिक विश्व के निकट होती है, अतः इसके कुप्रभाव भौतिक रूप से शरीर पर पड़ें या न पड़ें, यह निश्चित रूप से मस्तिष्क को प्रभावित करती है।

निदोष रेखा से अधिक दोषयुक्त रेखा अहितकर होती है। शुक्र-वलयवाले व्यक्ति स्नायविक रूप से दुर्बल और स्नायविक अस्वस्थताओं जैसी विक्षिप्तता आदि से पीड़ित होते हैं।

स्वास्थ्य-सम्बन्धी प्रभावों के अतिरिक्त यह मनुष्य के चिन्तन और विचारों को भी दूषित कर देती है। ऐसे लोग यौन-विज्ञान पर अश्लील पुस्तकें पढ़ना, चित्रादि देखना पसन्द करते हैं। दुर्बल शुक्र या कुल हाथ के कमज़ोर होने की दशा में, विशेष रूप से चन्द्र पर्वत के विकसित होने की दशा में वे मानसिक रति करने लगते हैं।

व्यावहारिक प्रणय या रति उन्हें आनन्द नहीं देती। शनि का विकास उनमें विशेष रूप से समाज के प्रति घणा भर देता है। विरोधी योनिवाले व्यक्तियों से वे मिलना-जुलना तक पसन्द नहीं करते।

यदि शुक्र वलय अपने स्थान से किंचित् हटकर अर्थात् शनिपर्वत से बुध-पर्वत तक मार्ग बनाए, तो ये दुर्गण अधिक विकसित हो जाते हैं।

चूंकि यह रेखा अपने पथ में भाग्य और यश-रेखाओं को काटती है, अतः मनुष्य की स्नायविक दुर्बलता और दुर्गुण इन रेखाओं पर बुरे प्रभाव डालते हैं।

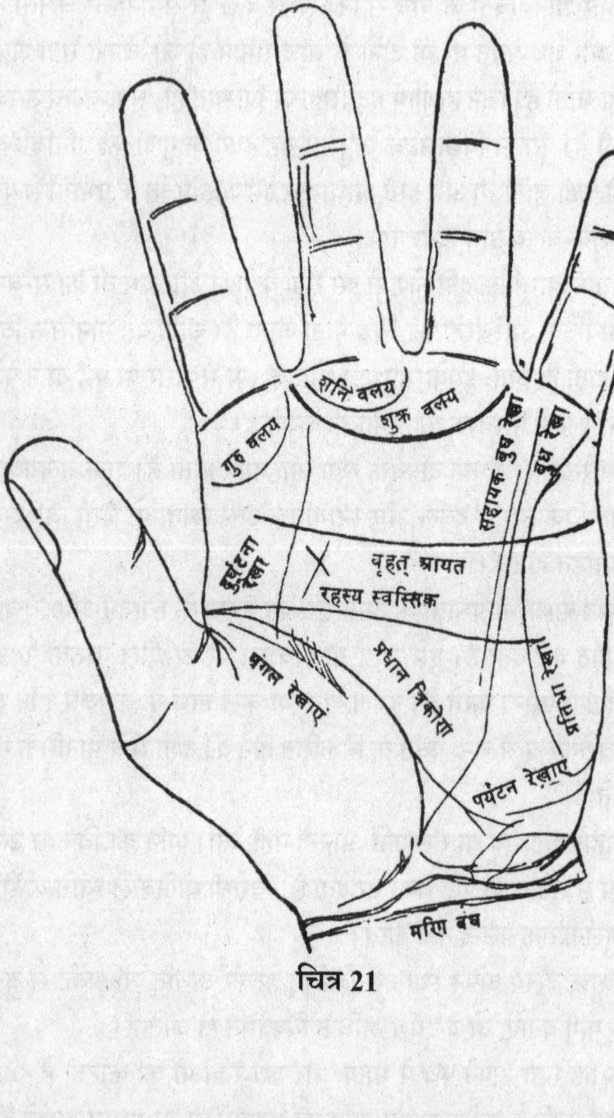

शनि वलय
शुक्र वलय
गुरु वलय
सहायक बुध रेखा
बुध रेखा
दुर्घटना रेखा
वृहत् आयत
रहस्य स्वस्तिक
मंगल रेखाएं
प्रधान त्रिकोण
प्रतिभा रेखा
पर्यटन रेखाएं
मणि बंध

चित्र 21

शुक्र-वलय सदा खराब नहीं होती। स्वस्थ और निर्दोष मस्तिष्क-रेखा, गुरु और शुक्र के विकसित पर्वत तथा स्पष्ट जीवन-रेखा इसे शुभ भी बना देते हैं। उस दशा में यह हृदय, सूर्य आदि रेखाओं के गुणों में वृद्धि करती है। व्यक्ति के चरित्र को सीमाओं में रखकर यह उसे विकसित स्नायविक संवेदनशीलता देती है। किन्तु शुक्र-वलय चाहे अच्छी हो या बुरी, स्नायविक कोमलता का चिह्न हर दशा में है। ऐसे लोगों को संवेगीय घटनाओं, मद्यपान आदि से बचना चाहिए।

प्रसाधारण रूप से बौद्धिक और चरित्रवान हाथों में भी शुक्रवलय मिल सकती है, उस समय इसके प्रभाव उसे सफलता प्रदान करते हैं। मानसिक विश्व की शक्ति को बढ़ानेवाली निर्दोष शुक्रवलय वैज्ञानिक, दार्शनिक और साहित्यिक क्षेत्रों में यश और सफलता का चिह्न है।

इसके गुण-दोषों का निर्णय करने के लिए सतर्क सर्वेक्षण बहुत आवश्यक है।

मंगल-रेखा

निम्न मंगलीय क्षेत्र से जीवन-रेखा के आन्तरिक भाग में समानान्तर चलनेवाली रेखाएं मंगल-रेखा कहलाती हैं। ये वास्तव में जीवन-रेखा की सहायक रेखाएं होती हैं, और अस्त-व्यस्त, कुचिह्न-युक्त, दुर्बल, दोषयुक्त जीवन-रेखा को बल प्रदान करती हैं।

यदि जीवन-रेखा निर्दोष हो और मंगल-रेखाएं भी उपस्थित हों तो व्यक्ति की जीवनी-शक्ति असाधारण रूप से बढ़ जाती है। ऐसे लोग इसके व्यय के लिए परेशान रहते हैं। पर्वतीय आधारों पर उनके दुर्गुण इस शक्ति के व्ययार्थ बढ़ सकते हैं। गुरु-पर्वतीय व्यक्ति ऐसी दशा में पेटू और मद्यप हो जाते हैं। इसी तरह मंगलीय व्यक्ति दुराचारी, मद्यप और हिंसक, इन रेखाओं के प्रभाव से शक्ति के अतिरिक्त व्यय के लिए, बन जाते हैं।

मंगल-रेखा से निकलकर ऊपर उठनेवाली रेखाएं [चित्र–21] व्यक्ति की उन्नत आकांक्षाएं बताती हैं। यदि ये रेखाएं मस्तिष्करेखा में मिल जाएं तो मानसिकता में वृद्धि करती हैं। वह सबल और स्पष्ट मस्तिष्कवाला व्यक्ति होता है। भाग्य-रेखा में मिलकर ये मंगल-रेखा की शाखाएं निश्चित सफलता की द्योतक हैं। यदि ये शाखाएं मस्तिष्क-रेखा को काटकर आगे बढ़े, तो मस्तिष्क शक्ति

के वेग को सहन करने में अक्षम होता है। सूर्य या शनि-रेखा को काटनेवाली मंगलीय प्रशाखाएं सफलता के मार्ग में रुकावट की परिचायक हैं। प्रणय-रेखा को छुनेवाली मंगलीय प्रशाखा उसकी शक्ति बढ़ाती है। यदि प्रणय-रेखा द्विशाखी, बहुशाखी आदि दोषों से युक्त हो तो दुष्परिणाम टल जाते हैं।

यदि मंगल-रेखा या इसकी शाखा चन्द्र-पर्वत तक पहुंचती हो, तो पुनः शक्ति का अतिरेक व्यक्ति को चिन्तनीय रूप से व्यस्त बना देता है। वे यात्राप्रिय, वासनाप्रिय, मद्यप और प्रणयवादी कलाकार बन जाते हैं।

मंगल-रेखा सदा शक्ति, गति और वेग का चिह्न है।

गुरु-वलय

तर्जनी के आधार में अर्धवृत्त की तरह फैली हुई गुरु-पर्वत की रेखा [चित्र–21] गुरु-वलय कहलाती है। इसकी उपस्थिति व्यक्ति को रहस्यात्मक विज्ञानों की अध्ययनशीलता देती है।

पर्वतों की स्थिति, सुस्पष्ट मस्तिष्क-रेखा आदि अन्य बौद्धिक शक्ति के प्रतीक चिह्न के आधार पर इस वलय के प्रभाव परिणामकारी होते हैं। स्वाभाविक रूप से समुन्नत मस्तिष्क और अध्ययनशील व्यक्ति को यह रेखा निश्चित परिणाम तथा उपलब्धियों तक पहुंचाने में सहायक सिद्ध होती है।

शनि-वलय

मध्यमा के आधार पर शनि-पर्वत को घेरनेवाला अर्धवृत्त शनि-वलय [चित्र–21] कहलाता है। यह भाग्यवान चिह्न नहीं है; शनि के दुर्गुणों की अभिवृद्धि इसका प्रभाव है। ऐसे व्यक्ति जीविका के लिए भटकते फिरते हैं। उनकी कार्य-प्रणालियां अस्त-व्यस्त होती हैं। यह आत्मघात या स्नायविक संवेदन के कारण हत्या का चिह्न भी हो सकता है। यदि ऊर्ध्व-मंगल अशक्त, बुध-रेखा द्वीपित या शृंखलित, अंगूठा छोटा और मस्तिष्क-रेखा सदोष हो, तो आत्महत्या प्रायः निश्चित होती है जिसका कारण घोर नैराश्य ही होता है।

यदि मस्तिष्क-रेखा चन्द्र की ओर झुकती हुई जाए, तो व्यक्ति नितान्त अव्यावहारिक, काल्पनिक और भीरु बन जाता है।

वैसे भी शनि-वलय व्यक्ति को एकाकी, उदास, निराश और लक्ष्यहीन बनाता है, किन्तु यदि अंगूठे का इच्छा-खंड विकसित और मस्तिष्क-रेखा निर्दोष हो, तो शनि के दुष्परिणामों से बचाव की संभावना हो सकती है।

इसका प्रभाव शनि और सूर्य की रेखाओं की शक्ति भी घटा देता है।

मणिबन्ध

कलाई पर तीन आड़ी रेखाएं मणिबन्ध रेखाएं कहलाती हैं। यूनानी मतानुसार ये क्रमशः स्वास्थ्य, धन और आह्लाद के प्रतीक थे। किन्तु आधुनिक रेखा-शास्त्र में इनके कोई विशिष्ट प्रभाव स्वीकार नहीं किए जाते। इन्हें स्वास्थ्य का परिचायक अन्य रेखाओं के गुण-दोष के आधार पर माना जाता है।

यूनानियों की एक धर्मप्रथा के अनुसार विवाहेच्छुक महिलाएं धर्म-गुरु के पास लाई जाती थीं। धर्म-गुरु महिला की कलाई देखकर, यदि मणिबन्ध को अर्धवृत्त के रूप में हथेली में धंसा पाते थे, तो विवाह की स्वीकृति नहीं देते थे। उनके विश्वास के अनुसार यह महिला वंध्या होती थी। आज भी यह माना जाता है कि यदि मणिबन्ध का वृत्तांश हथेली में झुका हो तो व्यक्ति यौनक्रियाओं में कोमल होता है।

मणिबन्ध से ऊपर की ओर जाती हुई प्रशाखाएं उन्नति की आकांक्षा बताती हैं और चन्द्र पर पहुंचती हुई शाखाएं पर्यटन के अवसर बताती हैं।

प्रतिभा-रेखा

लगभग बुध-रेखा की तरह चन्द्र-पर्वत से उभरकर वृत्तात्मक मार्ग से ऊर्ध्व-मंगल को घेरती हुई, बुध-आधार पर समाप्त होनेवाली [चित्र–21] रेखा प्रतिभा-रेखा कहलाती है। यह प्रायः दार्शनिक, कोणिक या आदर्श हाथों में पाई जाती है।

यह व्यक्ति को अलौकिक शक्ति देती है। ऐसे व्यक्ति भले ही पढ़े-लिखे न हों, किन्तु कभी-कभी उनके सोचने का तरीका और तर्क असाधारण प्रतिभाजन्य होते हैं। उनकी स्नायविक संवेदनीयता और तीक्ष्णता इतनी बढ़ी हुई होती है कि वे दैवी शक्तियों से परिपूर्ण हो जाते हैं। आत्मा बुलानेवाले योगी, महर्षि और

स्वप्न में भविष्य जान लेनेवाले लोग इसी रेखा से प्रभावित होते हैं। 'इलहाम' की स्थितियां उनके जीवन में कई बार आती हैं।

द्वीप, नक्षत्र, क्रासादि चिह्न शक्ति को अन्य रेखाओं की भांति ही घटाते या बढ़ाते हैं। प्रतिभा-रेखा की पर्वत पर पहुंचती शाखा पर्वतीय गुणों के अनुसार आकर्षण और अलौकिक शक्ति की दिशा बताती है।

सहायक बुध-रेखा

सहायक बुध-रेखा (Via Lasciva) मंगल-रेखाओं के जीवनरेखा पर प्रभावों की भांति बुध-रेखा की शक्ति को बढ़ाती है। यह चन्द्र-पर्वत पर प्रारम्भ होकर अर्धवृत्त की तरह घूमकर हथेली के निम्न भाग में [चित्र–21] फैली रहती है। बुध-रेखा के स्वास्थ्य-प्रभावों को यह शक्ति देती है, व्यक्ति की शक्ति, बल, वेग को बढ़ाती है, इसीलिए इसे सहायक बुध-रेखा माना जाता है।

सहायक बुध-रेखा निम्न विश्व के कुप्रभावों को बढ़ाती है। व्यक्ति में पाशविकता आ जाती है, वह अपनी वासना, क्षुधा और स्वभाव पर संयम नहीं रख पाता। ऐन्द्रिय आनन्द के लिए वह सब कुछ दांव पर लगा सकता है।

कभी-कभी सहायक बुध-रेखा की स्थिति कुछ परिवर्तित भी हो सकती है। उस दशा में यह बुध-रेखा के प्रायः समानान्तर व तिरछी [चित्र–21] उदित होती है। ऐसी सहायक बुध-रेखा के प्रभाव सम्पूर्णतया बुध-रेखा को उसी भांति प्रभावित करते हैं, जिस भांति मंगल-रेखा को। इसके गुण-दोष भी बुध-रेखा की ही भांति प्रभावशाली होते हैं।

रहस्य-क्रास

रहस्य-स्वस्तिक (La Croix mysique) हृदय और मस्तिष्करेखा के बीच बननेवाला स्वतन्त्र क्रास [चित्र–21] है। यह रहस्यविज्ञानों में मनुष्यों की नैसर्गिक इच्छा प्रकट करते हैं। पर्वतों के आधारों के नीचे उपस्थिति के अनुसार इसके प्रभाव हैं।

गुरु के नीचे इसका होना महत्त्वाकांक्षाएं और उच्च लक्ष्य में रहस्यविज्ञानों के अध्ययन से सफलता बताता है।

शनि के नीचेवाली स्थिति में व्यक्ति को शनीय क्षेत्र में यह सफलता दिलवाता है। शोधग्रंथों के प्रणेता यह क्रास रखते हैं।

चन्द्र का सामीप्य क्रास की उपस्थिति से चन्द्रीय प्रभाव देता है। ऐसे लोग सुन्दर, रहस्यवादी, काव्य-रचयिता हो सकते हैं।

पर्यटन-रेखाएं

पर्यटन-रेखाओं की शक्ति पर्वत की प्रधानता के अनुसार निश्चित की जाती है। स्वभाव से चन्द्र और बुध-प्रधान व्यक्ति जन्मजात पर्यटक होते हैं।

जीवन-रेखा से निकलकर चन्द्र-पर्वत पर पहुंचती रेखाएं [चित्र–21] या हथेली के पार्श्व से चन्द्र पर आती रेखाएं पर्यटनरेखाएं हैं। यदि जीवन-रेखा द्विभागी होकर एक शाखा चन्द्र पर पहुंचे, तो मनुष्य जीवन-पथ पर सदा अस्थिर होता है; कई यात्राएं वह जीवन में करता है। यदि जीवन-रेखा स्वतः घूमकर चन्द्र पर जा पहुंचे, तब मनुष्य लम्बी यात्राएं जीवन-दिशा बदलता हुआ करता है। उसका अन्त भी मातृभूमि से दूर परदेश में होता है।

मणिबन्ध से उठकर चन्द्र पर पहुंचती रेखाएं भी यात्राएं बताती हैं। पर्यटन-रेखाओं का क्रास, शाखा, द्वीप, बिन्दु आदि में अन्त यात्रा की कुसमाप्ति बताता है।

दुर्घटनाएं

शनि-पर्वत से आकर जीवन या मस्तिष्क-रेखा काटनेवाली रेखाएं दुर्घटनाएं बताती हैं। दुर्घटनाओं के कुपरिणाम मस्तिष्क या जीवन को हानि पहुंचानेवाले हो सकते हैं।

दुर्घटनाओं का दूसरा चिह्न क्रास है। गुरु-पर्वत पर क्रास केवल अच्छा होता है, गुरु के गुणों को शक्ति देता है। शेष पर्वतों या रेखाओं पर क्रास दुर्घटनाओं की सृष्टि करता है। विशेष रूप से शनि, निम्न मंगल तथा चन्द्र पर इसकी उपस्थिति मृत्यु की द्योतक है। ऐसी मृत्यु किसी दुर्घटनावश, जो पर्वतीय दोषों के अनुरूप होती है, अचानक होती है। मंगलीय व्यक्ति अक्सर दंगे में या चन्द्रीय व्यक्ति पानी में मर सकते हैं।

हृदय अथवा मस्तिष्क-रेखा पर क्रास उस आयु में क्रमशः प्रणय-पात्र की

अचानक मृत्यु अथवा माथे में भयंकर चोट के चिह्न हैं।

त्रिकोण

हथेली पर एक प्रधान त्रिकोण मस्तिष्क, जीवन और बुध-रेखा से मिलकर बनता है। यह जितना बड़ा हो, बुध-रेखा उतनी ही जीवन-रेखा से दूर होगी। उसके स्वास्थ्य-सम्बन्धी दुष्परिणाम जीवन-रेखा को उतना ही कम प्रभावित करेंगे।

बृहद् आयत

मस्तिष्क और हृदय-रेखाओं के बीच बृहद् आयत बनता है, और मस्तिष्क और हृदय का जीवन में सन्तुलन बताता है। इसका बहुत संकरा या चौड़ा होना असन्तुलित प्रभाव बताता है।

16. हाथ की ज्यामिति

हाथ की बनावट का ज्यामितीय आधार—अंगुलियों और अंगूठे के कोण—अंगुलियों के निशानःपूर्वीय मत ,पाश्चात्य मत—हथेली का लम्बीय और अक्षीय विभाजन—बृहद् आयत—बृहद् त्रिकोण—लघु त्रिकोण।

पश्चिम में सभ्यता का प्रथम उन्मेष यूनानी बस्तियों में हुआ। बौद्धिक गतिविधियों का ऐसा कोई भी क्षेत्र नहीं था जिसका स्पर्श उनकी चमत्कारिक प्रतिभा ने न किया हो। कला और साहित्य के क्षेत्र में जो कुछ उन्होंने किया वह तो अप्रतिम है ही, शुद्ध विज्ञानों के क्षेत्र में भी प्रत्येक गतिशील परम्परा का उद्गम यूनानी मानस में ही हा। गणित और दर्शन के विषयों में उनकी उपलब्धियां आश्चर्यजनक थीं। यद्यपि अंकगणित तथा ज्यामिति के आदिमस्वरूप से मिस्री और बेबिलनवासी भी परिचित थे, तथापि इसका निगमनात्मक विकास यूनानी मनीषा के ही माध्यम से हुआ। खगोल-ज्योतिष के तमाम प्रारम्भिक आविष्कारों का श्रेय यूनानियों की ज्यामितीय प्रज्ञा को ही जाता है, क्योंकि उस प्राचीनकाल में निरीक्षणों के वैज्ञानिक उपकरण अपने विकास की आदिम अवस्था में थे। ब्रह्मांड के ग्रह-

उपग्रहों की गति में ज्यामितीय व्यवस्था का आग्रह उनके आविष्कारों की धुरी था, और इसके द्वारा उन्होंने जो निष्कर्ष निकाले, परवर्ती प्रयोगों ने उनकी सच्चाई सिद्ध कर दी है, जिसपर आज हमें अचरज होता है। कोपरनिकस से शताब्दियों पूर्व समोस के एरिस्टारकस (210 ई० पू०) ने सौर केन्द्रीय ब्रह्मांड की खोज कर ली थी। एरास्टोथेनीज ने धरती का व्यास 7,850 मील आंका था,जो सत्य से केवल पचास मील कम था, और टालेमी ने धरती से चन्द्रमा की दूरी धरती के व्यास की 29.5 गुनी बताई थी,जबकि वस्तुतः यह 30.2 गुनी है।

इस तमाम भूमिका से हमारा आशय यह प्रदर्शित करना है कि ज्यामिति और खगोल का एक पुराना सम्बन्ध रहा है और ज्योतिष के विकास में ज्यामिति के निगमनात्मक पक्ष का एक अपना योगदान है। हाथ की बनावट और रेखाओं के संयोग में जो ज्यामितीय आकृतियां हम देखते हैं, उनका सतर्कता से अध्ययन किया जाना चाहिए क्योंकि हम उनसे निश्चित संकेत ग्रहण कर सकते हैं।

हाथ की बनावट को ही लीजिए। प्रारम्भिक वर्ग का हाथ कोई आदर्श ज्यामितीय आकृति नहीं बनाता। इस खुरदुरे, कठोर और अनगढ़ हाथ पर विश्वों में कोई निश्चित अनुपात नहीं होता, यद्यपि जैविक खंड अपेक्षाकृत स्पष्ट होता है और मानसिक खंड अविकसित। यह मनुष्यों के अधम वर्ग का हाथ है, जिनके जीवन की वृत्तियां पाशविक होती हैं। किन्तु इससे उन्नत वर्ग के वर्गाकार हाथ में एक ज्यामितीय व्यवस्था स्पष्ट होने लगती है। इसके हथेली की आकृति वर्गाकार होती है, जिसकी चारों भुजाओं की दीर्घता न्यूनाधिक समान होती है। इस हाथ पर जैविक, भौतिक और मानसिक विश्व में एक संतुलनात्मक अनुपात होता है, जो मनुष्य को व्यावहारिक जीवनदृष्टि देता है। ऐसे लोग न तो संवेगों के दास होते हैं और न भावुकता से संत्रस्त। अपने जीवन का विकास वह एक ऐसी सीमारेखा पर करते हैं जहां व्यक्ति के हित समाज के हितों का अतिक्रमण न करते हुए अपनी तमाम स्वार्थपरायणता की पूर्ति कर लेते हैं। उनमें बुद्धि और विवेक के विकास का एक प्रारम्भिक स्तर पाया जाता है।

दार्शनिक प्रकार के हाथों में यह वर्गाकार प्राकृति एक आयत का स्वरूप ग्रहण करने लगती है। दूसरे शब्दों में वर्गाकार प्रकार को एक सामाजिक विस्तार

मिलने लगता है। दार्शनिक प्रकार के हाथों में प्रमुख भाग अंगुलियों का होता है जो मानसिक विश्व का प्रतिनिधित्व करती हैं। इनकी पर्वसंधियों का गंठीलापन मानसिक विकास और चिन्तन की वृत्ति बताता है। उनके सिरे गोलाई लिए हुए होते हैं जो आदर्शोन्मुख विचारधारा प्रदर्शित करते हैं। दार्शनिक अंगुलियों वाली हथेली यदि वर्गाकार हो तो व्यक्ति अपनी बुद्धि का प्रयोग सांसारिक सिद्धि के लिए करता है किन्तु यदि चन्द्र और शुक्र के पर्वत जो जैविक विश्व के रचयिता हैं, प्रमुख हों तो चिन्तन के कल्पनाशील और स्वार्थी हो जाने का खतरा रहता है।

दार्शनिक प्रकार की अंगुलियों के इस ओर कर्मठ अंगुलियां हैं और उस प्रोर कलात्मक अंगुलियां हैं। कर्मठ प्रकार के हाथ की लम्बाई दार्शनिक की तुलना में और बढ़ जाती है, अर्थात् वह अधिक स्पष्ट रूप से आयताकार होता है। इसकी अंगुलियों का गंठीलापन स्पष्ट नहीं रह जाता और उनके सिरे वर्गाकार गोलाई से समाप्त न होकर उनमें फैलाव आ जाता है जो लगभग ऋजुरेखीय होता है। वह हाथ लगन और परिश्रम का प्रतिनिधि है। इसका जैविक और व्यावहारिक विश्व स्पष्ट होता है, किन्तु यदि अंगुलियों वाला मानसिक विश्व भी सुविकसित हो,साथ ही कल्पना और अध्ययनशीलता के चिह्न भी प्रकट हों तो ऐसे लोग वैज्ञानिक आविष्कारों, जनआंदोलनों और प्रतिष्ठानों की स्थापना के क्षेत्र में सफलता प्राप्त करते हैं।

कलात्मक हाथ में कर्मठ हाथ की अंगुलियों का फैलाव नोकीलापन ग्रहण कर लेता है, परिणामस्वरूप हाथ की बनावट एक शंकुक आकृति का रूप ले लेती है। इन हाथों का जैविक विश्व अत्यन्त स्पष्ट होता है जो जीवन के संवेगात्मक पक्ष का प्रतिनिधि है, किन्तु व्यावहारिक विश्व उतना खुला हुआ नहीं होता, उधर लम्बी अंगुलियों से मानसिक विश्व को प्रमुखता मिल जाती है और उनके नोकीले सिरे व्यक्ति को संवेदनात्मक प्रखरता प्रदान करते हैं। इस प्रकार के हाथ वाले व्यक्तियों को दुनियादारी सीखना होती है, जबकि कर्मठ हाथ वाले उससे भली प्रकार परिचित होते हैं और दार्शनिक हाथ वाले उसे जानकर भी अनजाना कर देते हैं। आदर्श कहा जाने वाला हाथ आकृति की दृष्टि से कलात्मक हाथ के बहुत निकट होता है और इसलिए उन दोनों की दुर्बलताओं में भी समानता है।

हाथ को किसी चौरस स्थान पर फैलाकर रखिए। अपनी ओर से उसे बिना

हाथ की ज्यामिति

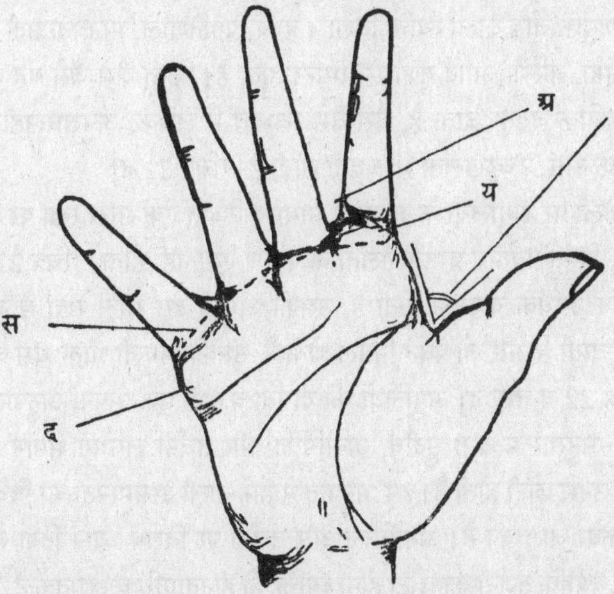

चित्र 22

किसी विशेष स्थिति में जमाए यह देखिए कि सहज स्वाभाविक रूप से उसका फैलाव किस प्रकार का है। यदि अंगुलियां पास-पास सटी हुई दिखाई पड़ें तो ऐसा व्यक्ति अंतर्मुखी और शंकाल होता है। इसके विपरीत यदि उनके बीच के कोण बहुत अधिक हों तो लापरवाही और फूहड़पन का लक्षण है। सामान्यतः अंगुलियों के बीच छूटा हुमा अन्तर स्वतंत्र विचारशीलता का द्योतक होता है। [चित्र 22 अ]

तर्जनी की रेखा पर अंगूठे के जोड़ से बनने वाला कोण मानसिक रचना का एक बहुत अधिक स्पष्ट प्रतीक है। पूर्व में कहा जा चुका है कि नीचे की ओर जुड़ने वाला छोटा अंगूठा प्रारम्भिक हाथों में पाया जाता है, और ज्यों-ज्यों अंगूठे की लम्बाई बढ़ती है, वैसे ही वैसे मानसिकता भी उन्नत होती है।

उपरोक्त कोण समकोण से जितना कम होगा,उतना ही व्यक्ति की संकीर्णता, स्वार्थ, रूढ़िवादिता और लोकलाज के प्रति सतर्कता का परिचायक होगा। समकोणयुक्त जोड़ वाला व्यक्ति विशाल हृदय, प्रगतिशील, मानवतावादी तथा दया, क्षमा, करुणा आदि गुणों से सम्पन्न होता है। किन्तु जैसे-जैसे यह कोण और अधिक बढ़ता जाता है, वैसे-वैसे स्वभाव में लचक, अनुशासनहीनता, अविवेक और, उच्छृंखलता भी बढ़ती जाती है। [चित्र 22 ब]

हथेली पर अंगुलियों के जोड़ की सामान्य स्थिति एक सरल रेखा पर होनी चाहिए, किन्तु पर्वतीय प्रभावशीलता के कारण ऐसा नहीं होता। [चित्र 22 स] जो पर्वत अधिक बलवान होता है, उसकी अंगुली इस सरल रेखा से बाहर निकल जाती है और जो पर्वत निर्बल होता है, उसकी अंगुली भीतर धंस जाती है। चित्र 22 य तथा द] अगुलियों की दीर्घता का भी एक अपना अनुपात है, जिसके अनुसार मध्यमा सुदीर्घ, अनामिका और तर्जनी लगभग समान और कनिष्ठा उनसे छोटी होती है। इस अनुपात में होने वाली असमानता का विवेचन पीछे किया जा चुका है। अनामिका और तर्जनी पर विशेष ध्यान दिया जाना चाहिए, क्योंकि तर्जनी का छोटा होना व्यक्ति की हीनताग्रंथि का द्योतक है, और मनोवैज्ञानिक जानते हैं कि हीनभावना अनेक मानसिक विकृतियों को जन्म देकर संभावनाशील जीवन को भी असफलता के गहन गर्त में धकेल सकती है।

अनामिका से कनिष्ठा की लम्बाई के अनुपात पर भारतीय सामुद्रिक आयु के हिसाब को आधारित करते हैं। इसके अनुसार कनिष्ठा जब अनामिका के अंतिम पर्व के भीतर तक पहुंच रही हो तो व्यक्ति की आयु सौ वर्ष होती है, जिसे पूर्णायु कहा गया है। जब यह अंतिम पर्व की संधि का स्पर्श कर रही हो तो आयु नब्बे वर्ष, और जब यह उससे किंचित् नीचे हो तो आयु सत्तर वर्ष होती है। ज्यों-ज्यों यह दूरी घटती जाती है त्यों-त्यों आयु में भी कमी होती जाती है।

अंगुलियों के सिरों पर पाए जाने वाले निशानों के आधार पर व्यक्तियों की पहचान आज के समय में अपराधविज्ञान की एक सुपरिचित शाखा है। सर्वप्रथम सर विलियम हर्शल नामक सज्जन का ध्यान इनकी ओर गया था। 1887में हेनरी फॉल्ड्स ने इनका विस्तृत अध्ययन करके यह निष्कर्ष निकाला

अगुलियों के निशान

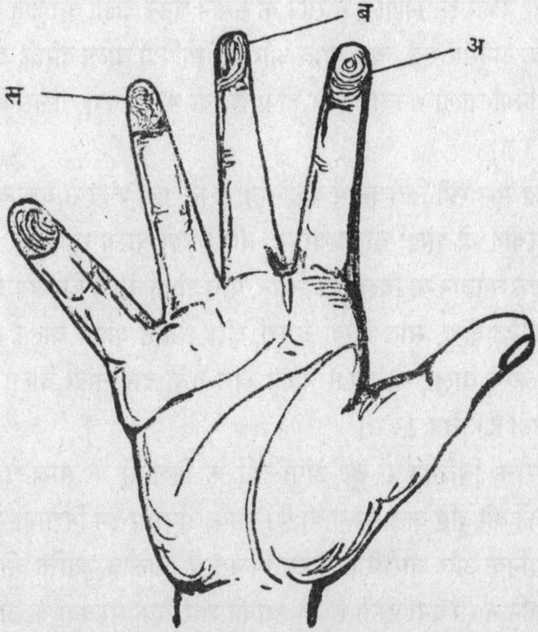

चित्र 23

कि ओरांग-ओटांग तथा चिम्पान्जी जैसे विकसित वनमानुषों की अंगुलियों पर मनुष्य जैसे ही संश्लिष्ट निशान मिलते हैं। स्काटलैण्ड यार्ड के सर एडवर्ड हेनरी के प्रयत्नों से इनका प्रचलन अपराधियों की खोज के क्षेत्र में किया जाने लगा। हस्तरेखाविद् नोएल जेक्विन ने 1933 में इन निशानों का मनुष्य के भावनात्मक पक्ष से सम्बन्धित होने का प्रश्न पहली बार उठाया था।

भारतीय समुद्रविज्ञानी शताब्दियों पूर्व से शंख, सीपी और चक्र के रूप में इनका वर्गीकरण करके मानवीय नियति के अध्ययन में इन चिह्नों पर ध्यान देते रहे हैं। उनके कथनानुसार जिसके हाथों में एक चक्र हो वह चतुर, दो चक्र हों तो सुन्दर, तीन चक्र हों तो विलासी, चार चक्र हों तो दरिद्री, पांच चक्र हों तो विद्वान, छः चक्र हों तो मनीषी, सात चक्र हों तो पर्यटनशील, आठ चक्र हों तो

राजा, नौ चक्र हों तो राजकीय सेवक और दस चक्र हों तो चक्रवर्ती सम्राट होता है। [चित्र 23 अ]

इसी प्रकार इन निशानों में सीप के समान बनने वाली आकृति का भी वर्णन है। इसके अनुसार एक, चार, सात और दस सीपियों वाला दरिद्री, दो, पांच और पाठ सीपियों वाला धनवान और तीन, छः या नौ सीपियों वाला योगी होता है। [चित्र 23 ब]

शंख सम्बन्धी विवेचन में कहा गया है कि एक शंख से युक्त व्यक्ति विद्वान और शूरवीर, दो शंखों वाला वैरागी, तीन शंखों वाला धूर्त, चार शंखों वाला अत्यधिक धनवान या बिलकुल निर्धन, पांच शंखों वाला विदेशयात्री, छः शंखों वाला बुद्धिप्रवीण, सात शंखों वाला दरिद्र, आठ शंखों वाला सुखी जीवन व्यतीत करने वाला, नौ शंखों वाला स्त्रैण तथा दस शंखों वाला राजा किंवा योगी होता है। चित्र 23 स]

उपरोक्त विवेचन से दूर अंगुलियों के निशानों के सम्बन्ध में पाश्चात्य सामुद्रिकों की दृष्टि कुछ भिन्न ही है। उनके अनुसार इन निशानों से व्यक्ति का मनोवैज्ञानिक और शारीरिक संकेत मिलता है। प्रत्येक व्यक्ति की अपनी एक मनोवैज्ञानिक संरचना होती है जो उसकी शारीरिक संरचना के अनुकूल होती है। इन्हें अलग नहीं किया जा सकता और वह एक प्रकार से एक-दूसरी की पूरक होती हैं। अंगुलियों के निशानों में जन्म से लेकर मृत्यु तक किसी भी प्रकार का परिवर्तन नहीं होता और न ही दो व्यक्तियों में वह एक से ही मिलते हैं। इस प्रकार वह शुद्ध वैयक्तिकता के सूचक हैं। (जुड़वां जन्म लेने वाले बालकों के अंगुलियों के निशान समान हो सकते हैं, और माता-पिता तथा संतानों के बीच इनमें बाहरी साम्य हो सकता है किन्तु सूक्ष्मतः उनमें अंतर पाया जाता है।) मोटे तौर पर इन निशानों के पांच प्रकार हो सकते हैं :

शंकु अथवा लूप की तरह: शंख जैसी आकृति को बनाने वाले इस प्रकार के चिह्न में केन्द्र में एक खाली स्थान से चलकर के शिकाओं का समूह दाहिनी अथवा बाईं ओर घूम जाता है। [चित्र 24 अ] यह चिह्न मानसिक और भावनात्मक लचीलेपन को प्रकट करता है। ऐसे व्यक्ति नई परिस्थितियों और

अंगुलियों के निशान

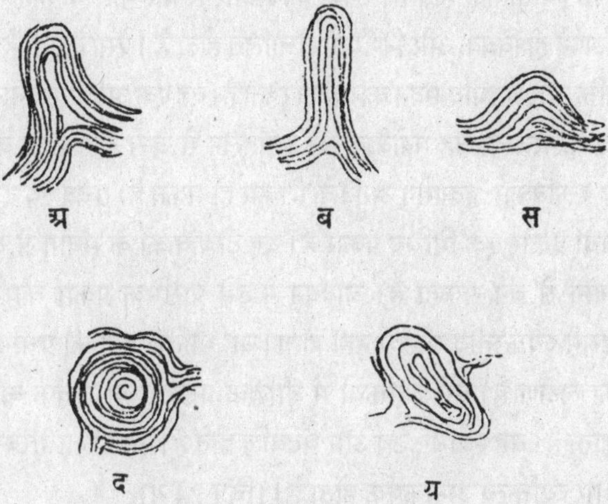

चित्र 24

वातावरण में स्वयं को अनुकूलता दे सकते हैं। स्नायविक दौर्बल्य और हृदय तथा रक्तचाप की बीमारियों से वह प्रभावित हो सकते हैं।

दूसरे प्रकार में शंख की आकृति का शिखर भाग और गहरा होकर तम्बू की छत जैसी आकृति बनाता है। [चित्र 24 ब] यह संवेदनशीलता की प्रखर स्थिति का चिह्न है। ऐसे लोगों में बहुत अधिक भावनात्मक लचीलापन होता है, स्वभाव से उनमें कलाप्रियता होती है किन्तु संवेगों के प्रभाव में वह आकस्मिक कार्य भी कर सकते हैं। स्नायविक असंतुलन उनकी दुर्बलता होती है।

पुल या मेहराब की तरह बीच में उभरकर आसपाल फैल जाने वाली केशिकाओं से बनने वाला तीसरा प्रकार अंतर्मुखी व्यक्तित्व का द्योतक है । स्व की भावना उनमें अत्यन्त वेगवती होती है और यह उन्हें आत्मकेन्द्रित, शंकालु और चिन्ताशील बनाती है। ऐसे व्यक्तियों का रक्तप्रवाह दोषयुक्त होता है और मादक द्रवों का सेवन उन्हें असाध्य बीमारियों का शिकार बना सकता है। एक हीन भावना उनमें कार्य करती रहती है। [चित्र 24 स]

चक्र जैसी आकृति शुभ मानी गई है, किन्तु वस्तुतः ऐसे व्यक्ति आदर्शप्रिय होते हुए भी व्यक्तिवादी होते हैं। उनके कार्य और विचार मौलिक होते हैं, उनका व्यवहार अपने ही विवेक और निर्णय से संचालित होता है। ऐसा लगता है कि उनमें आत्मासक्ति और श्रेष्ठभाव सतत कार्यशील रहता है। वह एक आंतरिक तनाव में जीते हैं, जिसके फलस्वरूप वह मनोवैज्ञानिक असंतुलन से जन्म लेने वाली बीमारियों, बदहज़मी, रक्तविकार, हृदयरोग आदि के शिकार हो सकते हैं। [चित्र 24 द]

पांचवां प्रकार एक मिश्रित प्रकार है। यह दो शंकुकों के संयोग से या किसी अन्य संयोग से बन सकता है। जेक्विन ने इसे प्रारंभिक प्रकार का माना है, क्योंकि इसमें ज्यामितीय सौन्दर्य नहीं होता। यह भौतिक दृष्टि की प्रधानता वाले मानस का लक्षण है। ऐसे व्यक्तियों में बौद्धिक प्रखरता या लचक का नितांत अभाव होता है। वह स्वार्थी, उग्र और मंदबुद्धि होते हैं। उनकी शारीरिक बनावट बेडौल और व्यक्तित्व अनाकर्षक होता है। [चित्र 24 य]

हथेली की सीमाओं पर यदि एक अक्षीय और एक लम्बीय रेखा खींचकर एक चतुर्भुज की रचना कर ली जाए और बुध पर्वत के छोर से गुरु पर्वत के छोर तक जाने वाली अक्षीय रेखा पर समान दूरियों वाले पांच खंडों को बांटनेवाली तीन रेखाएं खींची जाएं, तो प्रत्येक खंड लगभग चौदह वर्ष की अवधि का प्रतिनिधित्व करेगा। हृदय-रेखा के लिए आयु-अनुमान बुध के आधार पर उसके उद्गम से पूर्व की ओर और मानस-रेखा पर गुरु के आधार पर उसके उद्गम से पश्चिम की ओर लगाए जाते हैं। आयु-गणना के पीछे दिए गए प्रकार के अतिरिक्त इस पद्धति का सहारा भी लिया जा सकता है। भारतीय शास्त्रों में रेखाओं पर कालखंड की गणना हाथी की पूंछ के बाल से करने का निर्देश है, जिसकी मोटाई रेखा पर एक वर्ष की अवधि बताती है।

उपरोक्त चतुर्भुज की उत्तरी अक्षीय रेखा, जो अंगुलियों के आधार का स्पर्श करती है, और दक्षिणी अक्षीय रेखा जो मणिबंध पर खींची जाती है, के बीच के भाग को चार उपखंडों में बांटा जा सकता है। इनमें से प्रथम खंड की सीमा उस रेखा से बनेगी जो बुध-पर्वत के आधार से गुरु-पर्वत के आधार तक खींची जाएगी। यह पर्वतों का प्रभाव क्षेत्र है, जिसमें पाई जाने वाली प्रत्येक रेखा पर

उससे सम्बन्धित पर्वत का आकर्षण प्रभाव डालता है। रेखाओं में होने वाले विक्षेप का अध्ययन विशेष रूप से इसी दृष्टि से किया जाना चाहिए। दूसरे खंड को अंकित करनेवाली रेखा ऊर्ध्वमंगल के आधार से निम्नमंगल के आधार (हथेली में अंगूठे के जोड़)तक खींची जाती है। इन दोनों खंडों से व्यावहारिक विश्व की रचना होती है। यह दूसरा खंड शुद्ध व्यावहारिकता का क्षेत्र है। इस खंड में समाप्त होने वाली मानस-रेखा व्यक्ति के वस्तुपरक दृष्टिकोण को प्रदर्शित करती है। जीवन-रेखा पर यह खंड यौवनकाल का प्रतीक है। और शनि तथा यश रेखाओं पर भी। निम्नचन्द्र के छोर से शुक्र-पर्वत के केन्द्र तक खींची जानेवाली चौयी अक्षीय रेखा से बननेवाला तीसरा और चौथा खंड जैविक विश्व को दो भागों में बांट देते हैं। इनमें से पहला खंड जिसमें चन्द्र-पर्वत के ऊर्ध्व और मध्य भाग तथा शुक्र का उत्तरी भाग आ जाता है, कल्पनाशीलता और व्यावहारिकता के संतुलन का क्षेत्र है, एक अच्छी मानस-रेखा को इसी खंड में विलीन हो जाना चाहिए। यह खंड जीवन-रेखा पर जहां प्रौढ़ावस्था को प्रदर्शित करता है, वहीं शनि और सूर्य-रेखाओं पर किशोरावस्था को। इस क्षेत्र में मंगल के मैदान पर नेपच्यून का प्रभाव पड़ता है, यात्रा-रेखाएं और वैदेशिक सम्बन्धों के चिह्न इसी भाग में मिलते हैं। इससे आगे के अंतिम खंड में शुक्र के जैविक पक्ष का और चन्द्र के वासनाखंड का शासन है। यह शुद्ध कल्पनाशीलता का खंड है। यहां पहुंचनेवाली मानसरेखा नितांत अव्यावहारिकता और वासना तथा संवेगों से संचालित होती है। यूरेनस की विकृतियों का प्रभाव भी इसी क्षेत्र में पड़ता है, अतः उन्माद और दुर्घटनाओं के लक्षण भी इस खंड में मिलते हैं। जीवन-रेखा पर यह वृद्धावस्था का भाग है। इस क्षेत्र में द्विशाखित हो गई जीवन-रेखा मनुष्य को सतत अस्थिरता देती है और यदि उसपर द्वीप जैसा कुलक्षण हो तो असाध्य बीमारी से जीवन का अंत बताती है।

विभिन्न रेखाओं से हथेली पर जो अत्यन्त स्पष्ट आकृतियां बनती हैं, उनमें मानस-रेखा और हृदय-रेखा से बनने वाला बृहद् आयत मुख्य है। यह एक शुद्ध ज्यामितीय प्राकृति है जो मंगल क्षेत्र के अधिकांश भाग को अपने में समेट लेती है। शरीर का संचालन करनेवाले मुख्य अंग हृदय और मस्तिष्क ही हैं। दिल और

हथेली के त्रिकोण

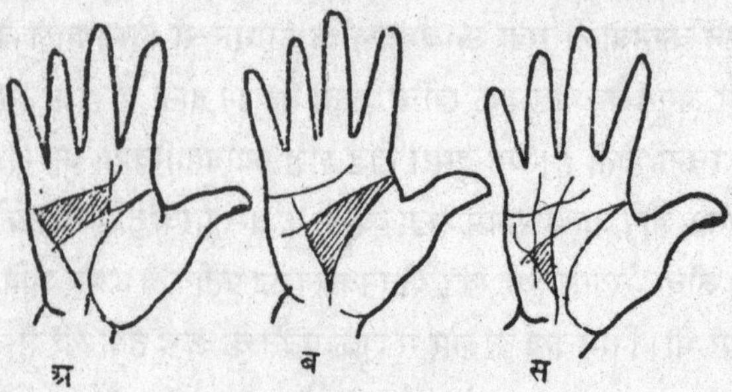

चित्र 25

दिमाग के रहस्यों का पता देनेवाला यह बृहद् आयत मानवीय चरित्र की कुंजी है और इसलिए हथेली का अध्ययन यहीं से शुरू होता है। [चित्र 25 अ]

जब हृदय-रेखा अंगुलियों की संधि में गहराई से प्रारम्भ होकर एक गहरी गोलाई से गुज़रकर बुध तक पहुंचती है, यह पौरुषीय कामवृत्ति की द्योतक होती है जो मुख्य रूप से शारीरिक हो; दूसरी ओर यही रेखा जब पर्वत के आधार भाग से प्रारम्भ होकर लगभग सीधी चलकर हाथ के दूसरे सिरे पर पहुंचती है, यह स्त्रियोचित और मानसिक काम-भावना को प्रदर्शित करती है। जब हृदय-रेखा का प्रारम्भ द्विशाखित हो तब व्यक्ति में दुहरी कामवृत्तियां होती हैं। मानवीय सम्बन्धों के क्षेत्र में काम एक संचालिका प्रेरिका वृत्ति है, इसलिए इस रेखा का मनुष्य के सम्पूर्ण सामाजिक व्यवहार पर प्रभाव पड़ता है।

इसी प्रकार सीधी मानस-रेखा जो जीवन-रेखा के उद्गमस्थल से प्रारम्भ होकर ऊर्ध्व-मंगल तक पहुंचती है, लम्बाई की दृष्टि से सबसे छोटी अतएव सीमित और अनमनी मानसिकता को बताती है और ऐसा व्यक्ति शुद्ध व्यावहारिकता के दृष्टिकोण में बंधा हुआ रहता है। यह रेखा जितनी गहरी लचक लेकर यात्रा करती है, उसकी दीर्घता और संवेदनशीलता तथा कल्पनाशीलता में उसी अनुपात में वृद्धि होती जाती है।

हृदय-रेखा और मानस-रेखा के बीच जितनी कम जगह होती है, व्यक्ति उतना

ही अंतर्मुखी होता है, यहां तक कि जब हृदयरेखा और मानस-रेखा एक-दूसरी में बिलकुल विलीन हो जाती हैं, तो उसे अपने अतिरिक्त कुछ भी दिखाई नहीं देता। इसके विपरीत इन दोनों रेखाओं की बढ़ती हुई दूरी क्रमशः वृद्धिशील बहिर्मुखता को प्रदर्शित करती है। परोपकार और परमार्थ भी उसी अनुपात से बढ़ता है। निगमनात्मक हस्तरेखा विज्ञानियों में प्रसिद्ध जोसफ रानाल्ड ने इसीलिए इस बृहद् आयत को दयालुता का आयत कहा है, जिसका एक विकसित स्वरूप उन्होंने बेल्जियम के अल्बर्ट प्रथम की हथेली पर देखा, जो हमारे समय का एक लोकतंत्रप्रिय नरेश हुआ है।

किन्तु यदि यह आयत बहुत अधिक फैला हुआ हो तो अच्छा लक्षण नहीं है। ऐसे लोग नैतिक मूल्यों के प्रति उदासीन, कार्य-व्यापार में लापरवाह और अपने-आपको हानि पहुंचाने वाले होते हैं। जब यह मध्य में संकीर्ण और आसपास फैला हुआ हो तो मनुष्य प्रवंचक और स्वार्थी होता है। भारतीय सामुद्रिकों के अनुसार डमरू जैसी यह प्राकृति दान और चंदे पर निर्भरता, तथा परजीविता प्रदर्शित करती है। यह पूर्वाग्रहों का भी चिह्न है।

सूर्य के नीचे आयत का फैलाव सच्चरित्र तथा करुणहृदयता बताता है। यदि यह फैलाव शनि के नीचे वाले भाग से अधिक हो तो व्यक्ति अपने आदर्शों और ज़िदों की पूर्ति के लिए आगा-पीछा नहीं देखता, यहां तक कि उसकी अपनी प्रतिष्ठा भी कभी-कभी खतरे में पड़ जाती है। किन्तु यह भाग यदि शनि के क्षेत्र की तुलना में संकरा हो तो व्यक्ति को अपने सम्मान, लोकप्रचलन, और जनमत की बहुत अधिक चिन्ता रहती है।

यदि इस आयत की संरचना अनियमित और अस्त-व्यस्त हो तो व्यक्ति का सामाजिक अस्तित्व उल्लेखहीन होता है साथ ही उसे दिल और दिमाग के असहयोग से जन्मने वाले दुर्भाग्यों का भी सामना करना पड़ता है।

मानस-रेखा और जीवन-रेखा का उद्गम एक निश्चित कोण की संधि पर होता है। इस कोण को उस बृहद् त्रिकोण का शीर्षकोण माना जा सकता है जिसके दो अन्य कोण क्रमशः मानस-रेखा और बुध-रेखा के संयोग से और बुध-रेखा तथा जीवन-रेखा के संयोग से बनते हैं। [चित्र 25 ब] प्रथम कोण

की सुस्पष्टता वैचारिक परिष्कृति और संतुलित व्यवहार को प्रदर्शित करती है। जब यह कोण कुछ फैला हुआ हो तो इस संतुलन का ह्रास हो जाता है और व्यक्ति में एक सीमा तक अस्थिरता आ जाती है और वह मंदबुद्धि और लोकाचार में अपरिष्कृत हो जाता है। जब जीवन-रेखा और मानस-रेखा अपने उद्गमस्थल पर एक-दूसरी से स्वतन्त्र हों तो जहां व्यक्ति अपने कार्यव्यवहार में स्वतन्त्र बुद्धि से काम लेने वाला होता है, वहीं उसमें एक प्रकार की बेचैनी भी आ जाती है और वह निरन्तर वैविध्य और परिवर्तनशीलता के प्रति प्रयत्नशील रहता है। इसके विपरीत जब मानस-रेखा जीवन-रेखा में गुंथी हुई रहकर संकरे कोण पर उससे स्वतन्त्र होती है तो व्यक्ति के स्वभाव में एक सतर्कता और संदेहशीलता आ जाती है, यही नहीं वह अपनी परम्पराओं, परिवेश और आग्रहों के बोझ से अपने-आपको मुक्त भी नहीं कर पाता। जिस सीमा तक यह गुंथी हुई रेखाएं जाती हैं, उस सीमा तक व्यक्ति का जीवन उस घुटन के प्रति स्वेच्छा से समर्पित रहता है जो ऐसी स्थितियों में उसे भोगना पड़ सकता है और उसका स्वतन्त्र व्यक्तित्व नहीं बन पाता।

इस बृहद् त्रिकोण का दूसरा कोण जीवन-रेखा के उत्तरार्द्ध में बुध-रेखा से बनता है। सभी हाथों में यह नहीं होती अतः सूर्य-रेखा को भी इस त्रिभुज की तीसरी भुजा माना जा सकता है। जब यह दोनों ही रेखाएं न हों तो फल-ज्ञान के लिए एक तीसरी काल्पनिक रेखा की कल्पना हम कर सकते हैं। यह कोण जितना स्पष्ट और स्वतन्त्र होगा, व्यक्ति में उतनी ही बौद्धिक प्रखरता, उत्साह, कार्यक्षमता और त्वरा होगी। इस कोण की संकीर्णता बौद्धिक दृष्टि से मंदता, इच्छाशक्ति की दुर्बलता और मनस्थिति में घबराहट की बोतक है। इसके साथ ही जब यह कोण बहुत अधिक फैला हुआ हो तो भी मंदबुद्धि, आलस्य और उदास मनस्थिति का प्रतीक होता है।

सूर्य-रेखा या बुध-रेखा के मानस-रेखा पर संयोग से इस त्रिकोण का तीसरा और अंतिम कोण बनता है। यह कोण जब संकीर्ण होता है तो व्यक्ति बहुत अधिक स्वार्थी, आत्मकेन्द्रित और गतिहीन कार्यप्रणाली से कार्य करनेवाला होता है। स्पष्ट कोण व्यक्ति को साहसिकता और आत्मा की

उद्दामता देता है। इस कोण का फैलाव व्यक्ति के दृष्टिकोण को व्यापकता और दयालुता देता है।

मंगल, यूरेनस और नेपच्यून के समूचे क्षेत्र को घेरने वाला यह बृहद् त्रिकोण अपनी प्रशस्तता के अनुरूप व्यक्ति की दृष्टि को व्यापकता, उदारता और संवेदनशीलता देता है। जितना ही यह संकीर्ण होगा, रेखाएं छोटी, अस्तव्यस्त अथवा दुर्बल होंगी उतना ही यह व्यक्ति को स्वार्थी, भीरु, रूढ़िवादी तथा शंकालू बनाएगा। जब इस त्रिकोण की तीसरी रेखा सूर्य-रेखा हो तो व्यक्ति के कार्यकलापों में आत्मनिष्ठा आ जाती है (जो स्वार्थ से भिन्न है, वह अपनी कार्यप्रणाली में दृढ़ और विवेकशील होता है और सफलता उसके कदम चूमती है। त्रिकोण की व्यापकता सुखी, स्वस्थ और संतुष्ट जीवन का प्रतीक है और उसकी संकीर्णता स्वार्थ, आत्मान्वेषित कष्ट, स्नायविक-शारीरिक दौर्बल्य और स्वारोपित उदासी की।

इस बृहद् त्रिकोण में होकर शनि-रेखा भी गुज़रती है जो मानस-रेखा और सूर्य अथवा बुध-रेखा से मिलकर एक लघु त्रिकोण बनाती है। इस त्रिकोण की स्पष्टता मानसिक प्रखरता को प्रकट करती है। यदि यह सूर्य-रेखा से बना हो तो व्यक्ति को असाधारण सामाजिक सफलता और सौभाग्य देता है। बुध-रेखा से इसकी रचना भौतिक सफलता और आत्मतुष्टि की द्योतक है। (चित्र 25 स)

17. रेखाएं : भारतीय व्याख्या

सामुद्रिक परंपरा—आयु, विद्या, यश, वैभव की रेखाएं—अंगूठे और अंगुलियों पर महीन रेखाएं—अन्य गौण रेखाएं—मस्तक की रेखाएं।

सामुद्रिक विद्या के अंतर्गत भारत में मानवीय नियति के अध्ययन में संपूर्ण शरीर के अंगलक्षणों का समावेश किया जाता है। इसमें दाहिने और बायें हाथ की पृथक्-पृथक् रेखाएं, तलुए की रेखाएं और मस्तक की रेखाओं के अतिरिक्त शरीर पर पाए जानेवाले चिह्न जैसे तिल आदि, अंगों के आकार का अनुपात

आदि सभी कुछ सम्मिलित है। वाराहमिहिर ने शरीर की ऊंचाई, भार, चाल, संधि, सार, रंग, स्निग्धता, स्वर, प्रकृति, सत्व, आकृति, क्षेत्र, और कांति को सामुद्रिक की सीमा में रखा है। भारतीय सामुद्रिक की परम्परा रामायण और महाभारत काल तक पहुंचती है, और इसके विभिन्न संप्रदाय देश के अलग-अलग भागों में अब तक प्रचलित हैं। भारतीय सामुद्रिकों की मूल समस्याएं आयु, विद्या, सांसारिक समृद्धि, पारिवारिक जीवन, और राजकीय संबंध रही हैं और उनके विवेचन का फलित पक्ष इन्हींसे संबंधित है। यहां हम कुछ रेखाओं का पूर्वीय मतानुसार विवरण देने का उपक्रम कर रहे हैं, और हमारी दृष्टि यह है कि पाश्चात्य परंपरा से समानता की ओर संकेत करते हुए हम पाठकों को भारतीय सामुद्रिक की स्वतंत्र विशेषताओं से भी परिचित करवा सकें।

इन ग्रंथों में फलवक्ता के लिए कठोर शारीरिक और आध्यात्मिक अनुशासनों का विधान है, क्योंकि इस विद्या को एक पवित्र विज्ञान माना गया है, जिसमें दक्षता के लिए ईश्वरीय अनुकंपा की महती आवश्यकता है। ज्योतिषी को चरित्रवान, संकल्पयुक्त, सदाचारी और विद्वान होना चाहिए। गुरु की कृपा और योग के माध्यम से प्राप्त आध्यात्मिक अनुशासन के बिना वह सत्यवक्ता नहीं हो सकता। फलकथन के समय उसे चेष्टाओं—आगंतुक के हावभावों और अपनी श्वासगति का भी ध्यान रखना चाहिए। ऐसा निर्देश भी दिया गया है कि पुरुष का दक्षिण हस्त और स्त्री का वाम हस्त देखा जाना चाहिए। दाहिनी और बाईं हथेली की रेखाओं का भी पृथक्-पृथक् विवेचन इन शास्त्रकारों ने किया है।

दीर्घायु का अनुमान उनका प्रमुख विषय है। हथेली पर इसे बंध-रेखा (हृदय-रेखा) और रोहिणी (जीवन-रेखा) से देखा जाता है। जब बंध-रेखा तर्जनी तक पहुंचती हुई हो तो मनुष्य पूर्णायु प्राप्त करता है (जिसका आशय सौ वर्ष से है), मध्यमा तक इसका विस्तार नब्बे वर्ष और अनामिका तक साठ वर्ष बताता है, किन्तु इसके लिए रेखा का निर्दोष, स्पष्ट और गहरे रंग का होना आवश्यक है। आयु का दूसरा संकेत आत्म-रेखा अथवा रोहिणी से मिलता है जो हमारी सुपरिचित जीवन-रेखा है। इसका विवेचन वही है जो हमने अब तक इस पुस्तक

शनि-रेखा के स्वरूप (भारतीय मत)

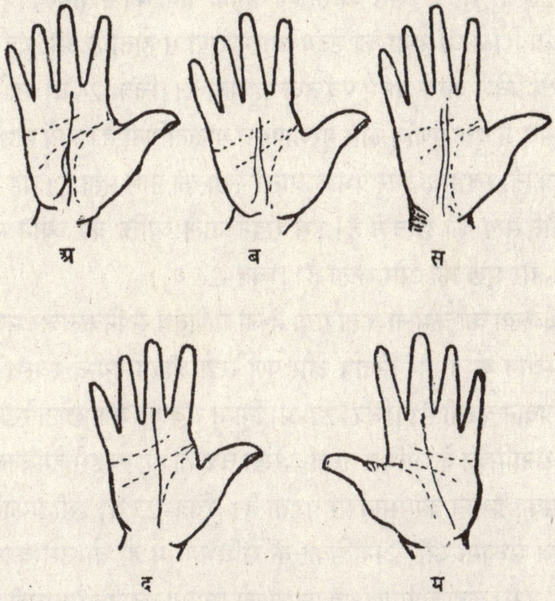

चित्र 26

में पढ़ा है। भारतीयों ने माना है कि इस रेखा की लम्बाई दुराचरण से कम और सदाचार से दीर्घ हो सकती है। पूर्ण और निर्दोष आत्म-रेखा शतायु होने का संकेत देती है।

शनि-रेखा के विविध स्वरूप विविध नामों के अंतर्गत रखे गए हैं। मणिबंध के निकट से चलकर मध्यमा तक पहुंचने वाली रेखा को इन्दिरा कहा गया है, जो सर्वतोमुखी समृद्धि प्रदान करने वाली रेखा है। यदि एक अन्य रेखा इससे जुड़ने के कारण एक मछली जैसी आकृति हथेली के मध्यभाग में बन जाए तो ऐसी आकृति से (जिसे एक फैला हुआ द्वीप कहा जा सकता है) मनुष्य को दीर्घायु, विद्वत्ता स्वास्थ्य और वैभव की प्राप्ति होती है। [चित्र–26अ] इन्दिरा के समानान्तर चलनेवाली वैसी ही रेखा धनप्रदा [चित्र 26 ब] कहलाती है और वह इच्छानुकूल धनअर्जन की क्षमता को प्रकट करती है। एक और हल्की रेखा

इसी प्रकार मणिबंध से निकलकर मध्यमा की दिशा में जाती है, जिसे धेनुका [चित्र–26 स] कहेंगे, इससे व्यक्ति को अनेक गायों का स्वामित्व (कृषि संपत्ति) प्राप्त होता है। ऊर्ध्व-रेखा का उदय आत्म-रेखा से होता है और यह मध्यमा के आधार में प्रवेश करके प्रथम पर्व तक पहुंचती है। [चित्र–26 द] यह रेखा संपत्ति और वैभव से युक्त पूर्णायु और मरणोपरांत मोक्षदायिनी है। बायें हाथ पर इन्दिरा की आकृति, स्वभाव और प्रभाव वाली रेखा का नाम मेहा है। यह आत्मज्ञान, यश और सुख की द्योतक है। इसे रखने वाले व्यक्ति का ध्यान सदा अपनी प्रतिष्ठा और सुख की ओर रहता है। [चित्र–26 य]।

सूर्य-रेखा को कमला कहा गया है जो मणिबंध से निकलकर सूर्य-पर्वत की ओर प्रस्थान करती है। निर्दोष और पूर्ण रेखा जीवन-पर्यन्त स्वस्थ शरीर तथा समृद्धि प्रदान करतीं है। [चित्र–27 अ] किन्तु जब यह एक छोटी रेखा के रूप में केवल अनामिका के आधार पर बंध-रेखा तक ही हो, तो इसे हेमवल्ली कहते हैं और इसका प्रभाव कामसुख पर पड़ता है। [चित्र–27 ब] इसी प्रकार की छोटी रेखा जब मध्यमा और अनामिका के संधिभाग में हो तो उसे काम हस्तिका [चित्र–27 स] कहा जाएगा। यह मनुष्य को सुयोग्य संतानें और सुखी पारिवारिक जीवन देती है। आत्म-रेखा के निचले हिस्से से निकलकर अनामिका के प्रथम पर्व की शीर्षसंधि का स्पर्श करने वाली रेखा विद्या-रेखा है। इसका धारक अनेक विद्वानों का ज्ञाता, सम्मानित और संपन्न होता है। [चित्र–27 द] मणिबंध से निकलकर अनामिका के शीर्षपर्व तक पहुंचने वाली निर्दोष और स्पष्ट रेखा को धनिला या विद्याधार रेखा कहते हैं। यह अत्यंत समृद्धिशाली जीवन को प्रकट करती है। किन्तु जब इसे अनामिका के प्रथम पर्व पर एक गहरी छोटी रेखा, जिसे गोघ्नी कहते हैं, काट दे, तो ज्ञान-विज्ञान की समस्त उपलब्धियों का विनाश हो जाता है। [चित्र–27 य]

अनामिका के मूल में सूर्य के पर्वत पर तीन छोटी रेखाओं को पाश्चात्य सामुद्रिकों ने वैज्ञानिक प्रतिभा की रेखाएं कहा है, जो मनुष्य को विश्लेषणशील मानस और प्रातिभ ज्ञान देती हैं। भारतीय सामुद्रिक बायें हाथ पर इनकी उपस्थिति को सौभाग्य, दीर्घायु, विदेश भ्रमण और काव्य-प्रतिभा की प्रदाता

सूर्य-रेखा की विभिन्न स्थितियां (भारतीय मत)

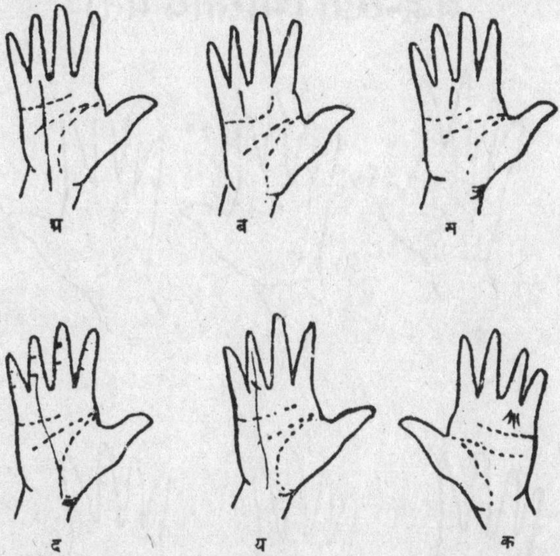

चित्र 27

मानते हैं और उन्होंने इन्हें कोर्परा कहा है। इनकी संख्या तीन से अधिक भी हो सकती है। [चित्र–27 फ]

बुध-रेखा के समान रेखा को महामति कहा गया है, जिसका अंत अनामिका और कनिष्ठा के संधिभाग में होता है। वह एकाकी भी हो सकती है और सहयोगी रेखाओं के साथ भी।[चित्र–28 अ] यह माना गया है कि इससे मनुष्य को बुद्धि और प्रतिभा की तीक्ष्णता प्राप्त होती है। जहां यह आत्म-रेखा मे से निकलती है, वहां मणिबंध से निकलकर उपरोक्त संधि तक पहुंचनेवाली रेखा गोपी कही जाएगी। इसके प्रभाव के विषय में बताया गया है कि उसके धारक को राजभय नहीं होता और वह समाज में अत्यंत प्रतिष्ठित होता है [चित्र–28 ब]। आत्म-रेखा से निकलकर कनिष्ठा के मूल की ओर यात्रा करने वाली रेखा का नाम गोदा है। सुस्पष्ट और निर्दोष होने पर वह धन और वैभव प्रदान करती है। [चित्र–28 स] कनिष्ठा के मूल में

बुद्ध-रेखा (भारतीय मत)

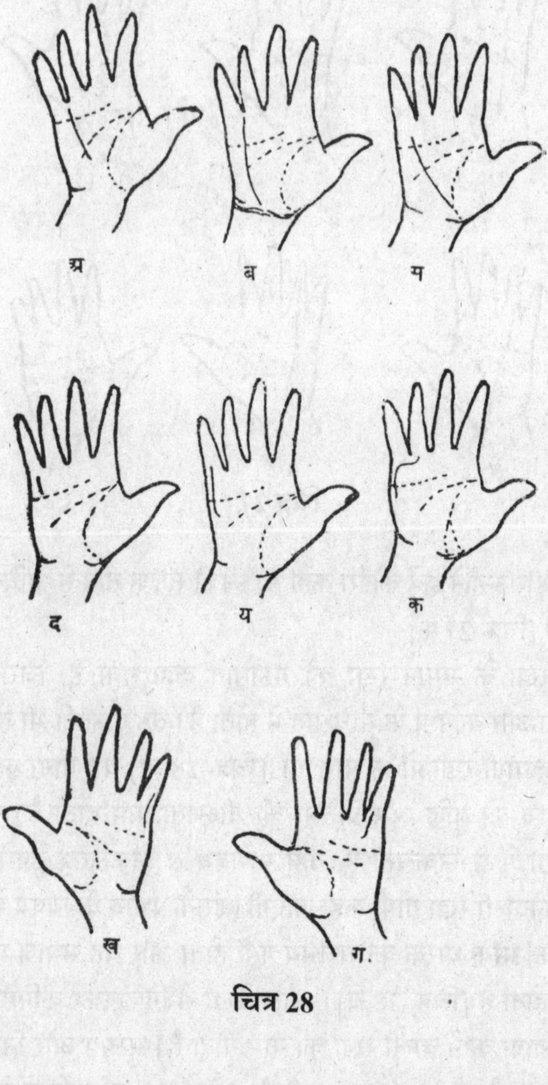

चित्र 28

एक गहरी और स्पष्ट रेखा रतिप्रदा है। [चित्र–28 द] जो भौतिक समृद्धि और शारीरिक (विशेषता यौनसुख) संतुष्टि प्रदान करती है। ऊर्ध्वमंगल के क्षेत्र से निकलकर कनिष्ठा के प्रथम पर्व में प्रवेश करने वाली रेखा मागधी है, जो पूर्वजन्म के सत्कार्यों (अतः इस जन्म के लाभों) को प्रदर्शित करती है। [चित्र–28 य] इसी प्रकार की एक रेखा अनामिका के मूल से चलकर कनिष्ठा को घेरती हुई धर्मस्थान (ऊर्ध्वमंगल) तक पहुंचती है। यह महीन रेखा अपनी दीर्घता के अनुपात में व्यक्ति को लम्बा जीवन देती है। [चित्र–28 क] बायें हाथ में जब एक बारीक रेखा कनिष्ठा के मूल से निकलकर बाहर की ओर प्रथम पर्व में प्रवेश करती है, तो उसका धारक अपने शत्रुओं पर विजय प्राप्त करता है। [चित्र–28 ख] ऐसी ही एक अन्य रेखा कनिष्ठा में दाहिनी ओर से प्रवेश करती है जो सुखी पारिवारिक जीवन की द्योतक है। [चित्र–28 ग] इन दोनों के बीच में इस प्रकार की रेखा का होना पिता से मतभेद और संघर्ष बताता है।

तर्जनी के मूल में गुरु के पर्वत पर एक महीन और आड़ी रेखा मन, वचन और कर्म की शुद्धता देती है। [चित्र–29 अ] जब तर्जनी और मध्यमा के बीच से आकर एक रेखा निम्नमंगल में प्रवेश करने की चेष्टा कर रही हो, तो वह मनुष्य को चिन्ताओं की व्याकुलता देती है। यह पश्चिम के मतानुसार ठीक ही है क्योंकि उससे मानस-रेखा और जीवन-रेखा दोनों ही कटेंगी। [चित्र–29 ब] गुरु के पर्वत से तर्जनी के प्रथम पर्व में प्रवेश करती हुई गहरी और महीन रेखा यशदायिनी होती है। जब पर्वतीय आधार से निकलकर अंगुली के बाहरी ओर एक रेखा तर्जनी के तीनों पर्वों में जाती है तो व्यक्ति को घनघोर निर्धनता, गुमनामी और अल्पायु का योग होता है। केवल प्रथम पर्व पर बाहर की ओर एक रेखा मनुष्य को अतिशय उदारता देती है। इसी पर्व पर दो या दो से अधिक रेखाएं संबंधियों से मिलने वाली सहायता प्रदर्शित करती हैं। तर्जनी के मध्यपर्व पर शीर्ष संधि से पांच आड़ी और छोटी रेखाएं जिन हाथों में निकलती हैं, वह विजेता सैनिकों के हाथ होते हैं। इसी पर्व पर नीचे की ओर से आने वाली महीन रेखाएं मानसिक और शारीरिक अस्वस्थता प्रदर्शित

अन्य रेखाएं

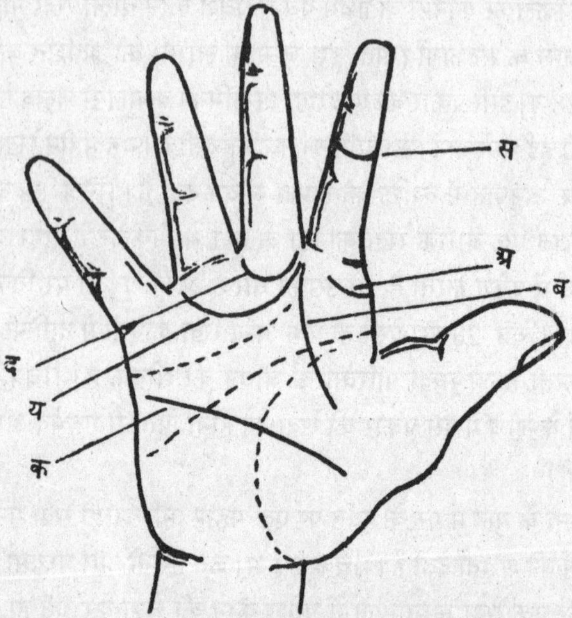

चित्र 29

करती हैं। इसी प्रकार इस पर्व पर एक गहरी और लहरीली रेखा भी पूर्वजन्मों के दुष्कर्मों का परिणाम भोगने की अनिवार्यता बताती है, अर्थात् व्यक्ति को संतप्त रखती है। जब तर्जनी के मध्यपर्व पर एक अंगूठी जैसी रेखा बने, तो ऐसा व्यक्ति अविश्वस्त, दुर्भाषी और कृतघ्न होता है। उससे सत्कर्मों की आशा नहीं की जानी चाहिए। [चित्र–29 स] बायें हाथ पर पितृस्थान (गुरु का पर्वत) से उभरकर तर्जनी की मूलसंधि तक पहुंचने वाली रेखा, जिसकी आकृति घुमावदार होती है, ऐसे व्यक्तित्व की द्योतक है जो प्रकट यश के बावजूद अंतर्मन से पापनिष्ठ है। वह प्रायः मद्यप और दुराचारी होता है। इसी हाथ की तर्जनी के प्रथम पर्व पर बाहर की ओर पाई जाने वाली एक आड़ी रेखा धारक

को विशाल अचल संपत्ति प्रदान करती है।

बायें हाथ पर ही तर्जनी के प्रथम पर्व में कुछ झुकी हुई सी रेखा निर्धनता और कुस्वास्थ्य से मुक्ति दिलवाकर धन, स्वास्थ्य और यश देती है। गुरु के पर्वत के शीर्ष भाग से निकल कर कुछ झुकाव के साथ तर्जनी के प्रथम पर्व में प्रवेश करने वाली रेखा असामयिक मृत्यु की द्योतक है। इसी प्रकार तर्जनी की संधि से निकलकर नीचे की ओर जाने वाली रेखा भी मनुष्य के जीवन को कम करती है।

दाहिने हाथ में शनि की अंगुली के नीचे बननेवाली अर्द्धचंद्राकार रेखा (शनि-वलय) को भारतीयों ने चंद्ररेखा [चित्र29–द] का नाम दिया है। यह व्यक्ति को राज्य का प्रियपात्र और मणिमुक्ताओं का स्वामी बनाती है । इसी प्रकार पश्चिम में शुक्र-वलय कही जाने वाली रेखा को भारतीय सामुद्रिकों ने मंदोष्णादा कहा है। उनके मतानुसार यह व्यक्ति को मंदबुद्धि और बेरोज़गारी देती है। [चित्र–29 य]

धर्मस्थान (ऊर्ध्वमंगल) से निकलकर अंगूठे के आधार तक पहुंचने वाली रेखा हंत्री अपने मार्ग में लगभग सभी प्रमुख रेखाओं को काटेगी। यह अत्यंत अशुभ रेखा है जो व्यक्ति के स्वास्थ्य, संपत्ति और प्रतिष्ठा का विनाश करती है। [चित्र–29 क]

भारतीय सामुद्रिकों ने यह माना है कि मस्तक पर पांच स्पष्ट रेखाओं की उपस्थिति मनुष्य को पूर्णायु देती है। इनमें से प्रत्येक एक रेखा की अनुपस्थिति से आयु में दस वर्षों की कमी होती जाती है। यदि केवल दो ही रेखाएं हों तो व्यक्ति आत्महत्या करके अपने जीवन का अंत कर लेता है।

मस्तक पर स्थित रेखाओं को अब ग्रहों के गुणों से संबद्ध किया जाने लगा है और उनमें से प्रत्येक के अपने संबंधित ग्रह के अनुरूप लक्षण हैं। इनमें से शनि-रेखा मस्तक पर सबसे ऊपर पाई जाती है। यह शनि से प्रभावित क्षेत्र की रेखा है और उसके गांभीर्य, अध्ययनशीलता और चिन्तनवृत्ति का प्रतिनिधित्व करती है । इसके इन गुणों की मुखरता के लिए व्यक्ति का ललाट सुडौल और प्रशस्त होना चाहिए, साथ ही रेखा का स्पष्ट और निर्दोष होना भी आवश्यक है। अन्यथा स्थिति में व्यक्ति पर शनि के नकारात्मक गुण नैराश्य, कृपणता और मानवद्वेष

मस्तिष्क की रेखाएं

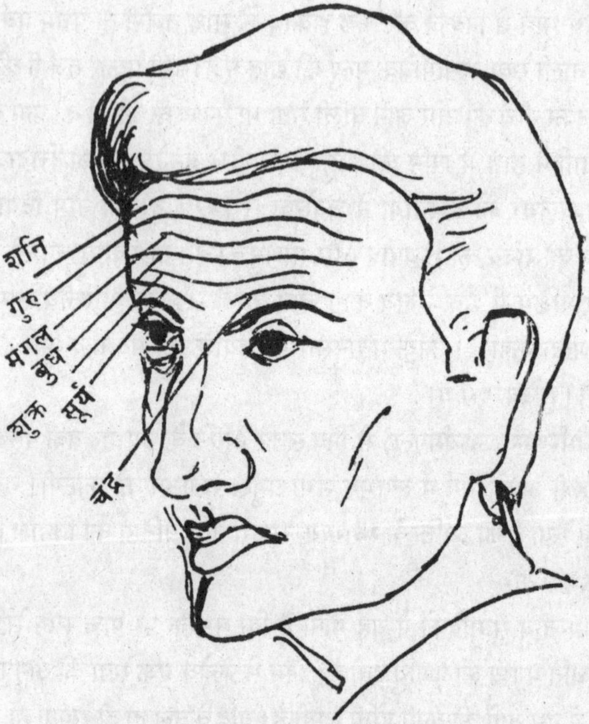

चित्र 30

ही प्रतिबिम्बित होंगे। शनि-रेखा के बाद गुरु-रेखा का स्थान है। यह पूरे माथे के ओर-छोर का स्पर्श करती है । यदि ललाट शुभ है और साथ ही गुरु-रेखा भी शुद्ध तो व्यक्ति में महत्त्वाकांक्षा, नेतृत्त्व की वृत्ति, विद्वता और मानवीय गरिमा के गुण मिलते हैं। भग्नावस्था में इस रेखा से व्यक्ति में आत्माभिमान, लक्ष्यहीनता, बकवासीबृत्ति और पाखंड के दुर्गुण आ जाते हैं।

गुरु-रेखा से लम्बाई में कुछ कम उसके साथ वाली रेखा को मंगल-रेखा

कहते हैं। परिष्कृत स्थिति में यह साहस, वीरता और विवेक जैसे मंगल के गुणों का और खंडित तथा दोषयुक्त होने पर दुस्साहस, प्रगल्भता और उत्तेजना जैसे उसके दुर्गुणों का कारण बनती है। मंगल-रेखा की परवर्ती-रेखा बुध की है जिसके अच्छी होने की दशा में व्यक्ति में बौद्धिक प्रखरता, कर्मठता, चातुर्य और चंचलता आ जाती है, किन्तु वही यदि दूषित हो तो व्यक्ति को छद्मता, धूर्तता और पाखंड के दुर्गुण देती है। मस्तक की पांचवीं नियमित रेखा शुक्र की रेखा है जो सामाजिकता, प्रिय और मृदु स्वभाव, उदारता आदि शुक्रीय गुणों का प्रतिनिधित्व करती है, किन्तु अपनी विकृत अवस्था में यह व्यक्ति को वासनामय, कामुक, स्वार्थी और स्नायविक रूप से दुर्बल बनाती है।

ललाट-रेखा-विदों ने दाहिनी आंख के ऊपर सूर्य का और बाईं आंख के ऊपर चंद्र का स्थान माना है। पारंपरिक रूप से रहस्य-वादियों ने दोनों नेत्रों को सूर्य-चन्द्र बताया है। इन ललाटीय रेखाओं पर भी वही दोष लागू होते हैं जो हस्त-रेखाओं के संदर्भ में हम विगत पृष्ठों पर देख चुके हैं। हथेली की रेखाओं की ही भांति वह भी ग्रहों की पारस्परिक मैत्री, आकर्षण, अनाकर्षण से प्रभावित होती हैं। ललाट पर भी क्रास, त्रिशूल, नक्षत्र, यव, रेखाव्यूह, वृत्त आदि चिह्न मिलते हैं और उनके लक्षण भी लगभग पूर्वकथित जैसे ही हैं [चित्र–30]।

परिशिष्ट—1

अंग-लक्षण

भारतीय सामुद्रिक की उत्पत्ति—संक्षिप्त अंग-लक्षण—पाश्चात्य रीति से व्यक्ति की चाल-ढाल के लक्षण—हथेली के छापे।

भारतीय धर्म-ग्रन्थों में मान्य विश्वास के अनुसार सामुद्रिक अंगलक्षण के प्रणेता समुद्र थे। उन्होंने ही सर्वप्रथम अंग-लक्षणों के आधार पर स्त्री-पुरुष के गुण-दोषादि का विवेचन किया :

इत्थंविचिन्त्य सुवरे स्वहदि समुद्रेण सम्यगवगम्य।
नृस्त्रीलक्षणशास्त्रं रचयांश्चके तदपि तथा ॥

इस शास्त्र का विकास बाद में नारद आदि ऋषियों द्वारा हुआ। यद्यपि इस प्रकार के विश्वासों का कोई ऐतिहासिक आधार नहीं है, फिर भी इतना तो स्वयंसिद्ध है कि सामुद्रिक नाम से अभिहित ज्ञान-राशि भारत में पुरातन-काल से ज्ञात रही है। संभवतया समुद्र ऋषि द्वारा इसका प्राथमिक अन्वेषण किए जाने के कारण ही अंग और रेखा-लक्षण-विज्ञान को सामुद्रिक कहा गया।

जंघा, भुजा, उदर, वक्ष, पृष्ठ और शीश मुख्य अंग कहलाते हैं, तथा शेष शारीरिक अवयव उपांग। इन अंगों-उपांगों का बाह्य एवं आन्तरिक रचना के आधार पर लक्षणों का विवेचन सामुद्रिक ग्रन्थों में किया गया है। उसके कुछ अंग यहां प्रस्तुत हैं।

मांसल, पुष्ट, रक्तवर्ण, स्वेदहीन और मसृण पग-तल संपत्तिवान व्यक्तियों के होते हैं। इसके विपरीत रूक्ष, कुरूप, अस्थि-प्रधान पग-तल दारिद्रय के चिह्न हैं।

पांव की तर्जनी यदि अंगूठे से बड़ी हो, तो व्यक्ति स्त्री-सुख प्राप्त करता है। यदि मध्यमा लम्बी हो तो असफलताओं का चिह्न है । यदि अनामिका दीर्घ

हो, तो व्यक्ति धनवान होता है। पैर की छोटी अनामिका व्यसनी और दुराचारी व्यक्तियों के होती है। कनिष्ठा के छोटे होने पर, तथा मांसल होने पर व्यक्ति की मां बचपन में ही मर जाती है।

मूंगिया, कच्छप-पृष्ठाकृति के पांव के नाखून सुख के चिह्न हैं। मोटे, खुरदरे, कुरूप नख दारिद्र्य के द्योतक हैं।

मांसल पिंडलियां और पुष्टाकृति जंघाएं, जिनपर काले, नरम और पतले रोम हों, निश्चय-शक्ति और प्रभुत्व देती हैं। रोमों की अधिकता के सम्बन्ध में लिखा गया है : यदि एक रोम-कूप से एक ही रोम निकले तो व्यक्ति नरेश, दो रोमवाले विद्वान और अधिक रोमवाले दरिद्र होते हैं। रोमरहित पुरुष संन्यासी होता है। मोटे, भूरे, खुरदरे रोमवाला व्यक्ति कुटिल, नीच होता है।

मोटी, गोल और रोमरहित कटि प्रभुत्व एवं ऐश्वर्य का चिह्न है। पतली, छोटी रोमयुक्त कटि दुराचारी व्यक्ति की होती है।

ऊंची, चौड़ी, मांसल छाती नृपतियों की होती है। नसों से भरी हुई, खुरदरी छाती दरिद्रता का लक्षण है। चौड़े, वृषभतुल्य-स्कंध शक्ति और सम्पत्ति देते हैं। टेढ़े, पतले बालयुक्त स्कंध दुःख और क्लेशयुक्त जीवन के परिचायक हैं।

घुटने तक पहुंचती हाथी की सूंड जैसी भुजाएं राजाओं की होती हैं । नस न दिखनेवाली और मांसल भुजाएं श्रेष्ठ होती हैं। खूब गठीली, फूली, रोमयुक्त भुजाएं चाकरों की होती हैं। ऊंची-नीची भुजाओंवाले अपराधी, और एक-सी मोटाईवाली भुजावाले व्यक्ति घुमक्कड़ होते हैं।

लाल हथेली धन-धान्य, पीली हथेली काम-तृष्णा, सफेद और काली हथेली दारिद्र्य तथा नीली हथेली मद्यप व्यक्ति की प्रकृति बताती है। लाल-गहरी रेखाएं गम्भीर और दानी पुरुषों की, पतली रेखाएं बुद्धिमानों की, पूरी रेखाएं सौन्दर्य तथा स्वास्थ्य की सूचक हैं। फैली, टूटी, ऊंची-नीची, फटी हुई, रूखी और कुरंगी रेखाएं अशुभ होती हैं।

अंगूठे के जोड़ पर यव का चिह्न बुद्धि और सम्पत्तिवान पुरुषों के होता है। पांच से अधिक अंगुलियों वाला व्यक्ति दरिद्र और याचक होता है।

नसयुक्त, टेढ़े पृष्ठभाग वाला व्यक्ति दरिद्र होता है । छोटी ग्रीवा श्रेष्ठ होती है। लम्बी ग्रीवा वृकोदरी व्यक्ति का चिह्न है। टेढ़ी ग्रीवा चुगलखोरों की होती है।

चौड़ा मुंह दुर्भाग्य का चिह्न है। स्त्री-सदृश मुख सन्तानहीनों का होता है। चौकोर मुंह धोखेबाज़, मायावी व्यक्तियों का और छोटा मुंह कंजूसों का कहा गया है। प्रवाल-वर्णी अघर धनवानों के, गुलाबी प्रतिभावानों के और मोटे होंठ प्रफुल्ल व्यक्तियों के होते हैं। लम्बाई लिए हुए अधर कामी के, छोटे अधर भीरु के, रूखे, पतले और कुरूप धनहीन-दु:खी व्यक्तियों के होते हैं।

स्मित-हास्य विद्वानों का, आंखें मूंदकर और विकृत स्वर में सारी देह हिलानेवाली हंसी मध्यम व्यक्तियों की होती है।

ललाट पर पांच रेखाएं शतजीवी होती हैं, चार रेखाएं अस्सी वर्ष की आयु बताती हैं और तीन रेखाएं सत्तर वर्ष की आयु बताती हैं।

भाग्यवानों की चाल मोर, बिल्ली या सिंह जैसी होती है। हाथी, हंस और बैल की तरह चलनेवाले लोग निरन्तर धर्म, अर्थ, काम में तत्पर होते हैं। गीदड़, ऊंट, गर्दभ, खरगोश मृग जैसी चालवाले व्यक्ति राजसम्मान और सुख खो देते हैं। छोटी ऊंची-नीची चालवाले व्यक्ति दरिद्र होते हैं।

मृदंग, मेघ, मोर-सदृश स्वरवाले व्यक्ति सुख-सम्पत्ति का उपयोग करते हैं। रूखी, फटी हुई, धीमी आवाज़ दरिद्रों की होती हैं। गर्दभ, भेड़िया, उल्लू, कौवे जैसे स्वर दुष्टता का प्रमाण हैं।

भारतीय सामुद्रिक में इस प्रकार प्रत्येक अंग-उपांग का लाक्षणिक विवेचन विस्तारपूर्वक किया गया है। किन्तु उसे सम्पूर्ण रूप में यहां प्रस्तुत करना सम्भव नहीं। विकासवान वैज्ञानिक विवेचन ने प्राचीन ज्ञान में आज अनेक अभिवृद्धियां कर दी हैं। इसलिए इन लक्षणों पर दृढ़तापूर्वक सत्यता का आरोप सम्भवत: ठीक नहीं होगा।

पाश्चात्य विचारकों ने इस दिशा में पर्याप्त श्रम किया है। उनके अध्ययनों ने मनुष्य के हस्तलेख से लेकर आकृति तक कोई जगह नहीं छोड़ी जिसमें व्यक्ति के स्वभाव-गुणों का ज्ञान न पा सके । भारतीय सामुद्रिक जहां एक प्रकार से पूर्णविराम लगाकर चुप हो रहा है, वहीं मनोवज्ञानिकता और मान-संरचना के

आधार पर पश्चिम में निरन्तर कार्य हो रहे हैं; इस विषय का विकास हो रहा है। भारतीय सामुद्रिक पर कोई आरोप मैं नहीं लगाना चाहता, केवल निवेदन यह है कि यह श्रेष्ठ होते हुए भी जड़ हो गया है, जबकि पाश्चात्य सामुद्रिक गति और संचरणशील है। संक्षेप में यहां मैं उसे भी प्रस्तुत कर रहा हूं।

जब व्यक्ति गतिशील होता है, उसके हाथ नैसर्गिक और स्वाभाविक रूप में रहते हैं, इसका सम्बन्ध मनोवैज्ञानिक दृष्टि से मनुष्य की स्वाभाविक प्रवृत्तियों से होता है। जैसे यदि कोई व्यक्ति अपने अंधेरे पहलू को जनसाधारण से छिपाना चाहे, तो प्रायः वह हाथ जेब में डालकर चलेगा। खुले स्वाभाविक रूप में हिलते हुए हाथों से उस व्यक्ति की मानसिकता का भान होता है, जो खुली किताब की तरह ईमानदार, सतर्क और विश्वस्त है। निःशक्त रूप से हिलते हुए हाथ लक्ष्यहीनता और लापरवाही के प्रतीक हैं। ये खुले हाथ खर्चीले और अय्याश किस्म के लोगों के होते हैं। बन्द मुट्ठियां निर्णय, तर्क और चतुराई बताती हैं । ये लोग फिज़ूलखर्च नहीं होते। शक्ति के साथ हिलनेवाले हाथ आक्रांता स्वभाव के परिचायक हैं।

बेचैनी से एक-दूसरे से हाथ रगड़नेवाले व्यक्ति किंकर्तव्यविमूढ़, हतोत्साह और स्वभाव से अमीर होते हैं। बनावट और दिखावट उनका स्वभाव होती है। कुहनी पर मुड़े हुए हाथ आत्मगर्व, प्रवंचना और दूसरों के प्रति हेय भावना के निर्देशक हैं। पीछे कमर पर हाथ रखकर चलने वाले लोग शक्की, अधिक सतर्क और आत्मदर्प दर्शाते हैं।

हाथों के अध्ययन के लिए और अपने पास संगृहीत रिकार्ड रखने के लिए मैं हथेली के छापों का अनुरोधात्मक समर्थन करता हूं। यह छापे न केवल एक ठोस अध्ययन में सहायक ही होंगे, वरन् आपकी धन-राशि के कोष भी सिद्ध होंगे। इनके द्वारा सूक्ष्मता से रेखाओं के चिह्न, प्रभावादि बताने में सरलता भी होगी।

छापे अच्छे, चिकने और मोटे कागज़ पर लिए जाने चाहिए। यों इन्हें लेने के लिए रासायनिक रीतियां भी हैं, किन्तु व्यावहारिक रूप से प्रेस की स्याही

या मुहरों की स्याही से भी काम चल सकता है। हथेली पर स्याही का एक-सा फैलाव और कागज़ पर दबाते समय हथेली के हर हिस्से पर एक-सा दबाव स्पष्ट और साफ छापे देगा।

छापों के आधार पर आयु और वर्षों की गणना काफी हद तक ठीक-ठीक हो जाती है। इसलिए इनका प्रयोग आपके अध्ययन की वैज्ञानिकता बढ़ाएगा।

परिशिष्ट—2

नये ग्रहों की खोज और कुम्भयुग

पारम्परिक रूप से ज्योतिषी खगोल के सात ग्रहों के ही आधार पर (केतु और राहु अब तक छायाग्रह माने जाते रहे हैं) नियतिकथन करते रहे हैं। ज्योतिष और हस्तरेखा की पुस्तकों में, जिनकी सामग्री का सूत्र प्राचीन कृतियां रही हैं, इन सात ग्रहों का ही विवेचन मिलता है । दूरवीक्षण यंत्रों के हाल ही में गुज़री शताब्दियों में होने वाले उत्तरोत्तर सुधारों ने मनुष्य की आंखों की शक्ति को बढ़ाया है, और विगत तीन शताब्दियों में सौरमंडल के तीन नये सदस्य उसने खोज निकाले हैं। इनके खगोलीय आविष्कार ने उनके ज्योतिषीय व्यक्तित्व का अध्ययन करने की राह खोली है और उनके मानवीय नियति पर पड़ने वाले प्रभावों का ब्योरा इकट्ठा किया जा रहा है। पिछले पृष्ठों में उनकी चर्चा हुई है । उनका इतिहास और अन्य बातों का संक्षिप्त परिचय इस प्रकार है :

यूरेनस : ब्रिटिश खगोलज्ञ विलियम हर्शल ने अपनी दूरबीन का प्रयोग करते हुए 1781 में इस ग्रह की खोज की, और प्रारम्भ में इसे उनके ही नाम से (हर्शल) पुकारा जाता रहा। बाद में इसे भी अपने अन्य साथियों के समान यूनान के पौराणिक देवता यूरेनस का नाम मिल गया, जो अपने ज़माने में आकाशों का देवता था। 32,000 मील व्यासवाला यह ग्रह सूर्य से 177 करोड़ मील की दूरी पर परिक्रमा करता है। राशिचक्र की परिक्रमा करने में इसे 84 वर्ष लगते हैं।

यूरेनस को मशीनी आविष्कारों से जोड़ा गया है। उसे द्वितीय विश्वयुद्ध के दौरान राडार, पेनिनसिलीन, बमवर्षकों और यूरेनियम-235 (परमाणुविक आयुधों में काम

आने वाली धातु) के आविष्कारों के लिए उत्तरदायी ठहराया गया है। ज्योतिषी इसे संयोग नहीं मानते कि इस ग्रह की खोज का वर्ष वही था जिसमें जेम्स वाट ने अपना वाष्प एंजिन पेटेण्ट करवाया था। हाल ही में यूरी गगारिन की अंतरिक्ष यात्रा के समय यूरेनस और शनि आकाश में त्रिकोण-संयोग (ट्राइन) की स्थिति में थे।

यूरेनस को कुछ ज्योतिषियों ने अशुभ माना है और वह विवाह-विच्छेद तथा तलाक से इसे सम्बन्धित करते हैं। किन्तु दूसरी ओर एक बड़ा वर्ग यह भी मानता है कि वह 'सत्य के प्रति असीम निष्ठा' और 'मानवीय सहयोग' को प्रभावित करता है। इस संदर्भ में उसे लोकतन्त्र और समाजवाद, अंतर्राष्ट्रीय सहयोग और मानवीय भ्रातृत्व का ग्रह बताया गया है। वह 'मुक्तिदाता' है और परिवर्तन का संदेशवाहक।

यूरेनस का ज्योतिषीय प्रतीक टेलीविज़न के एरियल की आकृति के समान है। उसकी राशि कुम्भ है, जिसपर अब तक शनि का शासन माना जाता था। वह प्रकृति से पुरुष, शीतल, चम्बकीय और वायुतत्त्वीय है। उसका शासन मनुष्य की देह में एड़ियों और स्नायुसंस्थान पर है । रेडियम और प्लेटिनम उसकी धातुएं हैं। वह चुम्बकीय तरंगों, रेडियोधर्मिता और वायुतरंगों को नियन्त्रित करता है। उसका शुभ रंग चमकीला सफेद है।

यह चुम्बकीय ग्रह व्यक्तित्व को बिजली की तड़प की तरह प्रभावित करता है। मानसिक ग्रह होने के कारण अपने द्वारा शासित व्यक्तियों को यह गहरी और रहस्यमय अंतर्दृष्टि देता है । यह अंतर्दृष्टि एक कौंधती हुई रोशनी की तरह निराशा के अंधेरे को चीरकर परिवर्तन की दिशा का संकेत देती है, किन्तु वह इतनी अल्पकालिक होती है कि केवल सतत सतर्कता से ही उसका बोध किया जा सकता है। वह ऐसे किसी भी कार्य का सुयोग्य संपादन कर सकते हैं, जिसमें मानवीय संतापों को कम करने के लिए वैज्ञानिक और नियमबद्ध कार्यप्रणाली तथा सामाजिक सहयोग की आवश्यकता हो।

हथेली पर यूरेनस का जो स्थान हमने अंकित किया है, वह बृहद् आयत का क्षेत्र है। इस क्षेत्र की रेखाओं और चिह्नों पर इस ग्रह का प्रभाव पड़ता है।

यूरेनस का युग : ज्योतिषियों ने मानवीय इतिहास को दो-दो हज़ार वर्षों के कालखण्डों में विभाजित कर रखा है। इन्हें युग कहते हैं। प्रत्येक युग अपनी एक

राशि से प्रभावित होता है। 'क्रांतिपात गति' (प्रिसेसन आफ इक्विनॉक्सेस) के कारण यह गति उलटी है। ईसा के जन्म से पूर्व के दो हज़ार वर्ष मेष राशि के युग के वर्ष थे। तत्पश्चात् हमारे इतिहास ने मीन राशि के 'भावुक और कल्पनाशील' दो सहस्र वर्ष भोगे।

बीसवीं शताब्दी के प्रारम्भ में, अधिकांश ज्योतिषियों के अनुसार हम कुम्भ -राशि के युग में प्रवेश कर चुके हैं। रूपर्ट ग्लीडो और इन्ग्रिड लिण्ड के अनुसार समस्त आधुनिक चिन्तन की दिशा और आविष्कार इस युग के प्रारम्भ हो जाने का चिह्न हैं। यूरेनस न केवल मशीनों और आविष्कारों को ही, बल्कि विश्व-संगठनों, अंतर्राष्ट्रीय सहयोग और मानवीय भ्रातृत्व को भी प्रभावित कर रहा है। फ्रान्ज मारिस के लिए यह जाग्रति का युग है, जिसमें चिन्तन के माध्यम से मानवीय चेतना का ऊर्ध्वीकरण होगा। ग्लीडो ने समकालीन इतिहास को कुम्भ-राशि के पूर्वशासक शनि और नवागत यूरेनस के बीच संघर्ष की अभिव्यक्ति बताया है, शनि नियंत्रण, वर्जना और दासता का पक्षधर था और यूरेनस के साथ संस्कृति, सभ्यता और प्रतिभा जुड़ी हुई हैं।

कुम्भयुग की प्रभावशालिता ने समस्त मानव-समाज को प्रभावित किया है। बुद्धि और विज्ञान के चमत्कार मनुष्य के जीवन को सरल और सुखी, स्वस्थ तथा महत्त्वाकांक्षी बना रहे हैं। मानवीय आत्मा की मुक्ति के लिए चलाए गए साम्राज्य विरोधी आन्दोलनों को व्यापक सफलता मिली है। राष्ट्रसंघ और विविध देशान्तरों में बसे मानव समाज की अन्य सहयोग संस्थाओं के स्वर्णिम भविष्य का सूत्रपात हो चुका है। जनवादी क्रान्तियों ने जहां समाज की आर्थिक मान्यताओं के ढांचे को नया संवार दिया है वहीं नीति, नैतिकता और आस्था के नये आयामों का उद्घाटन भी हुआ है। उधर मनुष्य के पांव अंतरिक्ष की दिशाओं में भी उठ चुके हैं। इस शताब्दी के सात दशकों की कहानी मनुष्य के इतिहास का उज्ज्वलतम इतिहास की भूमिका बन चुकी है, और सृष्टि के उपाख्यान को अभी और आगे जाना है।

नेपच्यून : यूरेनस की खोज के चालीस वर्ष पश्चात् खगोलविदों को उसपर किसी अन्य ग्रह से प्रभावित होने की शंका हुई। इसने एक और नये ग्रह की उपस्थिति की संभावना को जन्म दिया, अंततः 1846 में उसे दूरबीनों के कांच पर

देख भी लिया गया। इसका खोज का श्रेय अर्बन लेवेरी और जे० जी० गाल को जाता है। नेपच्यून कहे जानेवाले इस ग्रह की सूर्य से औसत दूरी 274 करोड़ मील दूर है और इसे राशि-परिक्रमा में एक सौ पैंसठ वर्ष के लगभग समय लगता है। हाल ही में जापान में किए गए निरीक्षणों से पता लगा है कि इसका व्यास 31,068 मील और सतह बहुत ठंडी (—73° सें०) है। नेपच्यून परम्परागत से जल-देवता है, और इसे मीन राशि का स्वामी माना गया है। जिसपर कभी गुरु का आधिपत्य था।

इस ग्रह के प्रभावों को लेकर भी ज्योतिषियों के मंतव्य भिन्न हैं। सोवियत क्रांति के समय यह सिंह राशि में था। इसे हिटलर की तानाशाही से भी जोड़ा गया है। कुल मिलाकर ज्योतिषी इसकी रहस्यात्मकता के विषय में एकमत हैं। नेपच्यून से प्रभावित व्यक्तियों की आंखों में एक सम्मोहनीय चमकीलापन होता है। यह स्वप्निल आंखें आपकी आत्मा की गहराइयों में पैठने की कोशिश-सी करती हुई प्रतीत होती हैं। यह एक राशि पर लगभग पन्द्रह वर्ष रहता है, इसलिए एक जीवनकाल में इसकी राशि-परिक्रमा पूर्ण नहीं होती, इसलिए ज्योतिषियों का एक मत यह भी है कि यह व्यक्ति की अपेक्षा पीढ़ियों पर अपने विशिष्ट प्रभाव डालता है। फिर भी व्यक्ति पर नेपच्यून का प्रभाव उसे भावना और रहस्यप्रियता की ओर ले जाता है। अतीन्द्रिय संवेदन (एक्स्ट्रासेन्सरी पर्सेप्सन) यदि इसकी एक दिशा है तो नकारात्मक स्थिति में वह मनोविकार भी देता है। नेपच्यून से प्रभावित व्यक्ति अपने आसपास के वातावरण को बहत जल्दी ग्रहण करते हैं, जो मीन राशि की अपनी विशेषता है। इसका सम्बन्ध पनडुब्बियों, समद्र और विदेश-यात्राओं से भी जोड़ा जाता है । इसका क्षेत्र कला, सिनेमा, टेलीविज़न, फोटोग्राफी, कांच, रबर, फैशन, सभी प्रकार के द्रवों, जिनमें मदिरा भी सम्मिलित है, जो मीन राशि के लिए हमेशा वर्जित बताई गई है, रसायनों, सौन्दर्य-प्रसाधनों और माडर्न आर्ट तक फैला हुआ है।

नेपच्यून व्यक्ति के स्वभाव में जहां रहस्यात्मक कल्पनाशीलता देता है, वहीं विचारों की अस्पष्टता, भ्रांति, धोखा और संदिग्ध चरित्र का कारण भी बन सकता है । यह सब उसकी अच्छी और बूरी स्थिति पर निर्भर रहता है। हथेली पर नेपच्यून का क्षेत्र मंगल के क्षेत्र का वह दक्षिणी भाग है जो चन्द्र और शुक्र के पर्वतों के बीच धंसता हुआ-सा प्रतीत होता है। चन्द्रमा का हथेली से बहुत अधिक बाहर को

निकला होना नेपच्यून के एक स्पष्ट प्रभाव का सूचक है—ऐसे लोग मदिरा-व्यसनी हुआ करते है। पर्यटन रेखाओं पर भी नेपच्यून ही प्रभाव डालता है। स्वास्थ्य-रेखा का एक भाग इसपर से होकर गुज़रता है, जो पाचनशक्ति की क्षीणता, आमाशय के रोगों तथा शुक्र की निकटता के कारण योन बीमारियों का कारण बनता है। यश-रेखा का इसकी सीमा के पास-पास पहुंचना व्यक्ति को विदेशों में ख्याति देता है।

प्लूटो :1930 में अमरीकी खगोलविद् पर्सीवल लॉवेल द्वारा खोजा गया प्लूटो अपने परिवार का नवीनतम सदस्य है। यह सूर्य से 367 करोड़ मील की दूरी पर है जिसे राशिचक्र की परिक्रमा में 248 वर्ष लगते हैं, इसलिए नेपच्यून की तरह इसे भी युग पर प्रभाव डालने वाला माना जाता है। व्यक्ति में यह प्रवृत्तियां-मात्र आरोपित करता है । इसे वृश्चिक राशि का शासन ज्योतिषियों द्वारा सौंपा गया है, जो राशिचक्र में आठवें मृत्यु भाव की राशि है। प्लूटो की खोज के बाद ही द्वितीय विश्वयुद्ध की आग भड़क उठी जिसकी चरमविभीषिका परमाणु बम का विस्फोट थी।

इस ग्रह के विषय में खगोलविदों की भांति ज्योतिषियों की जानकारी भी अभी केवल चालीस वर्ष ही पुरानी है, तथापि निगमनात्मक तर्क के आधार पर यह पाया गया है कि वायुयानों के आविष्कार के समय प्लूटो मिथुन राशि में था, कर्क राशि में उसका प्रवेश अराजकतावाद, आतंकवाद तथा प्रथम विश्वयुद्ध से जोड़ा गया है, और सिंह राशि में उसने फासिज्म तथा द्वितीय विश्वयुद्ध को जन्म दिया। कुछ ज्योतिषी इसे बड़े व्यावसायिक संस्थानों, सैन्य तानाशाहियों और शेयर बाज़ार से भी जोड़ते हैं। यह ज़िन्दगी को एक शून्य की मनःस्थिति में लाता है जहां से अतीत और भविष्य को अपेक्षाकृत तटस्थ और निरपेक्ष दृष्टि से देखा जा सकता है। अपने नवागत साथियों के साथ इसके व्यक्तित्व में भी रहस्यात्मकता है और इसके संकेतों को पहचानने के लिए अंतर्दृष्टि की आवश्यकता होती है।

भारतीय ज्योतिषवेत्ता महर्षि पाराशर ने भी इन तीन ग्रहों की उपस्थिति को माना था। उन्होंने इन्हें क्रमशः वरुण और वरुणी या प्रजापति और यम कहा है। किन्तु उनके मतानुसार इन ग्रहों से धरती की अत्यधिक दूरी के कारण वह जातकों को प्रभावित नहीं करते। पश्चिमी ज्योतिषियों के अपेक्षाकृत नूतन और आधुनिक मतों ने भी उस प्राचीन मान्यता का आंशिक अनुमोदन किया है।

परिशिष्ट—3

आपका व्यक्तित्व

हाथ की रेखाएं आपकी अंतिम निर्णायक नहीं हैं। अपने व्यक्तित्व और प्रगति की सामाजिक उपादेयता, सफलता और उपलब्धि के निर्णय का अधिकार आपके अपने पास है। यह आपपर है कि नये क्षण में आप आगे बढ़ते हैं या पीछे हटते हैं। आसमान के सातवें पर्दे पर अगर कोई ताकत आपके प्रारब्ध का निर्णय करने बैठी होती, तो आप जड़ कहलाते, चेतन नहीं। चेतना का लक्षण विकास है। यह विकास प्रयत्नों की अगली स्थिति है। विकास की परिणति उपलब्धि में है; और उपलब्धि अच्छी या बुरी, आपको चुनना है, चुनिए। उसके अनुरूप प्रयत्न कीजिए। हाथ की रेखाएं खुद-बखुद आप बनाएंगे, कोई और नहीं।

जीवन का अधिकतम उपयोग करिए, हर क्षण का सोच-समझकर प्रयोग कीजिए । सफलता पांव चूमेगी, समाज की आप इकाई हो सकते हैं। लेकिन इकाई का पूर्णत्व दहाई और सैकड़े का विकास हुआ करता है। अपनी कार्य-प्रणाली को यहां निर्देशित छ:सूत्री आधार दीजिए। कौन कहता है कि आप आनेवाली पीढ़ियों के लक्ष्य-चिह्न नहीं बनेंगे।

आपके मानस की तीन तरह से व्यक्त प्रवृत्तियां आपका संचालन करती हैं—मानसिक, आत्मिक और भौतिक। इनके दो-दो रूप हैं— एक सृजनात्मक प्रगतिशील, दूसरा ध्वंसात्मक जड़ या ऋणात्मक प्रगतिशील। सृजन करिए, ध्वंस त्यागिए और हर सुबह आप देखेंगे, पिछली शाम से कई कदम आगे आप अपनी महत्वाकांक्षाओं के दरवाज़े के पास पहुंच रहे हैं। आपकी कार्य-प्रणाली का सांकेतिक स्वरूप होगा :

मानसिक प्रवृत्तियां

रचनात्मक (ग्राह्य)	ध्वंसात्मक (त्याज्य)
लक्ष्य, महत्त्वाकांक्षा	लक्ष्यहीनता
चातुर्य	विचारहीनता
साहस, स्फूर्ति	भीरूता
आशावादिता	नैराश्य
आत्मविश्वास	अहम्
दृष्टि	अदृष्टि
निश्चय, प्राथमिकता	अनिश्चय, अविवेक
स्पष्टता	उलझाव
विकेन्द्रण	अस्थिरता

आत्मिक प्रवृत्तियां

रचनात्मक (ग्राह्य)	ध्वंसात्मक (त्याज्य)
विश्वास	सन्देह
आशा	भय
स्नेह	ईर्ष्या
सत्य	विश्वासघात
संयम	असंयम
सहनशीलता	क्रोध
स्वार्थहीनता	स्वार्थ

भौतिक प्रवृत्तियां

रचनात्मक (ग्राह्य)	ध्वंसात्मक (त्याज्य)
शक्ति	आलस्य
निपुणता, त्वरा	फूहड़ता
दक्षता	मूर्खता
महत्त्व	असावधानी
स्पष्टता, स्वच्छता	लापरवाही
धीर-गम्भीर कार्य-प्रणाली	अतिश्रम
आह्लाद	मलीनता
उत्साह	नैराश्य

जीवन, समय और शक्ति आपके साथ हैं। इनका कोई अंश अपव्यय न हो सके, क्योंकि नैसर्गिक रूप से ये आपके हिस्से में सीमित ही आई हैं। प्रकृति अपने पुत्रों के साथ सौतेला व्यवहार नहीं करती। इतना ही जीवन, शक्ति और समय ईसा, बुध, गांधी को मिला था, इतना ही शेक्सपियर, कालिदास और गोर्की को, इतना ही लेनिन, लिंकन मौर मार्क्स को।

आप कुपुत्र हैं या सुपुत्र—खुद निर्णय कर लीजिए। ऐसा न हो कि कल की अदालत में आपपर निकम्मेपन का आरोप लगाया जाए—आप हथेली फैलाकर रेखाओं के सबूत देना चाहें, और आपके विचारों के अनुसार उनकी परिवर्तनशीलता आपका पक्ष कमज़ोर कर दे।

सुबह की रोशनी अपने स्नायुओं में भरकर चल पड़िए। अभी वक्त है, लेकिन यह नहीं ठहरता—चलना इसका धर्म है।

○○○